인간의 본성을 뒤집고 비틀고 꿰뚫는

문제적 고전살롱

.. 가족 기담

인간의 본성을 뒤집고 비틀고 꿰뚫는
문제적 고전 살롱: 가족 기담

초판 1쇄 발행 2020년 6월 24일
초판 2쇄 발행 2023년 5월 8일

지은이 유광수
펴낸이 김선식

경영총괄 김은영
편집인 박경순 **유영 편집팀** 문해림
편집관리팀 조세현, 백설희 **저작권팀** 한승빈, 이슬
마케팅본부장 권장규 **마케팅3팀** 권오권, 배한진
미디어홍보본부장 정명찬 **브랜드관리팀** 안지혜, 오수미
크리에이티브팀 임유나, 박지수, 변승주, 김화정
뉴미디어팀 김민정, 이지은, 홍수경, 서가을
지식교양팀 이수인, 염아라, 석찬미, 김혜원, 백지은
디자인파트 김은지, 이소영 **유튜브파트** 송현석, 박장미
재무관리팀 하미선, 윤이경, 김재경, 안혜선, 이보람
인사총무팀 강미숙, 김혜진, 지석배, 박예찬, 황종원
제작관리팀 이소현, 최완규, 이지우, 김소영, 김진경, 양지환
물류관리팀 김형기, 김선진, 한유현, 전태환, 전태연, 양문현, 최창우
외부 스태프 디자인 강경신

펴낸곳 다산북스 **출판등록** 2005년 12월 23일 제313-2005-00277호
주소 경기도 파주시 회동길 490
전화 02-704-1724
홈페이지 www.dasan.group **이메일** kspark@dasanimprint.com
종이 신승지류유통 **인쇄** 민언프린텍 **코팅·후가공** 제이오엘앤피 **제본** 다온바인텍

ISBN 979-11-306-3006-9 (03810)

인간의
본성을 뒤집고
비틀고 꿰뚫는

문제적
고전 살롱

.. 가족 기담

유광수 지음

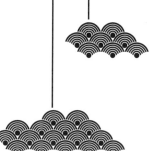

유영

우리의
거울이
되는 이야기

오래전에 보았던 방송 프로그램이 있다.

100여 년 전 하와이에 이민 갔던 한국인들에 대한 내용이었다. 혼란스럽던 대한제국 말에 살아보겠다는 일념으로 멀고먼 이국땅에 아무것도 모른 채 건너가서 뙤약볕이 내리쬐는 사탕수수밭에서 평생 노동에 시달리다가 죽은 선조들의 이야기였다. 사진만 보고 결혼을 하기 위해 조선에서 건너간 여자들이 처음 대면한 남편이 시아버지로 보일 만큼이나 폭삭 늙어버린 것을 보고 울음을 터뜨렸다는 한 맺힌 이야기도 가슴에 사무쳤지만 정작 내 가슴을 울컥하게 했던 것은 이 한마디였다.

"나는 아버지다."

아흔이 가까운 노인이 회고담을 들려주는 중이었다. 노인이 친구들과 어울려 놀던 어린 시절의 이야기였다. 미국인 아이들은 아버지가 안고 손도 잡아주는데 노인의 아버지는 그러지 않더란 것이다. 노인은 너무나 속이 상해 아버지께 여쭈었다.

"저도 아버지의 손을 잡고 싶어요. 저도 좀 안아주세요."

아버지는 안 된다고 하셨다.

"왜요?"

그때 아버지는 이렇게 말씀하셨다.

"나는 아버지다."

요즘 세대라면 이 말이 선뜻 이해되지 않을 것이다. 어린 시절을 읊조리듯 떠올리신 노인의 마지막 말씀은 이랬다.

"그때 난 아버지의 커다란 사랑을 느꼈지. 그리고 아버지가 한없이 자랑스러웠어. 지금도 그때를 잊지 못해."

노인의 눈가가 조금 붉어졌다. 망국의 백성인 아버지가 멀고먼 이국땅에서 개돼지마냥 죽어라 일하며 이루 형언할 수 없는 고생스러운 삶을 살면서도 자신이 누구인지 그리고 자신이 누구여야 하는지 결코 잊지 않았기 때문이다.

옛날 아버지는 고리타분한 아버지가 아니었다. 아들을 사랑할 줄도 모르는 냉혈한이 아니었다. 아들의 손을 잡고 안아줘 버릇하면 그 아들이 오히려 상할까봐, 그 귀한 아들이 오만방자하게 세상을 잘못 보고 덤빌까봐 눈물을 삼키고 참았던 것이다.

왜 아버지라고 해서 사랑을 모르겠는가. 왜 아버지라고 해서 자식이 귀여운 줄 모르겠는가. 잘 알기 때문에 마땅히 지켜야 할 아버지로서의 도리를 지키고 인내하며 이를 악물고 눈물을 삼켰던 것이다.

눈시울을 붉히던 노인은 그 철모르는 어린 시절에 그것을 알았다. 그리고 아버지의 사랑을, 손을 잡아주고 안아주는 것보다 더 커다란 사랑을 온몸으로 깨달았던 것이다. 자식에게 거리를 유지해야만 할 때도 있지만, 그래야만 부모가 부모가 되고 자식은 자식이 된다.

가족은 그들 가족만의 이야기가 있고 사연이 있고 규칙이 있다. 어느 것이 옳고 어느 것이 그르다고 할 수는 없다. 다만 그 방식이 '나만의 방식'이거나 '내 편한 방식'이어서는 안 된다. 자신도 모르는 사이에 이런저런 규칙과 이유를 둘러놓고 사는 사람들이 의외로 많다. 멀게는 조선시대 가부장들이 그랬고 가까이는 별다른 이유 없이 내 말이 법이란 듯 사는 이 시대의 일부 부모들도 그렇다.

우리 모두 자신의 생각과 판단으로 살아간다. 마땅히 그러해야만 한다. 하지만 자신이 어디에 있는지, 어디로 향하는지를 한 번쯤은 돌아봐야 한다. 그래야 자신이 본래 바랐던 인생길에서 벗어나지 않을 수 있다.

옛이야기는 우리 인생, 우리 삶, 우리 사회가 고스란히 녹아 응축된 거울이다. 그 투박한 거울을 바라보면 우리의 얼굴도 보이고 날카로운 눈빛도 비치고 세월의 주름살도 헤아릴 수 있다.

물론 옛이야기들 속에는 음탕하고 못된 계모도 있고 사악한 첩들도 있다. 손대는 것마다 사고를 치는 한심한 아버지도 있고, 무능하다 못해 차라리 그냥 없어졌으면 하고 바랄 만큼 한숨 나오는 남편들도 있다. 당연히 효성스러운 아들, 절개를 지키는 열녀들 이야기도 있다. 그들이 효자고 열녀인 것은 맞다. 하지만 그들이 그렇게 효자가 되려고 기를 쓰고 열녀가 되려고 목숨을 끊는 이유가 무엇일까? 이야기 속 사람들이 우리와 성정(性情)이 다른 인간이라면 모를까, 그들이라고 생각이 없겠는가, 정욕이 없겠는가. 효자가 되고 열녀가 되도록 떠밀린 것이 아닌지, 질투하도록 내몰린 것은 아닌지 그 누가 안단 말인가? 왜 가장 가까워야 하고 서로 사랑해야만 하는 가족 안에서까지 이런 뒤숭숭한 일들을 자행하는 것일까?

학교에서 배운 것들은 다 올바른데 어디서 이런 불온한 이야기들만 모아놨느냐고 핀잔을 할지도 모르겠다. 하지만 기가 막히게 잘 포장해놓은 이야기들 속에 꼭꼭 숨겨진 신음소리, 한숨소리, 통곡소리를 들을 수만 있다면, 그 헝클어진 소리들 속에서 인간의 내밀한 본성을 찾아볼 수 있을 것이다. 나를 돌아보는 귀감(龜鑑)이 되고 타산지석(他山之石)이 될 것이다.

이런 취지에 공감해서 개정판 출간을 결심해주신 유영의 박경순 대표님과 예쁘게 꾸며주신 윤서진 팀장님께 감사드린다. 이분들이 아니었다면 이 글도 이 자리도 없었을 것이다.

2020년 6월
백양관에서 유광수

차례

일러두기 ——

이 책은 2012년에 출간된 《가족 기담》을 전면 개정한 것으로, 이번 개정판에서는 내용의 전면적 보완뿐 아니라 구성 면에서도 변화를 주었다. 총 9개 관으로 나누어 주제별 고전 큐레이팅을 시도했으며, 인간 본성에 대한 통찰, 지성의 단련법, 지금-여기 삶에 대한 해답을 한층 쉽게 전하고자 했다.

1관

불변의 희생양
메커니즘

쥐 변신 설화 · 옹고집전 · 배따라기

"쥐뿔도 모르는 게, 어딜!"

별생각 없이 이런 말을 툭 내뱉을 때가 있는데, 사실 '쥐뿔', '개뿔' 하는 말은 욕이다. 욕설은 오랜 옛날에 만들어져 내려온 것으로 세월이 흐르면서 의미가 퇴색되기에 욕이란 느낌 대신 감탄사 정도로 생각하기 쉽다. 그래서 욕설인 줄 알고 말하는 사람은 의외로 적다. 하지만 욕설이다. 지금은 무슨 뜻인지 거의 잊혀 욕이라고 생각되지도 않는 '제길'만 해도 원래는 '제미랄', '제 할미랄'이 풀어지고 줄어든 것이다. 원래 의미는 '제 에미와 할', '제 할미와 할'로, '자기 어미나 할미와 붙어먹을'이란 원색적이고 동물적인 근친상간(近親相姦)을 뜻했다.

아무튼 살면서 무슨 뜻인지 모르고 내뱉는 말이 한둘이 아니니 그 모든 것의 연원과 의미를 찾아서 제대로 쓰기란 여간 힘들고 귀찮은 일이 아니다. 또 말이란 시대에 맞게 의미가 바뀌니 바뀐 새 의미로 쓰면 되지 굳이 옛날 의미를 찾아서 쓸 필요가 있냐고 묻는다면 그 말도 틀리진 않는다. 참 복잡한 일이다.

하지만 '쥐뿔', '개뿔'처럼 있지도 않은 '쥐의 뿔'과 '개의 뿔'을 운운하는 것이 좀 궁금하긴 하다. 이 말을 둘러싼 정황이 뭔가 지목 당한 사람만 당하고 속는 것 같아 찜찜하기도 하다. 쥐의 뿔처럼 있 지도 않은 것을 모른다고 핀잔할 때, "없으니까 모르지"라고 맞받아 치려고 하면 주위 사람들까지 동조해서 "정말 그것도 몰라?" 하는 식의 눈길로 뚫어져라 자신을 쳐다보니 더욱 그렇다. 때론 손가락 질하듯이 낄낄거리기까지 한다. 그럴수록 더욱 영문을 모르겠다. 대 체 다른 사람들은 있지도 않은 '쥐뿔'을 봤단 말인가? 당하는 나만 모르고 나만 쥐뿔을 못 본 것일까? 모두 다 알고 있는 것 같은데 말 이다. 뭔가 크게 당한 느낌을 떨쳐버릴 수가 없다. 여기에는 말 못할 복잡한 사정이 있다.

배를 가르니
쥐새끼가 나왔다

옛날에 어느 선비가 공부를 하겠다고 절로 들어갔다. 과거 급제를 목표로 3년은 꼬박 공부를 하겠다며 부모와 젊은 처까지 뒤로하고 떠났다.

절에서 공부하는 동안 선비는 제 손톱과 발톱을 깎아서 아무 생 각 없이 버렸다. 그런데 그 손발톱을 절에 살던 천년 묵은 쥐가 넙죽 넙죽 받아먹는 게 아닌가.

그렇게 선비의 손발톱을 먹은 쥐는 선비와 똑같은 모습으로 감쪽같이 변신해서 선비의 집으로 내려가 선비 행세를 하며 산다. 집안사람 누구도 가짜를 의심하지 못한다. 3년 공부를 마치고 돌아온 진짜 선비는 자기와 똑같이 생긴 가짜가 집에서 아들 노릇, 남편 노릇 하며 사는 것을 보고 깜짝 놀란다. 내가 진짜다, 아니다, 바로 나다, 하며 실랑이가 이어졌고, 결국 진짜 선비가 쫓겨나고 만다.

선비는 공부하던 절로 돌아와 원통하고 억울한 사정을 스님께 말한다. 그러자 스님이 절에서 기르던 고양이를 내주며 다시 집으로 돌아가라 한다. 돌아온 선비가 가짜 선비 앞에 고양이를 던지자, 그 고양이가 가짜 선비를 물어 죽인다. 쥐였던 것이다.

그러자, 그동안 괄시받고 억울했던 선비 남편이 자기 처를 향해 울분을 토해낸다.

"이년! 넌 쥐뿔도 몰랐냐?"

이쯤 되면 '쥐뿔'이 무엇을 말하는지, '쥐뿔도 모른다'는 말이 무엇을 뜻하는지 분명해진다. '쥐뿔'은 '쥐의 성기'이고 '쥐뿔도 모른다'는 말은 '밤마다 같이 얼싸안고 자면서도 그것이 남의 것인 줄 몰랐냐?'는 분노와 짜증 섞인 면박이다.

이런 구비전승(口碑傳承) 이야기들은 입에서 입으로 전해지기에 민중의 목소리를 생생하게 담고 있는 것이 특징이다. 그래 그런지

'쥐뿔도 몰랐냐?'는 말보다는 더 적나라하게 '쥐 좆도 몰랐냐?'는 원색적인 말이 훨씬 많다.

그때부터 그 뭐 쥐 좆이라고 하긴 뭐하고 하니까 '쥐뿔도 모르는 놈'이라고 하는 소리가 생겼거든. ─────────

-《한국구비문학대계》 경기

이야기를 들려준 노인의 말이 '쥐 좆'이라고 입에 담기 쑥스러워 '쥐뿔'이 되었다는 설명이다. 경상도 지역에서는 '쥐 불알'을 '쥐불', '쥐뿔'로 쓰는 경우가 있는데 이 역시 '쥐의 성기'와 관련된 것임을 알 수 있다.

왜 그 많은 짐승 중에 하필 쥐를 두고 이런 이야기가 생겼을까?

여러 이유가 있겠지만 가장 원초적인 이유는 쥐의 생김새가 남자의 성기와 유사하기 때문이다. 그래서 '여자가 무슨 일을 당하고도 남에게 창피해서 말도 못한다'는 뜻으로 '뒷간 쥐에게 ○○ 물린다'는 속담이 있을 정도다. 쥐와 남자 성기의 유사성을 바탕으로 한 은유는 〈춘향전(春香傳)〉의 각편인 〈남원고사(南原古事)〉에도 나온다. 한양으로 떠난 이몽룡에게 절개를 지킨다며 변학도의 수청을 거절한 춘향이 옥에 갇히자 월매가 딸 춘향에게 "물라는 쥐나 물지 대체 수절이 다 뭐냐?"며 타박을 한다. 물론 '쥐를 문다'는 것은 성교를 의미한다. 이는 쥐의 생김새를 염두에 둔 말이다.

이렇게 '쥐뿔도 모른다'는 말은 '정말 아무것도 모른다'는 말이고, 아무것도 모른다는 말은 그야말로 원초적이고 근본적인 것조차 모르는 덜떨어진 인간이라고 손가락질 받아 마땅한 사람에게나 하는 말이다. 게다가 이 말에는 '쥐와 성교'한 사실이 전제되다 보니 낄낄거리는 음탕한 비웃음이 주변에 깔린다. 이야기를 들려주는 현장에서 이런 〈쥐 변신 설화〉는 잔뜩 웃음을 머금은 성적 긴장 탓에 바싹바싹 군침을 삼키며 팽팽하게 구연된다. 그러다가 마지막 말, "이년! 넌 쥐뿔도 모르냐?"는 말에서 빵 터지고 만다. 처음부터 질펀하게 노골적으로 풀어놓는 걸쭉한 음담패설보다 더 자극적인 흥분과 긴장이 이 이야기 속에 숨어 있다.

그런데 킥킥거리다 왁자지껄 터진 웃음이 잦아지고 나면 왠지 뭔가 켕긴다. 신나게 웃었는데 뒷맛이 썩 개운치만은 않은 것이다. 왜일까? 진짜 남편이 쥐뿔도 모른다고 처를 면박주고 핏대를 올렸던 다음 장면을 보면 찜찜함의 이유를 짐작할 수 있다.

진짜 선비 남편이 돌아오고 가짜 남편이었던 천년 묵은 쥐가 퇴치되었지만 복잡한 문제가 남는다. 처가 쥐와 성교를 했다는 사실 말이다. 이야기에 따라서는 쥐로 인해 임신한 처가 얼마 후 쥐새끼들을 낳기도 한다. 오글오글 잔뜩.

인간이 쥐와 성교해서 자식을 낳을 수는 없다. 생물학적으로 불가능하다. 하지만 민중들은 그런 것에 신경쓰지 않는다. 사실이든 아니든 상관없이 신나게 웃고 떠들고 낄낄거리면 그만이다. 이래저래 남의 일이니 말이다.

아, 이게 애를 뱄어. 그 마누라가 낳는데 보니까 맨 쥐새끼들이 오
골오골하게 나오는 거야. _____

-《한국구비문학대계》충북

그러니까 한 3년 넘게 되었으니까, 이 며느리가 임신을 해서 애를
낳게 되었거든. (청중들: 아이를 가졌구먼) 그래, 참 아이를 낳는다
고 하는데, 그 아이를 놓는데 말이야, 햐~ (청중들: 모두 웃음) 쥐새
끼를 오무루하게 낳더란 말이야 (웃으면서) 바로 그런 이야기야. ___

-《한국구비문학대계》충북

그래서 그 쥐하고 자식을 낳았는데 쥐 반쯤 사람 반쯤 된 튀기를
났더라고. _____

-《한국구비문학대계》전남

지금과 달리 딱히 생활에 활력이 될 만한 거리가 없던 시절에 이
런 이야기는 정말 눈이 번쩍 뜨이는 대단한 가십거리가 아닐 수 없
다. 성적 호기심과 흥분을 동시에 불러일으키는 흥미진진한 이야기
다. 종종 동물과 성교해서 자식을 낳았다는 그리고 그 자식을 죽이
는 것을 보았다는 황당한 '썰'이 지금도 가끔 들리지만 있을 수 없는

일들이다. 군이 꿰어 맞춰본다면 '쥐뿔'이 '개뿔'이 된 것이 개와의 수간(獸姦)이 가능해서였을 것이라는 추측을 할 수 있다. 물론 쥐든 개든 그 자식을 낳는 것은 원천적으로 불가능하다.

아무튼 이야기가 이 정도라면 눈살을 찌푸리든지 그냥 피식거리며 무시하고 넘어갈 수도 있지만 다음 이야기들은 결코 그렇지 않다. 웃고 지나치기에는 도를 한참 더 넘는다.

그래서 '쥐 좆도 모르느냐'고 그랬다는 겨. 그래서 그 여편네를 쫓아내버렸어. 그 쥐하고 계속 살았으니 말이여. —————

－《한국구비문학대계》충남

쥐 좆도 모르고 살았냐고 자기 여편네부터 몽둥이로 때려죽였어. 그러고선 자식도 다 때려죽여버리고, 싹 죽여버렸어 식구를. ——

－《한국구비문학대계》전북

자기 여편네를 데리고 가서 배를 갈랐어. 그놈 새끼가 거기 들었으니까. 그걸 낳았다가는 집안이 망하게 생겼거든. 배를 가르니까 하얀 백쥐가 여러 마리 들었다는 거야. (청중들: 그걸 다 낳았으면 큰일날 뻔했겠네?) 그럼 집안이 망하지. —————

－《한국구비문학대계》전북

쫓아내고, 때려죽이고, 심지어 배를 갈라버린다. 몽둥이로 때려 죽이는 것도 그렇지만, 배를 가르는 것은 아무래도 산 채로 갈랐을 것만 같은데, 이 끔찍함이 쥐의 씨를 박멸하기 위함인지 더럽혀진 처에 대한 징치(懲治)인지는 불명확하다. 눈이 뒤집힌 그 심정은 이해된다. 그렇다고 몸서리가 쳐지지 않는 것은 아니다.

이보다 더 그로테스크(grotesque)한 이야기도 있다. 펄펄 끓는 기름 가마 위에 널빤지 둘을 받쳐놓고 처에게 그 위에 앉으라고 강요한다. 뒷간에서 변을 보는 자세로 말이다. 물론 하의를 홀딱 벗고 올라앉은 여인의 아래로 정체 모를 것이 쑥 빠져나와 끓는 기름 속에 텀벙 빠졌다는 것으로 이야기는 끝난다. 눈에 그려지는 그로테스크하고 섹슈얼한 장면이 주는 미묘함 속에 불편하고 불쾌한 것이 있다. 성마른 성격이라면 소리를 버럭 질러버릴 만도 한 뜨거운 울분이 치받기도 한다.

더욱이 이런 이야기의 시작부터 끝까지가 줄곧 키득거리며 주절거리는 이야기 구연 상황임을 알게 되면 더욱 그렇다. 부인의 배를 가른다는 소리에도, 몽둥이로 산 사람을 때려죽인다는 얘기에도, 사람들은 당연하다는 듯이 키득키득 웃음을 그치지 않는다. 사람이 참혹하게 죽어 나가는데도 손뼉을 치고 웃음을 터뜨리며 난리를 치는 이 이야기의 연행자들과 그 공간은 어떻게 돼먹은 거란 말인가?

〈쥐 변신 설화〉를 구연하고 즐기는(?) 공간은 남성적 에너지가 흘러넘친다. 그렇다고 그 공간에 참여한 자들이 모두 남자인 것은 아니고, 혈기 방장한 젊은이들만 있는 것도 아니다. 여자도 상당히 많다. 외려 여성들이 많은 경우가 더 흔하다. 그렇다면 이렇게까지 한 여인을 향한 노골적인 발가벗김, 업신여김, 조롱, 살해를 도대체 어떻게 이해할 수 있을까?

여기에는 비겁한 떠넘김이 있다.

누가
──── 그녀에게 돌을 던지나 ────

'쥐뿔도 모르느냐?'는 면박을 받은 중심에는 물론 선비의 처가 있다. 하지만 사실 가짜에게 속은 것은 처만이 아니었다. 선비의 부모들 역시 가짜에게 속기는 마찬가지다. 진짜 아들이 나타났을 때 오히려 진짜 아들을 내쫓고 가짜를 옹호하는 등 적극적으로 나선 자들은 사실 선비의 부모였다. 이렇게 같이 속고 같이 당했지만 그들은 벌(?)을 받지 않는다. 선비의 부모는 놀림을 받지도 않고 봉변을 당하지도 않는다. 실제로 쥐와 성교를 한, 씻을 수 없는 욕을 본 것도 처였고 궁극적으로 놀림감이 된 것도 처였다. 가짜에 혹해 진짜 아들을 쫓아냈던 눈먼 부모들은 어떻게 빠져나갔을까? 어떻게 그들은 면죄부를 받았을까?

어떤 각편에서는 "쥐뿔도 몰랐냐?"고 타박하는 것이 남편인 선비가 아니라 시어머니인 경우가 있다. 시어머니는 이렇게 말한다.

"모양이 똑같고 하는 짓이 그전 아들과 같이 하니까 나는 몰랐지만, 너는 쥐 좆도 모르고 살았냐?" ————

-《한국구비문학대계》 충남

참, 이 말을 들은 당사자는 입이 열 개여도 할 말이 없을 것이다. 뭐라 말할 수는 없지만 억울하기 그지없을 것이다. 가짜의 생김새와 행동이 똑같아서 그 아들 선비를 낳은 시어머니조차 못 알아봤는데 단지 선비의 처라는 이유만으로 어떻게 알아본단 말인가? 설사 같이 잠을 잤다 해도 감쪽같이 변신한 쥐가 그 '쥐뿔'만 그대로 일리는 없지 않은가 말이다.

옛날에는 여자들이 결혼했다고 해서 지금의 부부들처럼 오랜 시간 붙어서 친밀하게 지내지는 않았다. 아니, 못했다. 그저 밤이 되어 한방에 눕는 것이 고작이었다. 평민이라면 하루 종일 논과 밭에서 일을 하고 산과 들에서 나무를 하며 나라의 부역을 지는 등 정신없이 바쁘고 지치고 힘들다. 여인네들이라고 다르지 않았다. 여인네들은 여인네들대로 자신들이 해야 할 산더미 같은 일들로 정신이 없다. 지금처럼 상수도가 집안까지 들어와 콸콸 물을 쏟아내는 것도 아니고 세탁기와 청소기가 있는 것도 아니었다. 빨래만 해도 한 짐씩 지고 개울가로 가야 했고, 집안 청소도 온통 구부리고 엎드려서 걸레질을 해대야 했다. 세 끼 밥을 하는 것만 해도 일이었다. 물을 길어 와서 가마솥에 불을 때서 밥을 지어야 했다. 아침저녁으로 세 숫물까지 일일이 길어 와야 했다. 그렇다고 밭일을 하지 않는 것도 아니었다. 그야말로 일에 일이 이어지고 치워도 치워도 일이 쌓여 있었다. 옛 풍습에는 설날에서 대보름까지는 아무 일도 하지 않고 쉬었다. 하지만 그때도 여인들은 밥물을 길어다가 밥을 해야 했고 세숫물을 대령해야 했다. 그걸 두고 '푹~ 쉰다'고 여겼다. 지금 생각 하면 상상하기 어려운 상황이었다. 이러니 부부 둘이서 살갑게 지 낼 시간은 어디에도 없다. 그냥 하루하루 살기에 바쁜, 아니 버티기 에 힘겨운 삶이었다.

부부간에 가까이 지내는 것이 어려운 것은 양반들이라 해서 크 게 다르지 않았다. 오히려 양반들은 예법으로 더 꽁꽁 묶여 있었다. 낮에 아녀자들이 거처하는 곳에 간다든가 기웃거리는 것은 예법에 어긋난 행동일 뿐만 아니라 우스운 짓거리였다. 그들 역시 각자 해 야 할 일로 분주하기도 했지만 근본적으로 서로 친밀감을 쌓을 틈 이 없었다. 시간이 있다 해도 양반 남자는 본처에게 그렇게 공을 들 이지 않았다. 집안과 집안이 맺어준 결혼은 어느 정도 정략적이고 형식적이기 마련이었다. 남자들은 첩을 들이는 것으로 자신의 성적 욕망을 채웠다. 사정이 이러니 평민이든 양반이든 부인이 남편의 '뿔'까지 제대로 알 수는 없는 노릇이었다.

쥐뿔도 몰랐냐는 시어머니의 공박이 더 괴로운 것은 따로 있다.

설사 처가 선비가 가짜라는 것을 알았다 해도 문제는 마찬가지라는 점이다. 알아도 말할 수 없는, 절대 티 낼 수 없는 처지에 놓여 있기 때문이다. 처가 진짜 남편과는 느낌이 다르다는 것을 눈치챘다 치자. 그래서 의심한다고 치자. 그럼 그런 속 깊은 사정을 누구에게 말하고, 어디에다 털어놓을 수 있단 말인가? 털어놓는다면 들어나줄까? 내밀한 사정을 들은 자들이 "정말? 그래? 큰일이다. 어쩌지?" 하며 처의 말에 동조해줄까? 절대 그러지 않을 것이다. 외려 처를 바람난 닳고 닳은 화냥년으로 찍고 말 것이다. "도대체 넌 어떻게 그 느낌이 다르다는 것을 알지? 딴 남자와 해봤니? 너 아무래도 수상한데"라는 말과 함께 찌르는 듯한 눈초리가 돌아올 게 뻔하다. 털어놓은 것을 후회하며 돌아서는 처의 뒷덜미를 향해 날카로운 의심 섞인 눈길이 떠나지 않을 것이다.

처의 억울함은 이것이다. 이래저래 그대로 받아들일 수밖에 없는 처지였다는 것, 선비가 가짜라는 것을 알든 모르든 무조건 몸을 열어야 했다는 것, 바로 그것이다. 아무리 생각해도 처의 잘못은 없다. 처절한 피해자를 찾으려면 바로 처여야 한다.

그런데 그 모든 잘못을 처에게 떠넘겨버리고 주위 사람들은 뒤로 물러나 비난하고 낄낄거리고 조롱하다니…, 억장이 무너져 내리지 않을 수 없다.

돌아온 진짜 남편이 화내는 것은 어느 정도 이해할 수 있다. 이런 사달이 벌어지게 된 것에 근본적인 잘못이 남편에게 없지 않지만 일단 그의 분노를 납득할 수 있다. 그는 가족들에게 쫓겨났다는 굴욕감과 함께 가짜가 집안을 난잡하게 만들어놓은 것에 대한 분노를 느낄 수밖에 없다. 하지만 시어머니를 비롯한 가족의 비난은 문제가 있다. 바로 그 비난이 처를 때려죽이고 배를 가르게까지 했다면 더욱 문제가 있다.

왜 시부모가 길길이 날뛴 것일까? 같이 속아놓고 왜 그들까지 손가락질을 해댄 것일까? 공범이었으면서도 왜 아니라고 회피한 것일까?

이것이 바로 전형적인 타자화의 메커니즘이다. '난 너와 달라'라며 구별 짓는 것으로 시작해서 구별이 차별이 되게 만든다. 문제의 본질을 회피하여 자기와는 별개의 것으로 인식하게 하고 그 문제의 모든 것을 하나의 희생양에게로 전가시키는 것이다. 그렇게 시부모는 자기 잘못이 아니라며 발뺌한다. 모든 잘못을 쥐 좆도 몰랐던 처에게로 돌리고 자신들 역시 피해자의 자리로 옮겨가서는 쉬지 않고 손가락질을 해대는 것이다.

"이년! 넌 쥐뿔도 몰랐냐?"

그 말 속에는 '알았다면 이런 일이 없었을 것 아니냐?'는 뜻이 숨어 있고, 그것은 '너 때문에 우리까지 봉변을 당하지 않느냐?'는 말로 바뀐다. 자신들의 잘못을 떠넘김으로써 궁극적으로는 자신들의 잘못에서 완전히 빠져나가는 것이다. 그렇기에 주변의 다른 사람들보다 더 과격하고 더 극단적인 손가락질을 해대는 것이다. 공범이기에 다급한 그 심경을 감추기 위해 그런 행동을 하는 것이다. 그런 행동은 대부분 폭력적일 수밖에 없다. 그래서 처가 몽둥이에 맞아 죽고 배가 갈릴 수밖에 없었던 것이다. 당연한 수순이다. 희생양은 죽어야 한다. 그래야 그 모든 죄가 희생양과 함께 사라지고, 그래야 공범자들의 죄가 씻겨 나가기 때문이다. 공범자들이 더 광분할 수밖에 없는 근본적 메커니즘이다.

하지만 이 정도만이 아니다. 여기엔 더 깊은 속내가 도사리고 있다.

몇 해 전 일본에서 충격적인 사건이 있었다. 한 고등학생이 문이 열린 집으로 들어가 혼자 사는 할머니를 살해한 것이다. 그런데 살해 동기에 대한 그 학생의 변이 놀라웠다. "그냥 살인하고 싶어서" 라니, 하지만 그 사건이 전 일본 열도를 경악에 빠뜨린 근본적인 이유는 따로 있었다. 아무리 찾아도 그 학생에게서 사회적, 가정적, 정신적 문제를 찾을 수 없었던 것이다. 살인자가 사이코라면 이야기는 쉽다. 능히 그럴 거라고 이해된다. 그런 사이코가 내 주변에 없으니 됐다고, 앞에서는 죽은 자에 대해 애도의 표정을 짓지만 돌아서서는 죽은 사람이 내가 아니니 괜찮다고 안도의 한숨을 내쉬면 그만이다.

하지만 그 학생은 사이코가 아니었다. 정신병을 앓은 적도 없었다. 가정불화가 있었던 것도 아니고, 폭력적인 아버지 밑에서 괴로워했던 것도 아니었다. 결손가정도 아니었다. 학교에서 왕따를 당한 것도 아니고 친구들과 문제가 있었던 것도, 성적이 나빴던 것도 아니었다. 지난 과거를 샅샅이 뒤졌지만 뭐 하나 꼬투리를 잡을 만한 것이 하나도 나오질 않았다. 반듯한 아버지 어머니 밑에서 유복하게 자랐고 학교 성적도 좋았고 향후 진로에 대해서도 사회가 보기에 건전한 생각을 갖고 있었다. 어느 것 하나 문제될 것 없는 평범한 학생이었다. 주변에서 흔히 볼 수 있는, 교복 입은 그런 학생이었던 것이다.

　바로 그 '평범'이 문제였다. 그 '평범'이 온 일본 열도를 불안에 떨게 했다. 그렇게 평범한 학생이 느닷없이 사람을 죽였다는 사실은 다른 어떤 말로 달래고 위로해도 가라앉지 않는 불안을 끊임없이 부추겼다. 선을 그을 수 없기 때문이다. 구별해서 차별할 수 없기 때문이었다. 정신병이 있다면 병원에 찾아가게 하면 되고, 가정불화를 겪었다면 위로의 말을 넌지시 하며 자신들이 도울 수 있는 부분만 도우면 된다. 폭력서클에 가입했다면, 사회에 적응하지 못했다면, 속된 말로 뒤에서 손가락질하며 회피하면 그만이다. 그저 내 앞, 내 주변에만 없으면 그만이다. 하지만 '평범'은 다르다. 그렇게 '평범'한 아이는 어디에나 있다. 그래서 그들은 구별할 수도 배제할 수도 없는 존재들이다. 평범한 누군가가 생각지 못하는 순간에 느닷없이 불쑥 튀어나와 칼을 휘둘러댈지 모른다는 불안과 공포가 주위에 둥둥 떠다니게 된 것이다.

구별할 수 없어서 차별할 수 없고, 차별해서 타자화시킬 수 없는 것, 그것이 문제였다. 공포의 진원지는 바로 그것이었다. 타자화시킬 수 없는 영역에 속한 자, 거기서 비롯된 불안과 공포, 그것은 본원적 공포다.

"이년! 넌 쥐뿔도 몰랐냐?"는 말 속에서 우리가 불안과 공포에 떠는 시부모의 목소리를 들을 수 있는 것은 이런 이유 때문이다. 며느리를 타박하는 정도를 넘어서 그녀의 배를 갈라 쥐를 꺼내고 몽둥이로 때려죽이는 것은 바로 이런 공포의 진원지를 근본적으로 제거하는 행위이다. 그렇게 자신들을 위협했던 불안과 공포를 씻어내려 한다. 애써 불안한 표정을 감추고 자신들의 잘못을 한 여자에게 모조리 떠넘기고는 징치의 가면을 쓴 채 연신 "더럽다! 더럽다!", "죽어라! 죽어라!"를 목이 터지도록 부르짖는 한바탕의 난리굿으로 대체한다.

이렇게 타자화되기 때문에 더욱 그로테스크하고 참혹하다. 참혹하고 노골적인 징치가 이루어질수록 낄낄거림은 더욱 증폭된다. 불안하고 불편한 욕망이 그 욕설, 그 삿대질, 그 낄낄거림 속에서 쉴 새 없이 요동친다. 공모자들은 불안한 얼굴로 서로를 돌아보며 어색한 웃음을 멈추질 않는다. 멈출 수 없다. 멈추면 죽는다. 자신도 끌려 나가 죽을 수 있다. 얼어붙은 웃음이 유리창처럼 깨질 때까지 멈출 수 없다.

그러는 동안 죄 없는 여인은 참혹하게 죽어간다.

옹고집네 식구들이
── 웃음거리가 된 까닭 ──

아무 잘못 없는 처가 희생될 수밖에 없었던 근본적 원인은 남편의 부재 때문이다. 모두 남편이 없기 때문에 일어난 일이다. 남편은 절에 들어가 공부를 열심히 해서 입신양명하려고 했다. 그 의도가 꼭 개인적인 영달을 꾀해서라고 볼 수는 없다. 과거 급제는 크게는 집안을 일으키고 가문을 흥성하게 하는 일이며, 작게는 자신과 가족을 행복하게 하는 일이다. 더욱이 풍족하고 부유한 집을 떠나 적막한 절간에 홀로 들어가서 공부하겠다고 결심한 것을 보면 이를 나쁘게만 볼 수 없다. 당시 대부분의 양반들은 다 그렇게 공부했다.

남편의 잘못은 손톱 발톱을 잘라 함부로 버린 일이다. 사람의 정기(精氣)를 지니고 있다고 여겨지던 손톱과 발톱을 먹고 쥐가 변신한 것이다. 그 변신으로 쥐는 남편과 완전히 똑같아진다. 몸만이 아니라 생각과 정신과 기억까지 똑같아진다. 그래서 한 번도 가본 적이 없는 집을 척척 찾아가고 남편과 똑같이, 아들과 똑같이 행동했던 것이다.

이 쥐는 누구인가? 아니 무엇인가? 상징이라 생각하면 온갖 뒤숭숭하고 입맛 쓴 것들에다 붙여서 생각할 수 있지만 분명한 것은 남편의 부재를 틈타 들어온 또 다른 남편이라는 점이다. 그것은 무엇일까? 남편의 빈자리를 노리고 들어와서 집안을 웃음거리로 만들고 결국 풍비박산 나게 한 이 시커먼 존재는 무엇이란 말인가?

이 존재를 민중 나름의 시선에서 해석한 두 이야기가 있다. 〈쥐 변신 설화〉를 자기 식으로 이해하고 변용시킨 이 두 이야기를 통해 우리는 남편 부재에 대한 민중들의 색다른 설명을 듣게 된다.

정작 남편의 부재가 본질적인 문제였지만 모든 잘못을 처에게 만 짐 지웠던 〈쥐 변신 설화〉를, 남편의 잘못을 적나라하게 부각시키는 것으로 바꾼 이야기가 있다. 이 이야기는 절간에 들어간 남편의 행위를 '욕심'으로 인식하고, 정기를 담은 손발톱을 함부로 버리는 행위를 '사회적 행패'로 읽어낸다. 그러면서 아울러 그런 욕심과 행패를 일삼는 남편에게 제대로 조언하지 못했던 처의 문제도 짚고 넘어간다. 동시에 한 집안의 이야기를 사회구조적 문제로 확장시켜 웃음의 역학으로 꼬집으려 한다. 민중의 놀라운 상상력이다. 욕심쟁이 양반 〈옹고집전(壅固執傳)〉 이야기가 그렇다.

이름부터 한 고집 하게 생긴 '옹고집'은 대단한 부자다. 고을의 유지이며 향촌 양반들의 우두머리인 좌수(座首) 양반이다. 뭐 하나 부족한 것이 없는데 이 양반, 욕심이 어마어마했다. 그 욕심과 부도덕함이 단순한 개인적인 차원이 아니라 지역 고을에까지 영향을 미치는 문제적인 것이었기에 소문이 멀리까지 났다. 옹고집의 소문을 들은 학대사가 일부러 그의 집을 찾아와 시주를 부탁한다. 당연히 옹고집은 시주는커녕 대사를 욕보인다. 학대사가 돌아가 허수아비를 만들고는 도술로 옹고집과 똑같이 변신시켜 그의 집으로 보낸다. 이 가짜 옹고집이 진짜 옹고집을 쫓아내고 안방을 차지해버린다. 쫓겨난 진짜 옹고집은 고생고생하다가 결국 자신의 잘못을 뉘우치고 학대사의 용서를 받아 집으로 돌아간다. 그가 안방에 들어가자 그동안 진짜 행세를 하던 가짜 옹고집이 지푸라기 허수아비가 된 채 덩그러니 놓여 있다.

진짜냐 가짜냐로 다투고 결국 가짜가 진짜를 몰아내는 것이나 변신한 가짜가 진짜처럼 처를 차지해서 사는 것이 〈쥐 변신 설화〉와 꼭 같다. 손발톱을 먹고 쥐가 변신하는 대신 도술로 허수아비가 변신하는 것으로 바뀌었을 뿐이다. 하지만 이보다 더 큰 변화가 있다. 바로 〈쥐 변신 설화〉에서는 별로 부각되지 않았던 선비 남편이 〈옹고집전〉에서는 욕심쟁이 옹고집이 되면서 '오쟁이 진 남편'으로 격하된다는 점이다.

'오쟁이 진다'는 말은 제 아내가 딴 남자와 간통을 저지르는 것을 모른다는 우리말로, 처가 딴 남자와 놀아나도 그것도 제대로 모르는 얼간이 같은 남자를 '오쟁이 진 남편'이라 부른다. 〈쥐 변신 설화〉에서도 분명 선비가 오쟁이 진 상황이 되지만 그 점이 부각되기보다는 아내가 어리석게도 쥐뿔도 몰랐던 상황으로 몰아갔다. 하지만 옹고집 이야기는 분명하게 남편 옹고집에 초점을 맞추면서 그가 오쟁이 지게 되는 상황을 해학적이고 풍자적으로 보여준다. 그러자 〈쥐 변신 설화〉의 음습한 낄낄거림이 밝고 환해진다. 왜냐하면 옹고집은 나쁘고 그 부인은 어리석기 때문이다. 해당 장면을 조금 더 구체적으로 살펴보면 이렇다.

가짜 옹고집이 나타나자 집안이 발칵 뒤집힌다. 종들이 진짜와 가짜를 구별하려 하지만 분간할 수 없게 되자 옹고집의 부인에게 변괴를 알린다. 내외를 해야 하는 부인은 몸종에게 도포 안자락의 불똥 튄 구멍을 보면 진짜를 알 수 있다며 확인하라 하지만 이 또한 똑같자 부인이 탄식한다.

"우리 둘이 만날 적에는 같이 살고 같이 죽자 했는데, 이 무슨 난리란 말이냐. 내가 행실 지키기를 소나무와 잣나무처럼 굳게 지켜왔는데 두 명의 낭군을 이제 어떻게 한단 말이냐."

옹고집의 며느리가 옹고집의 머리에 있는 흰 머리카락을 확인하지만 이 역시 구별이 안 된다. 옹고집의 아들도 나서지만 그도 가려내지 못한다.

가짜 옹고집이 아들에게 말한다.

"너희 어머니께 말씀 좀 드려 썩 나오시라 해라. 이렇게 집안에 변괴가 났는데 내외한다고 방안에 들어앉아 있다니, 쯧쯧쯧."

그러자 아들이 부인을 방에서 모시고 나오자, 가짜가 부인에게 말한다.

"이보게 마누라. 내 말 좀 자세히 들어보게. 우리가 처음 만나 신혼방을 차려 같이 잘 때 품고 자려 하자 처음에는 응하지 않기에 내가 다시 좋은 말로 구슬리며 자네를 홀렸지 않았나. 그때 내가 '이렇게 좋은 밤은 백년에 한 번 올까 말까 한 밤인데 어찌 허송세월한단 말이오'라고 하자, 비로소 그대가 허락해 서로 껴안고 잘 자지 않았나. 이런 것까지 알고 있는 내가 진짜가 아니겠나."

부인이 솔깃하나 진짜 옹고집도 같은 말을 하자 다시 판가름을 못한다.

결국 관청으로 가서 사또에게 판결을 해달라고 한다. 사또는 가짜를 진짜로 결정하고는 진짜 옹고집을 곤장을 때려 내쫓는다.

가짜 옹고집이 의기양양하게 덩실덩실 춤을 추며 집으로 돌아가면서 말한다.

"허허 흉악한 놈이었네. 하마터면 우리 고운 마누라 빼앗길 뻔했구먼. 좋다 좋아."

집에서 조마조마하게 기다리던 부인이 가짜 옹고집이 들어오자 왈칵 뛰어 내달으며 가짜 옹고집의 손을 잡는다.

"여보, 재판에서 이기셨소?"

가짜가 허허 웃으며 말한다.

"그렇네 마누라. 그동안 편안했는가. 집안 살림살이는 고사하고 하마터면 자네를 놓칠 뻔했네 그려. 사또께서 명철하셔서 자네 얼굴을 다시 보니 이렇게 좋은 일이 또 어디 있나. 불행 중 다행일세."

그럭저럭 날이 저물어 가짜는 부인과 더불어 긴긴 밤을 이렇게 수작하다가 원앙 이불을 펼쳐놓고 같이 누웠다. 두 사람의 깊은 정은 굳이 말할 필요가 없을 정도였다.

이날 밤 부인은 허수아비가 무수히 떨어지는 태몽(胎夢)을 꾼다. 그리고 열 달이 지나자 부인은 그야말로 '개구리가 해산하듯 도야지가 새끼 낳듯 자식을 무수히 퍼 낳는'다.

진짜 옹고집이 대사가 써준 부적을 몸에 붙이고 돌아오자 가짜 옹고집과 줄줄 낳았던 자식들까지 몽땅 지푸라기 허수아비가 되어 나자빠진다.

주위가 놀라며 모두가 손뼉 치며 와자지껄 웃는 가운데, 진짜 옹고집이 부인을 면박 준다.

"마누라 그새 허수아비 자식을 저렇게 무수히 낳았으니, 그놈과 함께 얼마나 좋았는가? 한 상에서 밥도 같이 먹었는가?"

얼이 빠진 부인은 진짜 옹고집을 만나 반가우면서도 한편으로 지난 일을 생각하며 부끄러워한다.

자세히 보면 허수아비가 변신한 가짜는 말하는 것마다 모두 성(性)적인 내용을 담고 있다는 것을 단박에 눈치챌 수 있다. 내외할 필요가 없다며 굳이 부인을 불러내는 것이나, 첫날밤 이야기를 폭로하는 것도 그렇고, 재판에서 이기고 나서 "고운 마누라를 뺏길 뻔했다"는 말을 하며 수작하는 등 모든 것에 성적 의도가 깔려 있다.

부인도 철부지 푼수처럼 희화(戲畫)되어 있다. 가짜 옹고집이 나타나자 느닷없이 절개를 지켜왔는데 "두 명의 낭군을 이제 어떻게 한단 말이냐"는 엉뚱한 소리를 한다. 집안의 '가장이 둘'이라는 것도 아니고, 자식들의 '아비가 둘'이라고 탄식한 것이 아니다. '남편이 둘'이라는 부인의 이 말은 은연중에 자신과 다른 남자의 성관계를 함축하는 것으로, 이런 미묘한 상황에서 가짜 옹고집은 "내외가 무엇이냐"며 부인을 불러내고 첫날밤의 정사(情事)를 꼬치꼬치 까발리며 성적 분위기를 고조시킨다. 부부간의 성애(性愛)는 둘만의 것으로 외부로 들춰지는 것은 수치가 아닐 수 없다. 그런 사적인 내용을 누가 진짜인지를 주시하고 있는 자식들과 종들 앞에서 있는 그대로 활짝 공개하지만 부인은 괘념치 않는다. 더욱이 두 옹고집 중 한 명은 가짜가 분명하므로 그 가짜에게, 즉 자신을 탐내는 가짜에게, 자신의 은밀한 성애를 공개한다는 점에서 더 성적인 흥분을 고조시키고 공개된 첫날밤 이야기가 자신의 수줍음과 관련된 것이란 점에서 이 상황은 그대로 포르노그래피적 환상을 자극한다. 그러나 부인은 이 상황을 거부하거나 멈추게 하지 않고 '동의'하고 '인정'한다. 더욱이 재판에 이기고 돌아온 가짜를 호들갑스럽게 맞이하는 그녀의 모습은 결코 정상이라 하기 어렵다. 진짜든 가짜든 자신이 아니라 남이 결정해준 대로 옳다고 믿고 좋다고 희희낙락하는 것은 한마디로 우둔한 철부지 바보짓이라 하지 않을 수 없다.

　이런 대목을 듣는 사람들은 숨죽이며 웃음을 참기도 하고 낄낄거리기도 하다가 부인이 허수아비 자식을 그야말로 짐승처럼 오글오글 쏟아내는 대목에서 음탕한 웃음을 터뜨리고, 진짜 옹고집이 돌아와 부인에게 "마누라 그새 허수아비 자식을 저렇게 무수히 낳았으니, 그놈과 함께 얼마나 좋았는가? 한 상에서 밥도 같이 먹었는가?"라며 면박을 주는 대목에 이르러서는 급기야 빵 터져 자지러지게 된다.

〈옹고집전〉의 목표가 옹고집을 오쟁이 지게 하는 것임은 분명하다. 그래서 옹고집의 처는 양반가 부인의 품위 있는 모습에서 차츰 격하되어 어리석고 우둔한 풍자의 대상이 되기에 꼭 맞는 모습으로 변하는 것이다. 가짜 옹고집의 시각을 통해 옹고집의 처는 상당히 아름다운 것으로 드러나는데 이는 이야기를 성적인 분위기로 끌고 가는 기능을 하는 동시에 가짜의 목적이 처에 대한 성적 공략임을 분명하게 말해준다. 가짜의 목적은 진짜 옹고집을 오쟁이 지게 하기 위해 그의 처를 공략하는 것이었다.

〈쥐 변신 설화〉에서 쥐에게 폭력적으로 당하는 여성의 경우는 비참한 면이 없지 않았다. 왜냐하면 진짜냐 가짜냐 논쟁하기 전에 이미 동침이 이루어졌기 때문이다. 난데없이 쥐에게 당한 셈이다. 즉 그녀는 '자신이 동침하는 존재가 남편이 아닐 수도 있다'는 의심을 할 수 없는 상황에서 동침을 한다. 그 이후에야 똑같이 생긴 선비가 나타나면서 진짜 가짜 다툼이 벌어졌다. 그러므로 그녀에게 "쥐뿔도 몰랐냐"는 질책은 억울한 측면이 있다. 비록 잠자리의 느낌이 달랐어도 그 느낌은 공개적으로 드러내서 말할 수 없는 은밀한 것이고, 모두들 진짜라고 여기고 있는 존재를 '느낌이 다르니 남편이 아니다'라고 말하면 받아들여지지도 않을 뿐만 아니라 행실이 나쁜 여성으로 낙인찍히기 때문이다.

그런데 〈옹고집전〉에서는 동침 이전에 한 명이 가짜임이 분명한 '두 명의 남편'이 있었다. 누구를 선택하든 그 선택이 잘못될 확률은 정확히 반이다. 그러므로 자신이 비록 옳은 선택을 했다 해도 분명히 찜찜한 구석이 없지 않아야 정상이다. 더욱이 진짜 가짜 결정도 자신이 하지 않고 외부의 결정을 그대로 따랐다. 비록 사또가 결정했다 해도 같이 동침해야 할 처는 자기 판단이 있어야만 했다. 그런데도 처는 가짜가 오자 왈칵 뛰어 내달으며 손을 잡고 호들갑을 떤다. 이것은 누가 결정되어도 상관없다는 태도나 다름없다. 이긴 자가 누구든, 자기도 판단하지 못했던 둘 중에 하나일 것이 분명할 텐데, 그녀는 전혀 그 진위(眞僞)에 관심이 없다. 재판에 이겼냐는 엉뚱한 물음을 던지고 가짜와 운우지락(雲雨之樂)을 거리낌 없이 맺는다. 그걸 '둘의 깊은 정은 굳이 말할 필요가 없을 정도'라고 서술한다.

한마디로 처의 마음속에는 한 점 의혹도, 꺼려함도 없었던 것이다. 이쯤 오면 처가 소나무 잣나무의 절개를 운운하며 내외하겠다고 했던 행동이 가식으로까지 느껴진다. 게다가 부인은 허수아비 태몽을 꾸고 또 자식을 동물처럼 꾸역꾸역 낳아놓고도 그걸 좋아라하고 길러낸다. 도저히 정상적인 양반가 부인의 모습이라 하기 어렵다. 이러니 설화에서 선비의 처에게 "쥐뿔도 몰랐느냐"고 한 질책은 억울한 측면이 있지만 옹고집의 처는 억울할 것이 없다. 허수아비 자식은 그녀의 어리석음을 구체적으로 나타내고 그녀가 몸달아했던 성애는 남편 옹고집을 오쟁이 지게 하는 결정적 근거가 되어버렸다.

〈쥐 변신 설화〉와는 달리 〈옹고집전〉의 경우 가짜가 허수아비임이 드러나자 집안사람 모두가 우루루 손뼉을 치며 웃어댄 것은 결코 설화처럼 야비한 짓이 아니었다. 이들은 속았어도 책임이 없다. 최종 판단은 사또가 내렸고 그것을 곧이곧대로 받아들인 것은 아둔하고 어리석은 부인이기 때문이다. 그녀는 확실치도 않은 남편을 두고 몸이 달아 우스꽝스러운 행동을 일삼으며 애까지 낳아 길렀으니 그야말로 '쥐뿔도 몰랐던 상황'을 피할 수 없고, 욕심쟁이 옹고집은 오쟁이 진 남편이 되어도 쌀 만큼 부정적인 인물이기 때문이다. 그렇기에 옹고집과 그 부인을 둘러싼 웃음은 즐거운 웃음이고, 풍자적이고 비판적이기에 건강하고 신나는 웃음이다.

결과적으로 옹고집이나 부인은 가짜를 퇴치해도 결코 이전으로 돌아가지 못한다. 왜냐하면 옹고집은 오쟁이 진 남편, 처는 경박한 여자, 집안은 웃음거리가 되었기 때문이다. 가짜는 퇴치되었지만 주변 사람들은 모두 낄낄대며 조롱한다. 그 숨죽인 낄낄거림과 눈길은 결코 막을 수 없다. 부부간의 동침이나 진위 다툼은 사실 그들 집안만의 문제로서 이웃 사람들과는 전혀 관련 없는 것이었지만 허수아비 자식으로 드러난 '쥐뿔' 때문에 더 이상 그들만의 문제가 아니게 되어버렸다. 그와 그의 처는 이미 웃음거리가 되었고, 그렇게 웃음거리가 된 '오쟁이 진 상황'은 가짜를 퇴치했다고 해서 결코 바뀌지 않기 때문이다.

욕심쟁이에 부도덕하고 불효막심한 옹고집은 은밀한 쥐뿔이 허수아비 자식으로 공개된 것을 두고두고 한탄했을 것이다.

쥐 잡던 날의 ─────── 비극 ───────

옹고집과 그의 집안을 둘러싸고 음탕하게 낄낄댈 수 있었던 이유는 내 문제가 아니라 남의 문제였기 때문이다. 한바탕 신나는 웃음은 오쟁이 진 상황을 밖에서 바라볼 때 나오는 것이지, 안에서 볼 때는 절대 그럴 수가 없다. 안에서는 도저히 웃음이 날 수 없다. 그 안에 있는 사람은 대체 어떤 심경일까? 거기에 초점을 두고 날카롭게 설화를 적용한 이가 있다. 바로 김동인(金東仁, 1900~1951)이다. 그는 그의 소설 〈배따라기〉에 〈쥐 변신 설화〉의 성적 암시를 은밀히 새겨 넣는다. 그리고 그것이 얼마나 비극적인지를 우리에게 들려준다.

바닷가에 두 형제가 살았다. 형은 전형적인 어부인 반면 동생은 말끔하고 준수한 게 바닷바람에도 얼굴이 희었다. 외모에서 동생에게 꿀린다고 생각한 형은 자신이 생각하기에도 과분한 아름다운 아내를 얻는다. 아내는 별다른 생각 없이 사람들과 친하게 지내는데 그것이 남편의 의처증(疑妻症)을 유발하고 강화한다. 그러다가 남편은 급기야 동생이 자기 아내와 사통했다고 오해하고, 분노로 이성을 잃고는 결국 아내를 죽음으로 내몬다.

형수와 시동생이 사통했을 것으로 오해하는 장면에 쥐 이야기가 적용되었다. 형이 시장에 간 사이에 형수만 있는 형의 집에 형을 만나러 시동생이 찾아온다. 형의 의처증을 익히 아는 동생과 형수는 외려 서먹서먹해지고, 아내는 시동생을 대접하려고 떡을 내민다. 이때 문제의 쥐가 나타나 그 떡을 먹으려 하고, 그 쥐를 잡으려고 동생과 형수가 정신없이 부산을 떠는데, 형이 집에 돌아와 그 광경을 보게 된다. 오해는 그렇게 시작되고 결국 형은 아내를 홧김에 죽으라며 내쫓는다. 그리고 그 걷잡을 수 없는 말로 인해 아내는 물에 빠져 죽게 되어, 남편과 아내 그리고 동생의 씻을 수 없는 한과 비극이 된다.

형이 자기 집 방 안에 들어섰을 때, 뜻하지 않은 광경이 그의 눈앞에 벌어져 있었다. 방 한가운데는 떡상이 차려져 있는데 그 아우는 수건이 벗어져 목뒤로 늘어졌고 저고리 고름이 모두 풀어져서 한쪽 모퉁이에 서 있고, 아내는 머리채가 모두 뒤로 늘어진 채로 치마가 배꼽 아래로 늘어지도록 풀어져 있었다. 그의 아내와 아우

는 그를 보고는 어찌할 바를 몰라 조금도 움직이지 못하고 서 있
었다.

세 사람은 한동안 어이가 없어 서 있었다. 조금 있다가 그의 아우
가 겨우 말했다.

"이놈의 쥐가 어디 갔지?"

"흥, 쥐? 훌륭한 쥐를 잡겠다."

그는 말을 끝내지 못하고 짐을 벗어버리고는 뛰어가 아우의 멱살
을 그러쥐었다.

"형님, 정말 쥐가!"

"쥐? 이놈. 형수와 그런 쥐 잡는 놈이 어디 있니?"

(중략)

여기저기 뒤적이노라니까, 어떤 낡은 옷 뭉치를 들출 때, 쥐 소리
가 나면서 무엇이 후다닥 뛰어나온다. 그러고는 저편으로 기어서
도망친다.

"정말 쥐였구나!"

그는 조그만 소리로 부르짖었다. 그리고 그만 그 자리에 맥없이
털썩 주저앉아버렸다. ─────────────────────

"이놈. 형수와 그런 쥐 잡는 놈이 어디 있니?"라고 한 것을 보면,
형인 남편은 분명하게 '쥐를 잡는다'는 말을 성교의 의미로 사용하
고 있음을 알 수 있다. 아내가 남편에게 상황을 설명할 때, 그녀는 실

제 있었던 대로 "쥐 잡으려다가"라고 말하지만, 그 바른 말이 상황을 증폭시킨다. 왜냐하면 '쥐를 잡는다'는 말이 '성교한다'는 말로 들리기 때문이다. 평소에 의처증이 있던 남편 입장에서 보면 눈앞에 펼쳐진 정황은 분명 간통 현장이다. 그 상대가 자기 친동생이라는 점에서 큰 충격에 휩싸여 있는 상태다. 이때 그 당사자가 하는 말이 감정을 자극하는 '쥐를 잡는다'는 말이다 보니 걷잡을 수 없는 분노가 터진 것이다. 이후 남편이 진짜로 쥐가 떡을 먹으려고 나왔었다는 사실을 알고는 "정말 쥐였구나!"라고 놀라는데, 이 말은 간통의 의미로 받아들였던 그런 쥐가 아니라 살아 있는 진짜 쥐였구나 하는 충격과 놀람의 표출이다.

이 이야기에서 쥐의 출현은 형수와 동생의 어색한 관계를 해소하는 중요한 기능을 한다. 형의 의처증에 대해 잘 알고 있기에 아내는 형을 만나러 온 동생을 형이 없다고 보낼 수도 없고 그렇다고 그냥 마주 앉기도 어색했던 것이다. 그래서 떡을 내왔던 거였다. 둘 사이는 아무 관계도 아니었으나 형을 의식한 둘은 어색할 수밖에 없었는데 그 어색함을 때마침 나타난 쥐가 해결해준다. 그래서 동생과 형수 둘은 결사적으로 쥐를 잡으려했던 것이다. 사실 쥐는 시골 어디에나 있다. 그리고 쥐를 쫓으면 그만이지 그렇게 죽이려고 잡을 필요는 없었다. 어색한 둘 사이의 긴장감을 해소할 기회였기에, 정말 결사적으로 이런저런 생각 없이 쥐를 잡으려고 부산했던 것이고, 그랬기 때문에 바깥에 형이 왔는지 몰랐던 것이고, 머리가 흐트러지고 치마가 내려가는 것도 몰랐던 것이다.

쥐는 단순히 이런 개연적 상황만을 위해 설정된 것은 아니다. 형의 의처증에 기름을 붓는 '상황'과 '말'이 되기 위한 미묘한 설정이기도 하다. 아무리 형의 의처증이 심해도 그 당사자들의 말을 들어보지도 않고 일방적으로 판단하지는 않는다. 우선 해명을 들으려할 것이다. 또한 형의 의처증을 아는 동생이 상황을 조리 있게 설명하려 할 것이다. 그런데 형은 제대로 알아보지도 않고 분노하고, 동생은 제대로 변명조차 하지 못하고 쫓겨난다. 형이 더 분노한 이유도, 동생이 더 이상 해명할 수 없게 된 상황도, 모두 '쥐'라는 말과 '쥐를 잡는다'는 말이 주는 미묘함 때문이었다.

형이 동생의 말에 흥분한 것은 매우 타당한 반응이었다. 동생은 의처증이 심한 형이 나타나자 놀랐을 것이고 그 오해를 풀어야 한다고 생각했다. 형수와의 사이에 아무 일도 없었기에 사실대로 말한 것이다. 그것은 너무나 당연하다. 그런데 그 사실대로 한 말이 오히려 "형은 오쟁이 졌어!"라는 의미로 들렸고, 일단 그렇게 의미가 전달된 상황에서 형의 마음을 돌리기란 불가능하다. 아마도 동생은 말을 하면서도 자기 말이 가지고 있는 중층적 작용에 섬뜩하게 놀랐을지도 모른다. 쫓겨 나간 동생이 더 이상 형에게 변명 아닌 변명조차 늘어놓지 못했던 이유가 바로 이 때문이다.

형의 입장에서 보면, 의처증이 있다고는 해도 동생과 사통할 것이라고는 전혀 생각지 못했는데 그 말, '쥐를 잡는다'는 그 말을 듣

자, 자신이 '오쟁이 진 사람'이라고 비웃음을 사는 것처럼 느끼게
된다. 평소에도 자신과 아내의 대비되는 외모로 인해 맘고생이 심
했다. 그 외모에 대한 열등감의 대상이 바로 동생이었다. 그런데 다
른 사람도 아닌 바로 그 동생이 오쟁이 졌다고 말하자, 억눌렸던 무
의식이 발동하면서 순간 눈앞에 아무것도 보이지 않게 된다. 동생
과 아내를 쫓아낸 후 멍하니 주저앉아 허탈해하는 모습은 바로 이
런 그의 정신적 공황상태를 말해준다. 자신이 오해했을지도 모른다
고 반추하는 것이 아니라 어떻게 이런 일이 일어날 수 있을까 하고
멍해 있었던 것이다. 이때까지 형은 결코 자신의 판단이 잘못되었
다고 생각지 않는다. '쥐를 잡으려고 했다'는 동생의 말을 듣는 순간
모든 것을 명확하게 간통의 상황으로 이해했기 때문이다.

형이 어리석고 맹목적인 사람이 아님은, 아내가 다른 남자들과
시시덕거린 것을 확대해서 구타를 자주 했다는 점에서 역설적으로
나타난다. 형은 의처증으로 아내를 의심하면서도 결코 아내가 부정
을 저지르지 않았다는 것을 어느 정도 유연하게 믿고 있었다. 그래
서 그렇게 구박하면서도 아내와 살았고, 또 문제의 그날 장에서 산
예쁜 거울을 아내에게 주려고 서둘러 집으로 돌아왔던 것이다. 그
런데 '쥐를 잡는다'는 말을 들은 그 순간만큼은 그런 객관적이고 유
연한 사고가 이루어지지 않는다. 왜냐하면 '쥐뿔도 모르는 사람'과
사는 '오쟁이 진 남편'이라고, 다른 사람이 아닌 바로 그 열등감의
대상인 동생이 비웃었기 때문이다. 그러나 물론 이것은 사실이 아

니었다. 남편의 오해였다. 이 오해가 사실인 것처럼 독자들에게도 설득력 있게 전달된 이유는, 바로 그 오해의 중심에 성교를 의미하는 '쥐를 잡는다'는 말이 있기 때문이다. 김동인은 쥐 이야기의 핵심을 가져와서 이 미묘한 상황에 맞게 효과적으로 적용했던 것이다.

〈배따라기〉에서 쥐 이야기를 뺀다면 텍스트가 말하려고 하는 핵심을 빼고 이해하는 것이 된다. 그러면 왜 형이 그렇게도 흥분했는지, 왜 동생은 더 이상 변명을 하지 못했는지, 왜 아내 역시 별다른 변명을 하지 못하고 자살을 택할 수밖에 없었는지를 제대로 이해하지 못하게 된다. 하필이면 '정말 쥐가 나타났던 것'과 정말 '그 쥐를 잡으려고 했던 것'을 이해하지 못하게 되고, 그런 우연적인 사건들의 연속으로 인해 인간의 운명이 어이없게도 얽히고 결정된다는 이 소설의 주제에도 접근하지 못하게 된다. 바로 쥐였기 때문에 문제이고, 쥐였기 때문에 그렇게 미묘하게 얽히고, 쥐였기 때문에 해명하면 할수록 더 이상해졌던 것이다. 쥐 대신 다른 동물이 나타났다면 결코 이렇게 되지 않았을 것이다.

하필 쥐가 그때 나타났다는 운명적 비극보다, 장에 갔던 형이 때마침 그때 돌아온 것보다, 예쁜 아내에게 거울을 주겠다며 평소 먹던 술도 먹지 않고 돌아온 것보다, 더 마음을 심란하게 만드는 것은 형의 의처증이다.

그는 왜 의처증을 가지게 되었을까? 아내가 그렇게 아름답지 않았다면, 동생이 말끔하고 준수하게 생기지만 않았다면, 아니 동생이 그의 동생이 아니었다면, 아니 그도 아니라 그냥 형이 자신에 대해 자신감을 가지고 있었다면 이런 비극적인 일은 벌어지지 않았을 텐데 말이다. 형은 왜 그토록 자신감이 없었던 것일까?

형은 생계를 위해 장에 나갔다. 아름다운 아내를 행복하게 해주기 위해 집을 비웠다. 그 틈에 불길한 것이 파고들었다. 어쩌면 형은 아름다운 아내의 곁을 잠시 비운 것이 아니라 한 번도 곁에 다가간 적이 없었던 것은 아닐까? 자신의 마음 한편을 차지하고 있는 열등감이 온 마음을 이미 다 살라먹고 공허한 빈틈을 만들어낸 것은 아닐까? 그것을 쥐가 나타났던 난리법석의 광경을 목격하는 것으로 확인한 것은 아닐까?

'분명 아내는 나보다 남을 더 좋아할 거야. 못난 나를 좋아할 리 없어….'

이런 쓸데없는 망상이 그의 마음에 커다란 구멍을 내서 도무지 안주할 수 없는, 채우려 해도 채워지지 않는, 자리를 잡으려 해도 어디에 자리가 있는지 이젠 알 수도 없는 그런 상태가 된 것은 아닐까? 그 틈을 비집고 시커먼 그림자가 스며들었던 것은 아닐까?

선비는 과거 공부를 하려고 집을 떠났고, 옹고집은 욕심에 눈이 멀어 주위를 둘러볼 수 없었다. 그 빈자리에 불길하고 고약한 것이 끼어들었다. 그래도 그들은 보이기라도 한다. 하지만 오래전부터 마음의 자리를 비우고 떠돌았던 형에게 스며든 것은 텅 빈 그림자다.

있지도 않은 것을 스스로 만들어서 곡해하고 싸울 수 없는 대상을
향해 헛손질을 하며 힘들어하는 것을 운명이라고 한다면 참 서글픈
일이다.

어떻든 형을 두고, 또 죽은 형수를 두고 낄낄거릴 사람은 없다.
구슬픈 배따라기 가락을 읊조리며 떠도는 동생을 두고 비웃을 사람
도 없다. 왜냐하면 그들의 이야기가 아니라 우리 이야기, 내 이야기
가 될 수도 있으니 말이다.

그로테스크한 ──────────
────── 속죄의 마녀사냥 ──────

〈쥐 변신 설화〉와 〈옹고집전〉, 〈배따라기〉는 모두 쥐가 핵심이라는
것도 그렇지만 더 중요하고 은밀한 공통점이 있다.

쥐뿔도 몰랐다는 공박을 들은 며느리나 시동생과 쥐를 잡느냐
는 윽박지름에 내몰린 아내는 분명 억울했다. 옹고집의 처는 자신
을 스스로 격하시킴으로써 억울함을 해학으로 전이시켰지만 그녀
역시 느닷없는 상황의 피해자인 '희생양'이기는 마찬가지다. 르네
지라르(Rene Girard, 1923~2015)의 말처럼 희생양은 만들어지는 것이
고 희생양에게 자신들의 죄를 모두 옮겨버림으로써 주변 사람들은
속죄하게 되는 메커니즘이다.

"속죄(贖罪)?"

그렇다. 우리는 희생양이 된 존재가 불쌍하고 억울하다는 생각에 매몰되다 보니 이 메커니즘의 본질이 그 한 명만 빼고 나머지들은 '새롭게 시작하기 위한 속죄 의식'이라는 점을 쉽게 간과한다. 희생양(犧牲羊)은 말 그대로 '양(羊)'을 가져다가 양의 머리에 죄를 지은 자가 손을 얹는 행위를 하는 것으로, 자신의 죄를 양에게로 옮기는 의식(儀式)이 반드시 포함된다. 그렇게 죄가 옮겨진 양을 죽여 신에게 바치는 행위, 즉 속죄하는 의식을 벌임으로써, 자신의 죄가 사라지는 것이다. 그래서 시어머니가 그토록 광분하듯 타박했던 것이고 남편조차 쥐뿔 운운하며 흥분했던 것이다. 며느리에게 모든 죄를 전가함으로써 자신들의 죄는 깨끗하게 없어지고 새롭게 출발할 수 있으니 그랬던 것이다. 죄가 단순히 은폐되는 것이 아니라 아예 말끔히 사라지는 것, 그것이 바로 희생양 메커니즘의 본질이다.

그렇기에 희생양이 생기는 곳에서는 늘 성대하고 공공연한 의식(儀式)이 이루어진다. 희생제의(犧牲祭儀)가 벌어지지 않으면 희생양 메커니즘은 완성되지 않는다. 그래서 진짜냐 가짜냐를 밝히겠다며 떠들썩한 진가쟁주(眞假爭主)의 상황이 펼쳐졌던 것이다. 집안에 엄청난 문제가 일어났고 그것을 해결해야 한다. 죄는 모두에게 있지만, 자신들의 죄를 희생양에게로 옮김으로써 자신들과 집안은 다시 깨끗하게 되는 것이다. 그러니 공공연하게 모두에게 보이고 알려야만 한다. 그래야 다시 그 마을에서 예전처럼 살 수 있는 것이다.

서양 중세시대 마녀사냥의 광풍이 일었던 것은 일개 마녀를 잡는 것이 목표가 아니라, 그렇게 마녀를 잡아 화형시키는 공공연한 의식을 치름으로써 그 사회 집단이 직면한 문제를 해결하는 것이 목표였기에 그토록 광기스러운 모습을 자아냈던 것이다. 어디선지 모르게 퍼진 전염병, 아이들이 죽어 나가는 불안, 흉년이 들어 서로를 잡아먹을 정도로 굶주린 상황 등등 당시 사회가 직면한 문제를 '마녀의 짓'이란 이름으로 희생양을 만들어 그쪽으로 쏟아내게 한 것이다. 그렇기에 도저히 상상할 수 없는 온갖 방법의 고문을 마녀에게 해댈 때 모두가 다 낄낄거리고 즐거워했던 것이다. 이제 전염병이 사라지고 흉년이 들지 않을 테니 말이다. 불안과 공포를 벗어나려는 오래된 원시적 인간의 광기 행동인 것이다. 그래서 마녀는 꼭 화형(火刑)을 시켜야 하는 것이다. 활활 타는 모습을 모두가 보고 찢어지는 비명소리를 온 마을이 다 들어야만 하기 때문이다.

인간 내면에 감춰진 폭력성이 극대화되는 이런 희생양 메커니즘은 보이지 않는 가상의 적을 향한 두려움과 광기를 쏟아내기에 더 강렬하고 더 치열해진다. 자신들의 죄를 원래부터 없었던 것처럼 씻어낼 속죄 의식이기에 절대 피할 수조차 없다. 이제 우리는 생각하고 싶지 않은 장면 앞에 마주하게 된다. 쥐뿔도 몰랐다고 공박당한 며느리의 마지막 그로테스크한 상황, 배를 가르고 널빤지 위에 앉아 쥐를 쏟아내게 하는 그 험악한 장면의 '배경'이 어디겠느냐는 거다.

우리는 그 답을 안다. 본능적으로 다 알고 느꼈다. 그래서 이 이야기를 구연하는 현장에 있던 사람들이 남성이건 여성이건 모두 다 음란한 웃음소리를 내며 낄낄거렸던 것이다. 그 공공연한 제의 현장의 광기, 활활 타오르는 마녀의 모습처럼 눈앞에 보일 것만 같은 그 상황의 충격, 비현실적으로 까발려진 그로테스크, 도저히 버틸 수 없는 그것들을 끝내 버텨낼 수 있었던 것은 웃음 때문이었다.

그래야만 그 집도, 그 마을도, 그리고 제의에 동참했던 사람들도 다시 시작할 수 있으니 말이다. 이 역겨운 현장에서 그나마 남은 한 가닥 온전한 정신은 이 정도의 한탄일 것이다.

"대체 왜 천년 묵은 쥐가 우리 집에 왔단 말인가?

부재의 틈을 파고든
열등감

"다 몹쓸 쥐 때문이여."

틀린 말은 아니지만 모든 일이 쥐 때문이라고 한다면 핑계가 되고 만다. 세 이야기 모두 다 그렇다.

이 모든 불편하고 괴롭고 힘겨운 상황의 근본 문제는 '부재'였다. 그 부재의 틈을 쥐가 파고들었던 것이다. 절간에 간 남편의 공간적 부재보다, 욕심으로 사리분별을 못하는 옹고집의 상황적 부재보다, 더 무서운 것은 의처증 남편의 심리적 부재이다. 자긍심 부재라는 그 열등감의 틈을 쥐가 파고들었던 것이다.

열등감(劣等感)은 자신이 남보다 못하다는 심리적 위축 상황이다. 자신은 뒤떨어졌다거나 능력이 없다고 생각하는 감정으로 스스로를 무능하고 무가치한 존재로 여기고 불안해하는 것이다. 의처증에 사로잡힌 남편은 열등감으로 꽉 차 있었다. 누가 봐도 자신보다 동생이 더 나아 보이니 말이다. 그러니 이런 열등감에서 벗어날 수 없을 거라고 스스로 생각했던 것이다.

하지만 알프레드 아들러(Alfred Adler, 1870~1937)는 결코 그렇지 않다고 말한다. 아들러가 이 남편을 보았다면 이렇게 말했을 것이다.

"이봐, 열등감과 열등감 콤플렉스는 아주 달라. 자넨 콤플렉스에 시달리고 있는 거라고."

아들러는 모든 인간에게 열등감이 존재한다고 말했다. 왜냐하면 인간이란 어느 누구도 완벽한 존재가 아니기 때문이다. 신이 아닌 이상 불완전하게 태어날 수밖에 없고, 그렇기에 누구나 모두 자신만의 열등감을 가지고 있다는 것이다. 이런 기본적 열등감은 인간의 모든 행동에 영향을 미쳐, 더 나아지고자 하는 행동의 동기를 부여하는 원동력이 된다는 거다. 아들러가 모든 행동의 원천을 성적 에너지에서 찾았던 지그문트 프로이트(Sigmund Freud, 1856~1939)와 갈라선 이유도 바로 이 때문이다.

아들러는 인간을 타고난 기질적 불완전함으로 인해 발생한 열등감을 극복하고 보상받기 위해 노력하는 존재라고 보았다. 모든 인간의 성장과 진보는 열등감 때문인데, 그 과정에서 실패하면 신경증적 증상이 생긴다는 거다. 바로 열등감 콤플렉스(inferiority complex)다.

"아니 그럼 이렇게 못생기게 태어난 걸 어쩌란 말이오?"

이렇게 남편이 발끈할지도 모른다. 하지만 그건 여전히 콤플렉스에서 벗어나지 못했기 때문이다. 프로이트는 자신도 지각하지 못하는 어린 시절의 일들로 인해 심리가 결정된다는 일면 타당하지만 답답한 말을 했지만, 아들러는 그런 과거와 무의식만이 아니라 '지금 현재'와 '의식적 노력'이 더 중요하다고 역설했다. 과거의 경험과 타고난 기질만으로 인간의 정신과 심리가 결정되는 것이 아니라, 자신의 현재 행동에 따라 얼마든지 변화한다는 것이다. 그래서 매 순간순간 스스로 주체적인 선택을 해나가는 의식적 자기결정과 자유의지를 중요하게 생각했다.

남편은 참았어야 했다. 충격적 현장을 보고 잠시 심호흡을 하고 논리적인 판단을 했어야 했다. 아니 적어도 동생과 처에게 차근차근, 그야말로 차근차근 물었어야 했다. 흥분해서 날뛰는 것은 나중에 해도 충분한 거였다. 하지만 그는 그러지 못했다. 열등감으로 꽉 차 있었기 때문이다. 의처증의 본질은 열등감일 수밖에 없다. 그래서 그는 처가 동생이 아닌 자신과 결혼했다는 사실을 떠올릴 수도 없었고, 사람 좋은 처의 성품이 본래 잘 웃고 친근하다는 것도 망각했던 것이고, 무엇보다 자기 동생이 이런 패륜을 저지를 인물이 아니라는 냉철한 생각에 미치지 못했던 것이다. 열등감이 그 사리분별의 틈을 파고들어 꽉 채우고 있었으니 말이다.

남편이 참지 못한 이유의 근원은 공포와 불안이다. '아내가 남과 도망칠지도 몰라' 또는 '아내는 나보다 동생을 더 맘에 들어 했었어' 같은 보이지 않는 불안이 그를 엄습했기 때문이다.

참지 못한 자는 의처증의 남편만이 아니다. 스스로 웃음거리가 됨으로써 부재의 틈을 채워버린 옹고집 부인 역시 두 남편이 생긴 것에 당황하고 놀라 그런 행동을 한 거였고, 며느리를 타박한 시어머니도 집안에 불어 닥친 횡액에 참지 못하고 "쥐뿔도 몰랐냐"며 몰아붙인 것이다.

공포와 불안은 마음의 여유가 없는 곳을 파고든다. 그래서 사리분별을 하지 못하게 한다. 눈이 확 뒤집히게 하는 것이다.

시어머니에게 안타까운 것이 하나 더 있다. 며느리보다 아들을 먼저 생각하는 것은 이해된다. 자기 아들이 가짜 때문에 고생했던 것이 속상하고, 가짜가 일으킨 문제를 어떻게 해결해야 할지 불안에 휩싸여 온통 정신이 없는 것도 이해된다. 하지만 자신이 불안한 만큼, 자신이 공포스러운 만큼 똑같이 불안과 공포의 충격에 시달리고 있을 며느리를 한 번쯤은 생각해줄 수 없었던 것일까. 조금이라도 여유를 가졌다면, 자신보다 더 충격이었을 며느리의 모습이 눈에 들어오지 않았을까. 그냥 모든 것을 품고, 불쌍한 며느리를 받아들여줄 수는 없었나. 그녀를 그렇게 내몰고 희생제의의 한복판에서 배를 가를 것이 아니라, 아프고 상처 난 그녀를 품어주고 싸매주고 같이 울어줄 수는 없었나.

그것이 정말 안타깝다. 마음의 여유가 없는 몰리고 몰린 우리의 모습을 보는 듯해서 더 속상하고 괴롭다.

2관

열녀
이데올로기

열녀함양박씨전

"늙으면 등 긁어줄 사람이 필요헌 거여."

대책 없고 한심해도 남편이 없는 것보다는 있는 것이 낫다는 말을 종종 듣는다. 자식이 채워줄 수 없는 그 무엇이 있다는 말 다음에 꼭 이어지는 말이다. 아직 당해보지 않았으니 제대로 이해할 수는 없는 노릇이지만 꼭 닥쳐봐야 아는 것은 아니다. 63빌딩에서 떨어지면 죽는다는 것을 떨어져봐야만 아는 게 아닌 것처럼 말이다. 정말 하루 종일 붙어 있을 때는 지긋지긋하고 날마다 보는 '낯짝'에 신물이 나지만 막상 없으면 그마저 아쉽다는 것을 두고 이율배반적이라고 몰아붙일 필요는 없다. 원래 인간이란 그런 것이고 답은 많아도 정답은 없는 것이 삶이니 말이다.

무책임하고 한심해 미워 죽겠어도 같이 살고 싶은 것이 사람 마음인데, 스스로 선택해서 홀로 사는 것이 아니라 혼자 살라고 강요받는다면 그 당사자는 어떻게 될까? 설마 그런 일이 있을까 싶지만 지금은 없어도 옛날에는 있었다. 법으로 강제했다. 물론 여자들에게만 말이다.

아무리 막 나가는 독재자라 해도 여자에게 결혼하지 말라고는 못한다. 결혼 대상을 규정할 수는 있어도 그 자체를 금지하는 짓은 절대 안 한다. 그건 인간 본연의 감정과 얽혀 있기에 자칫하면 체제가 뒤집어질 수도 있는 위험한 짓인 것을 그들도 안다. 사실 독재자들은 오히려 결혼을 장려한다. 자식을 낳아야 국가의 자산이 되기 때문이다. 그래서 루마니아 독재자 니콜라에 차우셰스쿠(Nicolae Ceausescu, 1918~1989)가 그 자산을 인위적으로 늘리려고 피임금지 같은, 있을 수 없는 극단적인 정책을 우격다짐으로 밀어붙이기도 했던 것이다.

조선시대 왕들도 왕 노릇을 하려면 백성이 필요하다는 정도의 상식은 당연히 있었다. 그런데 그들은 여성들에게 족쇄를 채웠다. 아예 결혼하지 말라는 것이 아니라 한 번 결혼하면 두 번 다시 결혼하지 말라는 족쇄다. 이전 남편을 버리고 결혼하지 말라는 선의의 말이 아니라 '남편이 죽어도 넌 혼자 살라'는 강압이었다. '과부는 절대 다시 결혼하지 말라'는 협박을 하게 된 데는 미묘한 정치적 속셈이 깔려 있었다.

국가적 차원에서 '적서차별(嫡庶差別)'과 함께 고안해낸 것이 '과부재혼금지(寡婦再婚禁止)'였다. 남자들에게 적서차별이 있었다면 여성들에겐 재혼금지가 있었던 것이다. 이 두 제도 밑에는 동일한 메커니즘이 도사리고 있다. 바로 한정된 관직 숫자 문제다.

사실 고려시대는 물론 조선초기에는 양반집 과부들도 재혼이

가능했다. 하지만 차츰 첫 번째 남편이 죽으면 다른 남자와 결혼해서 살 수 없게 했다. 이유는 간단하다. 남편이 죽는 순간 자식들의 출산이 끝나고 동시에 관직에 진출할 양반의 배출이 종료되기 때문이다. 만약 재혼한다면 다시 자식을 낳을 수 있기에 문제가 지속된다. 아니, 정확하게는 다시 아들을 낳게 되니 문제이다. 그러니까 양반 남편이 죽은 뒤 그 부인이 다른 양반 남자의 처가 된다면 또다시 아들을 낳게 될 위험이 있다. 과부가 재혼하면 딸만 낳을 거라고 하늘에서 정해주면 좋으련만 그것도 아니니 말이다. 과부가 시집가도 정실부인이지 첩이 되는 것은 아니다. 즉 그녀는 새로 시집가서 '처'가 되지 '첩'이 되는 것은 아니기에 적서차별로 그 아들들의 관직 진출을 묶어버릴 수도 없어 골치가 아픈 것이다. 그래서 만든 것이 과부재혼금지다. 한마디로 남자들이 자기들의 한정된 밥그릇싸움 때문에 여자들의 결혼과 출산을 제한한 음모인 것이다.

도끼로 제 발등을 찍는 경우처럼 제가 만든 메커니즘에 제가 걸려들기도 한다. 판서쯤 되는 고위 관리의 딸이 시집가서 청상과부(靑孀寡婦)가 되는 경우가 있다. 아직 스물도 안 됐는데 평생 혼자 살아야 한다니 아버지로선 억장이 무너진다. 그래서 우회로를 판다. 보쌈 말이다.

알다시피 보쌈은 총각이나 홀아비들이 한밤중에 동네 과부 집에 들어가 자루를 뒤집어씌워서 데려다가 결혼하는 풍속이다. 약탈혼의 잔재이지만 아무 여자나 함부로 그러는 것이 아니라 과부에게만 그런다는 점에서 사회적으로 용인되었다. 하지만 어느 간덩이 부은 놈이 감히 정승 판서네 집 담장을 넘을 생각을 하겠는가. 또 그때까지 장가가지 못했다면 분명 양반은 아닐 텐데 과부라도 양반 여인네를 건드렸다는 물고를 당하기 십상이다. 이러니 양반집 과부들은 그야말로 그 자리에 앉아 폭삭 늙는 수밖에 별다른 도리가 없었다.

이런 보쌈 풍속에 정승 판서 아버지가 개입한다. 과부가 되어 돌아온 딸을 위해 괜찮아 보이는 남자를 물색한 다음 그놈을 오히려 보쌈해오는 것이다. 아닌 밤중에 홍두깨 모양으로 느닷없이 자루에 싸여 납치된 남자는 화사하고 겸연쩍어하는 여자의 이불 속으로 쏙 집어넣어지면 금세 흐물흐물해져서 그 여자를 받아들인다. 그것이 바로 남자의 성정이다. 그런데 아침이 되어 만나본 장인(?)은 세상이 다 아는 지체 높은 양반이 아닌가. 목이 떨어질까 벌벌 떠는 그에게 장인이 말한다.

"한 밑천 나눠줌세. 내 딸을 데리고 가 행복하게 살게."

이러니 누가 마다하겠는가. 그대로 그 여자의 손을 잡고 정승 집을 나와 한적한 지방으로 내빼는 것이다.

이렇게 문화적 우회로로 숨통이 트이기는 했지만 당연히 모두에게 그런 것은 아니었다. 완고한 아버지의 각박한 호령이 더 많았다. 그야말로 청상과부로 평생을 죄인처럼 눈칫밥을 먹다가 죽는 것이 다반사였다. 아버지의 지위가 높으면 높을수록 더 그랬다. 보쌈은

묵인된 비공식적 루트였으나 들통 나서 흠구덕을 듣기 싫었던 것이다. 심하게 말해 자신은 첩을 끼고 맘껏 주무르며 배설하니 언제나 헬렐레해 남들도 그런 줄 아는 것이다. '제 배 부르니 종놈 배도 부른 줄 아는 것'이 가진 자의 심정인 데다 남자도 아니고 그깟 여자인 딸의 성욕까지 구설수에 오를 위험을 감수하면서까지 신경쓰기 싫은 것이다. 어쩌면 '딸년도 여자이고 여자는 성욕이 없다'고 생각했는지도 모르겠고, '성욕을 안다는 것은 음란하고 밝히는 년이고 그런 년은 우리 가문에 필요 없어!'라고 되뇌었는지도 모르겠다. 어떻든 양반가에 태어난 여성은 일단 결혼을 잘해야 하는데 남편의 성격이나 기타 등등은 내버려두고 남편이 일단 죽지 말아야 한다. 아무리 첩을 끼고돌아 싸도 오래 사는 것이 낫다. 정말 그랬다.

닳아빠진 엽전에 얽힌 설움

옛날 높은 벼슬을 하는 어떤 형제가 있었다. 형제 둘이 어떤 사람의 벼슬길을 막으려고 하는 것을 그 어머니가 들었다.

"무슨 잘못을 했기에 그의 앞길을 막으려느냐?"

아들이 말했다.

"알아보니 그자의 선조에 죽은 지아비를 바로 따라 죽지 않은 과부가 있었습니다. 그래서 바깥 여론이 시끄럽습니다."

어머니가 깜짝 놀라며, 남의 집의 그런 깊은 사정까지 어떻게 알게 되었느냐고 묻는다. 그러자 아들은 소문이 그렇다고 답한다. 잠시 생각하던 어머니가 품속에서 엽전 한 닢을 꺼내 아들들에게 건네며 말한다.

"이 동전에 윤곽이 있느냐?"

그 동전은 많이 닳아서 둥근 윤곽이 이지러져 있었다.

"없습니다."

"그럼 글자는 있느냐?"

"글자도 없습니다."

쇠로 된 엽전에 글자가 희미해진다는 것은 참 어려운 일이다. 어머니가 눈물을 흘리며 그 동전에 얽힌 사연을 들려주었다.

"이게 바로 네 어미를 죽지 않게 한 부적이다. 엽전이 이렇게 이지러진 것은 내가 오랫동안 손으로 문질러 닳아서 그리 된 것이다."

손으로 만져서 닳았다는 말에 아들들은 놀라지 않을 수 없었다.

"사람의 혈기는 음양에 뿌리를 두고 있고 정욕은 혈기에 근거한다. 그런데 혈기는 누르고 싶어도 때에 따라 왕성해진다."

이어진 어머니의 말에 아들들은 당혹스러워졌다.

"어찌 과부라고 해서 정욕이 없겠느냐."

말이 이어졌다.

"가물가물한 등잔불이 내 그림자를 조문하는 것처럼 고독한 밤에는 새벽도 더디 오더구나. 처마 끝에 빗방울이 뚝뚝 떨어질 때나 창가에 흰 달빛이 흐르고 뜰에는 나뭇잎이 소소히 떨어질 때, 외기러기가 먼 하늘에서 우는 밤, 멀리 닭 우는 소리도 없고 어린 종년은 코를 깊이 골며 자는 밤, 가물가물 졸음도 오지 않는 그런 깊은 밤에 내가 누구를 붙들고 그런 고충을 하소연하겠느냐?"

아들들은 고개를 숙였다.

"그때마다 이 엽전을 꺼내 굴리기 시작했다. 굴리니 방안을 두루 돌아다니며 잘 굴러가더구나. 그렇게 가다가 모퉁이를 만나면 부딪쳐 멈추곤 했지. 그러면 내가 달려가 이놈을 찾아서는 다시 굴리곤 했단다. 그렇게 밤이면 밤마다 한참을 굴리고 나면 하늘이 밝아지곤 했단다. 십 년이 지나는 동안 차츰 그 엽전을 굴리는 횟수가 줄어들었고 다시 십 년이 지나자 닷새 밤을 걸러 한 번씩 굴리게 되었다. 그렇게 시간이 흘러 혈기가 쇠약해진 뒤부터는 이 엽전을 다시는 굴리지 않게 되었다."

어머니의 마지막 말이 아들들의 가슴에 사무쳤다.

"이 엽전을 지금까지 꼭꼭 싸서 간직한 것은 나를 오늘까지 살 수 있게 한 엽전의 공을 잊지 않으려 했기 때문이다."

어머니와 아들들은 서로를 안고 통곡을 했다.

박지원(朴趾源, 1737~1805)이 지은 〈열녀함양박씨전(烈女咸陽朴氏傳)〉 앞에 붙은 서문(序文) 격에 해당하는 이야기다. 과부가 재혼해서 자식을 낳는 것은 옳지 않다는 관념에 사로잡힌 관료 형제는 선대 어딘가에 과부가 있었다는 소문을 듣고 다른 이의 정계 진출을 막으려 한다. 당시에는 마땅한 행동이었다. 하지만 그들은 자신들의 어머니가 과부로서 어떻게 정욕을 견디며 살아왔는지, 죽고 싶을 만큼 얼마나 괴로움에 몸서리치며 살아왔는지를 듣는다. 그렇게 해서 과부도 정욕이 없지 않다는 너무나 당연한 말을 비로소 생생하게 깨닫게 된다.

이 이야기 다음에 이어지는 〈열녀함양박씨전〉은 박지원이 안의 현감일 때 자신의 수하 아전의 조카딸이 약을 먹고 죽게 된 사연을 서술한 것이다. 아전의 조카딸은 정혼을 했는데, 남자는 병색이 완연했다. 그가 죽을지도 모른다는 생각에 주위에서 파혼하자고 제안하자 조카딸은 도덕과 윤리를 말하며 거부하고 시집간다. 결국 남편은 초례를 치르고 반년 만에 죽고 만다. 그러자 그녀는 남편의 초상을 예법대로 모두 치르고 시부모를 극진히 섬기다가 남편의 삼년상이 끝나는 바로 그날 약을 먹고 자살한다. 〈열녀함양박씨전〉의 마지막에 박지원은 이렇게 서술한다.

아아, 슬프다. 그녀가 처음 상복을 입고도 죽음을 참은 것은 남편의 장사를 지내야 했기 때문이었고, 장사를 치른 후에도 죽음을 참은 것은 소상(小祥)이 있기 때문이었다. 소상을 끝낸 뒤에도 죽음을 참은 것은 대상(大祥)이 있기 때문이었다. 이제 대상까지 다 끝나서 모든 장례가 마무리되자, 지아비가 죽은 것과 같은 날 같은 시각에 죽어 그 처음의 뜻을 이루었다. 어찌 열부(烈婦)가 아니 겠는가? _____

이 〈열녀함양박씨전〉만 놓고 보면, 박지원은 결국 안의 고을에서 함양으로 시집간 아전의 조카딸이 열부(烈婦)라는 말을 한 셈이다. 기실 그렇게 말한 것은 맞다. 하지만 서문에 엽전을 굴리는 과부 이야기를 먼저 하고 이어서 이 이야기를 배치해놓은 것은 조금 다른 생각이 있었기 때문이다. 그는 온 나라가 호들갑스럽게 열녀, 열부, 절개, 과부를 들먹이는 것에 대해 문제를 제기하려 했다.

유교 관념이 온 사회를 지배하는 시대에 드러내놓고 열(烈)을 부정할 수는 없다. 그것은 위험한 것을 넘어 무모한 짓이다. 그런다고 얻어낼 것은 하나도 없다. 박지원은 이를 잘 알았다. 그는 '과부도 정욕이 있고 그것은 인간 본성에 내재한 것이다'라는 이야기와 아전의 조카딸이 남편을 따라 자살해 열녀가 된 이야기를 나란히 병치해서, 읽는 이들이 스스로 알아서 깨닫기를 촉구했다. 바로 과부 재혼금지가 극단적으로는 스스로 목숨을 끊는 끔찍한 일로 이어질 수도 있다는 점, 그리고 그것이 유교적 예의와 예법으로 덮어씌워져 미화된다는 점을 제발 좀 보라는 것이다.

만약 아전의 조카딸이 자살하지 않았다면 어떻게 일생을 보냈을까? 서문의 이야기에 등장하는 과부 어머니는 남편이 죽기 전에 아들 둘이라도 낳았지만 아전의 조카딸은 마음 붙일 자식 하나 없다. 그야말로 청상과부 신세다. 아직 정욕을 모른다 해도 그녀는 그 길고 긴 인생, 그 길고 긴 밤을 무엇을 하며 무엇에 마음을 쏟으며 살까? 그런 삶은 창살 없는 감옥이고 그곳에서 탈출하는 방법은 오직 하나, 죽음밖에 없는 것은 아닐까?

물론 아전의 조카딸은 유교적 이데올로기를 철저히 내면화하고 있었다. 그래서 그다음의 삶이 어떤지 생각해보지도 않고 자신이 배우고 믿는 대로 시집을 갔고 또 목숨을 내던졌을지도 모른다. 정말 열부가 맞다. 그리고 누가 뭐라든 자신이 옳다고 믿고 생각한 대로 사는 것은 그 개인의 자유이니 존중해야 한다. 자기 생각과 다르다고 그것을 비난할 자격은 누구에게도 없다.

하지만 정말 안타까운 점은 이것이다. 그녀는 과부가 재혼하면 안 된다는 메커니즘에서 출발한 열(烈) 이데올로기를 철저히 내면화했지만 실상 그녀는 그런 것을 내면화할 필요가 없는 계층이었다. 그녀는 아전 안의현의 조카딸이다. 그러니 아무리 신분이 높아야 중인(中人)이다. 중인의 자식은 중앙 정계에 진출해도 관직에 제한을 받는다. 다시 말해 양반 말고 다른 계층은 과부재혼금지 같은 메커니즘을 따를 필요가 없다. 그것은 지배권력층도 바라는 바였다. 다스릴 백성, 세금을 꼬박꼬박 낼 머리가 늘어나길 바라는 그들은 '제발 두 번 세 번, 안 되면 또다시 결혼해서라도 자식을 낳아다오'라고 빌고 싶은 심정이었을 것이다. 하지만 시키지도 않았는데 그것을 '예법'이라고 스스로 내면화한 한 여자가 스스로 생을 던져버렸다. 알아서 구르고 알아서 기는 사람을 보면서 느끼는 안타까움을 목숨을 버린 그녀에게서 느끼는 밉살스러움이 스스로도 죄송스럽지만, 사실은 사실이다.

'열(烈)이고 나발이고 너희는 지키지 않아도 돼. 제발 참아.'

이렇게 대놓고 말은 못하지만 박지원도 속이 상할 정도로 괴로웠던 것이 틀림없다. 이런 문제적 글을 쓴 것을 보면 말이다.

그들의 인생은 ─────
───── 날조되었다 ─────

실제로 조선시대 열녀들에 대한 기록들은 끔찍하다 못해 황당하기 그지없다. 남편이 죽자 따라 죽은 것은 너무 많아 특별하지도 않고, 친정부모가 개가시키려 하자 손가락을 끊어 수절할 뜻을 내비치고 그도 안 되면 목을 매는 이야기가 다반사다. 죽지 않아도 평생을 남편 무덤을 향해 아침마다 절을 했다는 둥, 고기를 절대 먹지 않고 좋은 옷을 입지 않았다는 둥 대충 아무 책이나 들춰도 이런 이야기들이 줄줄이 쏟아진다. 남편이 아플 때 손가락을 잘라 피를 먹였다는 것이나 남편의 똥을 맛보며 지극정성으로 기도했다는 것도 더 이상 낯설지 않다.

이런 이야기들은 이른바 〈열녀전(烈女傳)〉을 통해 확대, 재생산되었는데, 그 〈열녀전〉의 등장인물이나 유포자나 기록자는 모두 여자들이었다. 대놓고 남자들이 나서는 것보다 여자를 대리인으로 여자를 통제하는 효과가 훨씬 위력적이다. 개인은 똑똑해도 군중은 멍청할 수밖에 없다는 진리를 철저히 악용하는 것이다. 조선후기에는 여기저기서 열녀(烈女), 열부(烈婦)가 앞 다퉈 목숨을 끊는다. 이들 열녀들을 보다 보면 조금씩 고개를 갸우뚱하게 된다. 진짜 열녀도 있지만 열녀이고 싶은 사람도 있는 것은 아닌가 하는 의심이 고개를 든다. 스스로 선택해서 열녀가 되기도 하지만 다른 사람들에 의해 열녀가 되는 경우들도 보이기 시작한다. 그러니까 이런 열녀가 진짜로 존재했다기보다는 존재하게 했다는 것이다. 열녀가 있는 것이 아니라 열녀를 만들어냈던 것이다.

물론 진짜 열녀도 있었다. 남편이 죽자 목숨을 초개같이 버리는 열녀가 정말 있었다. 하지만 목숨을 끊는다는 것이 생각처럼, 말처럼 쉬운 일이 아니다. 끝까지 죽지 않는 여인도 많았다. 현대를 사는 우리는 조선시대의 유교적 관념을 지닌 여자라면 다들 열녀일 거라는 근거 없는 생각을 가지고 있다 보니 죽음 앞에 선 인간의 갈등을 간과하게 된다. 그러니 열녀를 둘러싼 교묘한 술책을 꿰뚫어보기 힘든 것이다.

'열녀(烈女) 만들기'의 간교한 술수를 이해하기 위해서는 먼저 그와 이웃해 있는 '효자(孝子) 만들기'를 살펴보아야 한다. 병든 아버지를 위해 한겨울에 산딸기를 따왔다는 효자나 있지도 않은 곳에서 잉어를 낚았다는 효자나 호랑이도 감복해서 먹을 것을 가져다주었다는 효자 이야기가 얼마나 허황된지 우리는 대번에 안다. 차라리 자기 허벅지살을 베어 부모님께 구워드렸다는 것은 진정성이라도 있다. 확인할 수 있으니 말이다. 하지만 이미 먹어버린 산딸기나 잉어를 도로 뱉어내라 할 수는 없는 노릇이니 도대체 어떻게 그 효성을 입증한단 말인가. 날조의 유혹이 여기에 도사리고 있다.

조선시대 지배층은 유교적 예법을 통해 사회를 통제하다 보니 그 이데올로기가 거꾸로 부메랑이 되어 자신들을 향해 날아오는 경우도 어쩔 수 없이 받아들여야만 했다.

효도 이데올로기를 널리 퍼뜨리기 위해 효도를 장려하고 지역마다 마을마다 효자를 추천하는 일이 지방관의 중요한 임무였다. 그렇게 추천된 자는 차례로 상위 부서로 올려지고 궁극적으로 임금에게 보고되었다. 물론 이를 통해 효자로 인정받고 효자문을 세우게 되고 아울러 조세와 부역을 면제받았다. 조금씩 정도 차이는 있지만, 어쨌든 효자가 되기만 하면 상당한 이득이 돌아왔다.

그러자 진짜 효자들 틈에 불온한 효자들이 끼어들었다. 만들어낸 효자들이 유교 논리를 앞세워 설치기 시작했다. 때로는 자기 문중에 효자 하나 없는 것은 수치라는 가문 논리도 작동했다. 그래서 있지도 않은 산딸기를 눈이 펄펄 날리는 뒷산에서 따오는 것이고 꽁꽁 언 강에서 펄펄 뛰는 팔뚝만 한 잉어를 잡아왔다고 동네방네 소문을 내게 된 것이다. 그야말로 날조요, 조작이다. 하지만 이대로 지방 원님에게 보고되었다.

원님은 이것이 날조인지 진실인지 알았을까? 당연히 알았다. 제대로 정신이 박힌 사람이라면 어찌 모르겠는가. 하지만 원님은 거짓인 줄 알면서도 효자라고 칭찬한다. 한겨울에는 산딸기가 절대 나지 않지만 그를 상급 기관에 효자로 올린다. 자신이 위험 부담을 무릅쓸 수는 없으니 말이다. 만약 원님이 "이 고얀 놈들 어디다 대고 거짓말이냐?"라고 호통을 친다면, 이 조작자들은 가만히 있을 수가 없게 된다. 그대로 물러서면 관청을 농락한 죄로 큰 벌을 받게 된다. 물러설 수 없는 싸움에 조작자들은 일치단결해서 이 고을의 상급 관청에 원님을 탄핵하는 상소를 올린다.

"원님은 하늘이 내린 효를 능멸했습니다. 하늘을 부정하는 것은 임금을 부정하는 것과 같습니다."

효자를 인정하지 않는 원님은 유교적 가치가 지배하는 당시의 사회 규범을 무시한 것이라는 골자의 탄핵은 뼈아픈 것이다. 군사 독재 시절에 '빨갱이'라고 투서하는 것보다 더 무서운 일이다. 감옥에 가는 정도가 아니라 문자 그대로 끝장날 수 있다.

원님은 말도 안 되는 산딸기 이야기를 듣는 순간 직감한다. 어떤 방향으로 자신이 처신해야 하는지 대번에 파악한다. 약간만 타협하면 자신은 살아나는 것이다. 좋은 게 좋은 거라고 생각하는 타협이 아니라 목숨이 걸린 문제니 결정은 쉽다. 더욱이 자기 고을에서 효자가 나왔다고 하면 자기에게도 상이 내려지니 일석이조다. 그러니 원님은 관찰사에게 이 산딸기 효자를 인정해달라고 올리게 된다. 일단 원님이 조작자들 편에 선 순간 그들과 같은 논리가 된다. 이를 더 잘 아는 관찰사는 울며 겨자 먹기로 중앙 정부에 산딸기 효자의 미담을 올리고, 보지 않고도 그 모든 상황을 짐작하는 임금은 잠시 고개를 끄덕이며 상황을 정리한다. 괘씸해할지도 모른다. 하지만 그건 속으로만 그럴 수 있다. 임금이라고 국가의 근간을 함부로 흔들지는 못한다. 그는 위엄 있게 한마디한다.

"하늘이 내린 효자로고. 효자문을 내려라."

어머니, 이제 그만 죽어주세요

열녀 만들기 역시 효자 만들기와 같은 방법이 쓰이지만 결정적인 차이가 있다. 효자는 만들어지는 순간 그 당사자가 큰 축복과 영예를 얻지만, 열녀는 만들어지는 순간 그 당사자는 최소한 피곤한 수절을 하든지 최악의 경우 죽어야 한다. 혜택? 그건 고스란히 엉뚱한 집안 식구들에게 남겨진다.

효자 만들기에 비해 열녀 만들기는 위험 부담이 크다. 효자 만들기 메커니즘의 핵심인 먹어버린 산딸기나 푹 고아서 몸보신한 잉어는 일회적으로 사라져버려 절대로 추적할 수 없지만 열녀는 그렇지 않기 때문이다. 검증하려 들면 눈을 까뒤집고 달려들 수 있다. 게다가 열녀 만들기 메커니즘의 핵심인 열녀가 인간이기에 언제든지 바뀔 수 있다는 위험도 있다.

'수절(守節)하다가 갑자기 훼절(毁節)이라도 하는 날이면….'

어휴, 몸서리가 쳐진다. 하다못해 종놈과 눈이 맞아 도망쳐버리기라도 하는 날이면 모든 것이 산산조각 나는 것이다. 생각만 해도 끔찍하다. 그래서 가장 확실한 방법을 선택한다. 그건 산딸기처럼 잉어처럼 사라지게 하는 것이다. 바로 열녀의 죽음 말이다.

물론 대놓고 여인을 죽일 수는 없다. 살인이 큰 죄인 것은 무모하고 각박한 그들도 안다. 그러니 알아서 죽게 하는 것이다. 자살을 방조, 아니 정확하게는 자살을 강요한다. 왜 그렇게도 많은 집안사람들이 과부가 된 여인에게 관심을 갖는지 곰곰이 생각해봐야 한다.

'남편이 죽은 후 수절을 하다 목을 매 자살하려는 것을 시어머니가 발견해 되살렸다.'

'남편 삼년상 후 자살을 시도했으나 몸종이 은장도를 뺏어 뜻을 이루지 못했다.'

'급히 발견한 아들이 구하지 않았다면 죽었을 것이다.'——————

이런 식의 이야기가 〈열녀전〉 시작부터 끝까지 도배를 한다. 그렇게 몇 번 자살을 시도하다가 결국 성공했다로 끝나는 것이 공식처럼 반복된다. 도대체 왜 그리 많은 사람들이 여인이 자살을 시도할 때마다 주변에서 나타나 만류하고 붙잡는 것일까? 자살하려는 열녀를 발견하는 사람들이 꼭 있다. 시어머니를 비롯해서 집안 식구들은 다른 일도 없는지 툭하면 나타나서 죽어가는 그녀를 구해낸다. 과연 죽을까봐 걱정되어서 지켜보고 있는 것인지, 아니면 언제 죽게 해야 할지를 재고 있는 것인지 묘하다 못해 민망하기까지 하다.

"아무리 그래도 산 사람은 살아야 한다."

"아무리 예법이 그래도 넌 살아야 하지 않니."

만류하는 손길, 눈총과 함께 나온 저 말들이 과연 그녀에게 어떻게 들렸을까? '제발 이번에는 성공해라'나 '이 정도면 살 만큼 살지 않았니'로 들리지 않는다고 누가 장담할 수 있을까. 사실 그들은 그런 의도를 품고 그녀를 둘러싸고 있었던 것이다. 큰 눈을 껌벅이며 죽어가는 사슴을 호시탐탐 노리는 하이에나 떼처럼 말이다.

일단 여인이 죽고 나면 조작은 쉽다. 천하의 열부로 둔갑하는 것은 시간문제다. 죽은 자는 말이 없으니 무엇을 가져다 붙여도 된다. 게다가 사라진 산딸기나 잉어보다 순절한 여인이 사람들의 감정을 훨씬 더 크게 울린다. 때론 비장미까지 덧붙여서 날조니 뭐니 감히 말도 못 붙일 공고한 사실이 되어버리니 그야말로 일석이조인 셈이다.

게다가 이런 식으로 열녀 만들기에 열을 올리는 것이 모두 다 사대부 집안이니 어느 누가 감히 문제를 제기하거나 도전하겠는가. 누이 좋고 매부 좋은, 그야말로 손도 안 대고 코 푸는, 식은 죽 먹기 장사인 것이다.

때론 사대부 집안에 존립 기반과 정체성을 흔들 커다란 물결이 일기도 했다. 〈열녀함양박씨전〉 서문 이야기를 보면, 단지 선조 중에 과부가 있다는 소문만으로도 벼슬길이 막힐 지경이었다. 그런데 소문이 아니라 실제로 꼼짝 못하는 무서운 증거가 나타나 집안을 뒤흔들어대면 다들 겁에 질리지 않을 수 없다. 당연히 양반들은 똘똘 하나로 뭉쳐서 이 무서운 증거를 없애버린다. 그것이 바로 환향녀(還鄕女)다.

'환향녀'는 문자 그대로 '고향으로 돌아온 여자'란 뜻이지만 그렇게 생각하는 사람은 아무도 없다. 성적으로 문란한 마구잡이 여자를 지칭하는 말로 쓰이며 차츰 '화냥년'이란 욕설이 되어버렸다.

정치니 전쟁이니 하는 것은 남자들의 전유물이었지만 그 결과는 모두에게 미쳤고, 그 대가는 고스란히 여자들이 져야 했다. 병자호란(丙子胡亂)의 원인이나 과정 등은 따로 살펴보지 않겠지만, 이 전쟁으로 인해 무수한 백성들이 죽고 헤어졌다는 사실만은 꼭 지적하고 싶다. 특히 여자들의 처지는 더욱 비참했다. 청나라에 잡혀갔던 여인들이 수십만 명을 헤아리니 말이다. 이 중 어렵사리 고향으로 돌아온 여인들이 있었다. 전쟁의 공포, 추위, 허기, 궁핍함을 무릅쓰고 살던 여인들이 고향으로 돌아온 것은 그리움 때문이었다. 하지만 돌아온 그녀들을 맞이한 것은 그들만 쏙 빼놓고 변해버린 딴 세상이었다.

이미 집안은 새롭게 세팅되어 있었다. 새로운 정실부인과 그 아들 그리고 애써 아무렇지도 않은 듯이 과거를 완전히 잊으려는 노력들. 거기 나타난 여인은 잊혔던, 그리고 잊혀야 했던, 아니 잊어야만 할 끔찍한 과거를 안고 돌아온 것이다. 자신이 집안을 완전히 뒤흔들어놓을 핵폭탄 같은 존재가 되어버린 것을 확인하는 순간, 여인은 청나라에 끌려가며 수모와 강간을 당할 때보다 더 끔찍하고 무서웠을지도 모른다. 하지만 그 정도에서 그친 것이 아니다.

남편은 임금에게 공식적으로 이혼을 요청했다. 이유는 비겁하기 짝이 없다.

"더럽혀진 여인이 가문의 제사를 받드는 것은 옳지 않습니다."

솔직하지 못함은 어제오늘의 일이 아니니 꾹 참는다.

"왜 돌아왔니?"

시부모의 날선 눈총과 비수 같은 말도 참을 수 있다.

하지만 자신이 낳은 자식조차 매몰찬 눈길로 자신을 훑어본다. 느닷없이 나타난 더럽혀진 모친으로 인해 아버지가 후처의 자식에게 집안의 가통을 넘겨줄지도 모른다는 불안감 때문이다. 차라리 없는 것이 낫다는 것이다.

"어머니, 그냥 죽으세요."

청나라에 끌려가서 욕을 당하지 않기 위해 자살한 여인의 수보다, 가족을 만나고 싶다는 일념으로 모진 고초 끝에 살아 돌아와서 끝내 목숨을 버린 여인들의 숫자가 더 많았다.

하긴 사대부 집안사람들이 생각하기에 돌아온 여인들이 도저히 이해되지 않았을 것이다. 손목만 잡혀도 정절이 더럽혀졌다고 자살하고, 외간 남자와 가슴이 스쳤다고 유방을 도려내는 극단적인 모습을 늘 보아오던 그들의 눈에는 그녀들이 걸어 다니는 미친년으로 보였을 게 분명하다.

없는 열녀도 만드는 판에 가문을 공중분해시킬 미친 증거물이 돌아다니는데 그냥 둘 리 없다. 서글픈 광기가 번지면서 온 일족이 눈을 시퍼렇게 뜨고 노려보는 가운데 환향녀들이 하나둘씩 목을 매달기 시작했고 이내 과거는 잊혀졌다.

그리고 다시 열녀가 태어났다.

스스로 움츠러들게 만드는 ———
——— 상징폭력 ———

태어나서 홀로 살아가는 사람은 없다. 사회에 같이 모여 사는 것이 인간이 무서운 짐승과 자연재해로부터 스스로를 보존해온 방법이었다. 그래서 사람은 같이 사는 법을 배운다. 가정에서 학교에서 그리고 사회에서 끊임없이 교육받는다. 그렇게 인간이 사회문화를 체화하고 습득하는 과정을 '사회화'라고 하는데, 이런 과정이 없이는 인간이 제대로 살 수 없다.

그렇게 자신도 모르는 사이에 몸에 배어든 문화적 습성을 피에르 브르디외(Pierre Bourdieu, 1930~2002)는 '아비투스(habitus)'라고 불렀다. 특별할 것 없는 상식적인 말에 구체적 명칭을 붙인 이유는 인간 행위의 무의식적 성향인 아비투스가 교육을 통해 습득되고 교육을 통해 이어진다는 점뿐만 아니라, 그런 문화적 행위가 종종 폭력이 되기도 한다는 점을 강조하기 위해서다. 그는 그 폭력을 '상징폭력(symbolic violence)'이란 말로 설명했다.

폭력이 상징적이라고 한 이유는 그 힘이 어디에서 유래했는지, 그 근거가 무엇인지, 힘의 역학 관계가 은폐되어 있기 때문이다. 대체 누가 왜 무엇 때문에 이런 압력과 힘을 주는지 알 수 없기에, 그 힘은 더욱 강요될 수 있고, 그 의미는 정당한 것으로 모두에게 받아들여진다.

잘 모르겠다면, 남성분들이 한번 치마를 입고 광화문 네거리를 활보해보시라. 몸으로 느껴지실 거다. 치마를 입는 것이 잘못도 아니고 이상한 것도 아니고 심지어 죄도 아니지만, 수많은 눈초리와 압력에 직면하게 될 거다. 그렇게 움츠러들게 만드는 힘이 상징폭력이다. 문제는 당하는 당사자조차 그 힘이 정당하다고 느낀다는 것에 있다.

열녀로 죽임당한 여인들도, 그리고 자발적으로 열녀가 되겠다고 한 여인들도 모두 다 그렇게 스러져갔다. 그리고 자신들을 향한 시선은 모두 정당하다고 스스로 믿는다. 열녀 문화가 당연하다고 어릴 적부터 교육받았기 때문이다. 돌아온 여인의 아들조차 그런 인식이 '오류'이고 '착각'임을 알아채지 못한 채, 어떤 비판이나 저항 없이 지배적 문화에 동의하고 그것을 수용해버린다. 그래서 어머니를 향해 차마 할 수 없는 말을 서슴없이 한 것이다. 그렇게 아비투스가 형성되고 재확산되고 만다.

이러니 〈열녀함양박씨전〉 서문에 등장한, 두 아들을 잘 키운 부인이 밤새도록 엽전 굴리면서라도 살아남는 것이 얼마나 대단한 것인지 우리는 감히 측량할 수도 없다.

'왜 저런데? 부끄럽지도 않나.'

'분명, 뒤로 호박씨 깔 거야.'

'구차하게 살다니, 아이고 난리다 난리야.'

'자식들 입장도 생각해야지. 제 생각만 하는 거야?'

그 부인은 무수한 손가락질, 의심의 눈초리를 받으며 산 것이다. 온 세상이 눌러오는 엄청난 압력을 버티며 살아온 것이다.

문화가 폭력이 될 수 있음을, 악의가 있든 없든 몸에 배어 있는 냄새처럼 상징적 폭력을 행사할 수 있음을, 그 부인은 둘러싼 사람들은 알고 있었을까? 그런 폭력이 피지배자들에게 사회적 위계를 정당하고 당연한 것으로 받아들이게 함으로써 결국 복종시키고 마는 메커니즘이라는 것을 과연 알았을까?

아마도 몰랐을 것이다.

자기들 이익을 위해 남을 희생시키는 짓을 서슴지 않고 해치우는 자들이니, 혹시 알아도 모른다고 시치미를 뗐을 거다. 아마 머리를 맞대고 이렇게 끼리끼리 두런거렸을지도 모르겠다.

'열녀 하나가 집안을 먹여 살리니 대승적 차원에서 생각하라고, 이런 기회가 매번 있는 게 아니야, 알겠지?'

3관

처첩의 세계

홍길동전 · 사씨남정기 · 춘향전

생각해보면 결혼은 퍽이나 무모한 도전이다. 잘 알지도 못하면서 덤벼든다. 해본 경험이 없으면서도 아는 것처럼 자신감에 차서 하는 것이 결혼이다.

"이럴 줄 알았으면….."

그렇다고 다시 돌아간다고 해서 결혼하지 않을 사람도 없다. '돌아온 싱글'들도 다시 새로운 결혼을 꿈꾸는 것만 봐도 그렇다. 참 신기한 일이다.

어떻든 결혼은 새로운 시작이다. 장밋빛 미래를 그렸는데 잎은 떨어지고 가시만 남게 될지, 앙상한 가지만 바라봤는데 거기서 잎사귀가 돋고 꽃이 피어날지는 아무도 모른다. 혼자 하는 것이 아니라 결국 둘이 같이 만들어가야 하는 것이기 때문이다.

지금이나 옛날이나 사람 사는 모양은 다 거기서 거기다. 결혼도 그렇다. 옛날이라고 해서 딱히 다를 것은 없었다. 한 꺼풀만 들춰보면 판박이처럼 꼭 닮아 있다. 하지만 한 가지, 지금은 공식적으로 없지만 옛날에는 공식적으로 있던 것이 있다.

바로 첩(妾)이다.

남자들에게만 편리한 세상

결혼은 서로가 서로를 선택하는 행위에서 시작되지만 옛날에는 꼭 그런 것만은 아니었다. 양반 여자의 경우는 아버지가 정해주는 대로 시집가는 것이 당연하고 마땅했다. 김시습(金時習, 1435~1493)이 지은 〈이생규장전(李生窺墻傳)〉 같은 소설에서나 남자와 여자가 저희들끼리 불법적(?)으로 만나 사랑할 뿐이다. 연애소설이 이 정도이니 실상은 말할 것도 없다. 자유연애란 꿈도 꿀 수 없는 시절이었다. 현실적으로 여자의 활동 폭이 크게 제약을 받던 시대였기에 어쩔 수 없는 노릇이기도 했다. 결혼 이전에 여자가 남자를 만날 방법이 거의 없었다.

그렇다고 바깥 활동이 자유로웠던 양반 남자들은 자유롭게 결혼을 했는가 하면, 그것도 아니다. 그들 역시 아버지에게 매여 있기는 마찬가지였다. 그들에게 결혼은 집안 대 집안의 결합이었다. 아버지가 정해주는 상대와 그냥 결혼했다. 그러지 않으면 큰 불효였다. 결혼을 '사랑'으로 한다는 것은 당시에 어려운 일이었고, 사실 그 누구도 그런 것을 추구하지 않았다. 재물과 권세가 있는 양반들의 경우가 그렇단 얘기다.

"근본 없는 것이 들어오면 집안이 망한다."

지금도 소위 상류층에서는 여전히 통하는 담론이다. 그래서 재벌 집에 연예인 아무개가 시집을 갔네, 평범한 직장인을 사위로 맞아들여 사업을 키웠네 어쩌네 하는 것이 뉴스가 되는 거다. 정관계 인사들의 집만 그런 게 아니다. 좀 산다 싶은 집안은 여전히 부모가 혼처를 구해서 시집가고 장가간다. 그래서 TV 드라마마다 심심하면 우려먹는 레퍼토리가 부모가 정해준 배우자말고 자신이 사랑하는 상대와 결혼하겠다고 갈등을 빚는 에피소드인 것이다.

아무튼 드라마든 실제든 요즘의 젊은이들은 자신이 직접 보고 만나고 겪은 상대와 결혼하는 것을 당연하게 생각한다. 그래서 부모의 '간택'에 반발하고 다투기도 하는 거다.

하지만 옛날 도령들은 부모의 선택에 절대 반발하지 않았다.

그 도령들은 하나같이 착하디착해 아버지 말씀에 그대로 순종해서 그런 것일까? 효성을 다하는 것이 당시 이데올로기였으니 싫어도 꾹 참은 걸까? 아니면 지금 아버지들보다 옛날 아버지들이 훨씬 더 안목이 높아 아들이 딱 좋아할 만한 혼처를 구해줬던 것일까?

모두 아니다.

도령들이 아버지 명령에 군말 없이 따랐던 것은 그렇게 맺어지는 부인말고 또 다른 부인을 공식적으로 둘 수 있었기 때문이다. 앞서 말한 첩 얘기다. 지금은 사라진 '처(妻)와 첩(妾)'의 질긴 악연은 그렇게 탄생했다.

아버지가 선택한 여자는 처가 되고 내가 선택한 여자는 첩이 되는 거였다. 어떻든 난 꿩 먹고 알 먹는 셈이니 상관없다. 이래저래 처갓집 덕을 보기 위해서는 아버지의 능력과 인맥에 따라 괜찮은 집안의 여자를 처로 맞아들이는 것이 좋다. 외모나 성격 같은 것은 신경 쓸 필요도 없고 상관할 필요도 없다. 내 취향을 내세울 필요도 없다. 그런 것은 내가 고를 여자에게서 얻으면 그만이다.

참 남자들에겐 편리한(?) 세상이었다.

누구 하나가 일방적으로 편해지면 다른 누군가가 어디선가 피곤해지는 것이 인생사이니 남자들이 제멋대로 살판이 나자 여자들이 복잡하게 뒤엉키게 된다. 그리고 여자들끼리 치고받고 수선을 피우게 된다. 그 모든 문제들이 남자 탓이라고 하면 남자들이 억울해할지 모르지만 미안하게도 사실이 그렇다.

외적으로는 가문 간의 연맹을 공고히 하고 내적으로는 가문을 이을 아들을 낳는 것이 소임이자 목적인 처를 두는 것과 달리, 첩은 내키는 대로 둘 수 있다 보니 남자가 능력만 되면 몇 명이고 첩을 두었다. 처와 성혼하기 전에 첩을 두어도 큰 흠이 되지 않았다. 세상은 남성들의 성욕에 대해 너그러웠다. 지금도 그렇지만 그때는 훨씬 더 그랬다. 때론 장인 될 사람이 사위를 위해 첩을 얻어주기도 했다.

"설마?"

아니다. 진짜 그랬다. 조선 전기까지는 사위들이 처가에 가서 생활하는 경우가 많았고, 장인은 사위의 관직 진출은 비롯한 모든 것을 위해 애썼다. 거기에는 성생활도 포함되어 있었다. 김만중(金萬重, 1637~1692)이 지은 〈구운몽(九雲夢)〉만 봐도 그렇다. 주인공 양소유가 정 사도의 딸 정경패와 성혼해서 정 사도의 집에서 처가살이를 하는데, 아직 합방하기 전이었다. 그래서 '양소유가 적적할 것을 염려'한 정 사도가 딸 정경패의 시녀인 가춘운을 먼저 첩으로 주는 것을 허용한다. 지금 생각하면 깜짝 놀랄 일이다.

오히려, 아들의 친아버지는 성혼 전에 첩을 두는 것을 경계했다. 첩이 있다는 것이 흠이 되어 '진짜 결혼'이 어려워질지도 모른다는 걱정 때문에도 그랬지만, 엉뚱한 것에 빠져 공부를 게을리할까봐 그랬다. 〈춘향전(春香傳)〉에서 이몽룡 아버지가 방자를 시켜 아들 이몽룡을 철저히 감시하게 한 것도 그 때문이다. 물론 그런다고 꼭 성공하는 것은 아니다. 단옷날 결국 이몽룡이 춘향을 만나니 말이다.

"그래도, 첩은 처와 달리 애정 관계로 맺어진 거니까, 아무래도 조금 낫지 않을까?"

어느 정도 그런 측면은 있다. 하지만 계급 사회에서 처와 첩은 하늘과 땅만큼의 차이가 있다. 처가 눈을 부라리며 "근본도 없는 년이 어딜 감히!"라고 한마디만 하면 상황은 끝난다. 처는 자신을 향했어야 할 애정이 모두 '저 망할 년'에게로 향한 것에 피맺힌 원한이 있다. 시기와 질투가 앙갚음으로 돌아가는 것은 시간문제였다.

그럼 남편이 가만히 있냐고?

당연히 가만히 있는다. 자신이 얻을 것(?)은 이미 얻었으니, "에헴, 에헴" 하고 우아하게 뒤로 빠진다. 남자들이 자유로운 성을 얻는 대신 여자들에게 집안 내 치리권을 넘겨주기로 사회 시스템에서 약속한 것이다. 그러니 남자들의 얄미운 회피에는 이렇게 정당성까지 부여된다.

그렇게 집안 내 권한을 획득한 '여자들'은 양반 여성, 즉 정실부인인 처다. 첩? 그들이야말로 불쌍한 처지에 놓인 약자 중에 약자였다.

실제 현실만 그런 것이 아니라, 이야기에서도 그랬다. 우리 고소설을 보면, 부모 자식 관계에서 계모(繼母)가 악독함의 대명사였다면 부부 관계에서 사악함의 아이콘은 늘 첩(妾)이었다. 계모는 전처가 죽은 후 맞이한 새로운 처로서 엄연한 정실부인이다. 첩과는 다르다.

혹시 혼동하실지 몰라 덧붙이자면, 처가 죽으면 새로 처를 맞아들이지, 첩이 승격되어 처가 되는 것은 아니다. 첩은 그저 첩일 따름이다. 언감생심 처의 자리를 넘볼 수 없는, 저 아래에서 그저 복종하고 순종해야만 한다. 바짝 자세를 낮춰 설설 기지 않으면 그야말로 목숨조차 유지하기 쉽지 않다.

이야기 속의 악독하고 사악한 첩들을 쉽게 매도하기 전에 이런 점을 유념해야만 한다. 그리고 여자가 첩이 되어 사악해지는 과정을 잘 살펴봐야 한다. 그 사악함의 근원이 어쩌면 엉뚱한 곳에 있을 수도 있으니 말이다.

홍 판서는 길동의 어머니를 사랑했을까

열여덟 살 몸종이 있다. 늘 그렇듯이 찬밥으로 점심을 때우고 주인 어른 드실 차를 소반에 받쳐 들고 방으로 들어갔다. 원래 그녀가 늘 하는 일이다.

그런데 이날은 뭔가 느낌이 이상하다. 찻잔을 내려놓는 그녀의 거동을 살살이 훑어보던 주인어른이 갑자기 뒤에서 덮치는 것이 아닌가. 반항해도 소용없다. 어렸고 처음이고 놀랐고 당황했다. 그리고 무서웠다. 뭐라고 귀에 말하는 것은 들리지도 않는다. 하늘이 핑핑 돌고 난리가 아니다. 곧 모든 것이 무너지고 끝난다. 감히 흐느낄 수도 없는 고압적인 상황에서 조금 벗어나자 주인어른이 자신의 젖을 움켜쥐고 치마폭을 들추며 했던 말이 떠오른다.

"내 오늘 좋은 꿈을 꾸었단 말이다."

좋은 꿈과 이것이 다 무엇이란 말인가? 도무지 그녀는 알 수가 없다. 그저 아프고 무서울 뿐이다. 몸 깊은 곳의 아픔은 제 방으로 돌아온 후에야 비로소 느낄 수 있었다. 겁에 질린 울음이 터진 것도 겨우 그때였다.

며칠 후 그녀는 주인어른의 첩이 되어 외진 곳에 방 하나를 차지하고 들어앉는다. 어제까지 같이 걸레질을 하던 친구들이 형식적으로 고개를 숙이기는 하지만 눈초리가 요상하다. 꼬리를 쳤느니 어쩌니 쑥덕거리는 소리가 돌고 돌아 들려온다. 입이 열이 있어도 말할 수가 없다. 답답한 가슴으로 방에 앉는다. 혹시나 하는 마음으로 주인어른을 기다린다. 하지만 처음이 마지막이었다. 그렇게 평생을 홀로 지낸다.

이 어린 여자의 이름은 춘섬이다. 귀에 설게 들릴지 모르겠다. 하지만 그 끔찍한 날 이후 배가 불러 태어난 그녀 아들의 이름을 모르는 사람은 아마 없을 것이다.

홍길동. 바로 그녀가 낳은 아들이다.

〈홍길동전(洪吉童傳)〉의 홍길동이 너무나 유명하다 보니 오히려 그의 모친 춘섬의 처지에 대해서는 소홀히 넘기고 만다. 춘섬이 바로 첩이었다. 몸종이었던 여자였다. 그녀의 출신과 첩이 되는 과정, 첩이 된 이후의 삶 등이 첩의 생리와 처지를 적나라하게 보여준다.

처는 양반 여자가 된다. 하지만 첩은 남성의 성욕에 의해 무작위로 결정된다. 그야말로 제비 뽑히듯이 발탁되고 정해진다. 그러면 끝이다. 당연히 예식이 있을 리 없다. 여종이든 기생이든, 아니면 길 가다 마주친 반반한 여인이든, 보면 그냥 따라 들어가 마음대로 취했다.

홍 판서가 춘섬을 강간한 이유에 명목은 있었다. 낮잠을 자다가 용이 승천하는 기가 막힌 길몽(吉夢)을 꾼 것이다. 귀한 아들을 낳을 거란 생각에 처음엔 처를 구슬리지만 양반 부인은 벌건 대낮에 남세스럽다며 도덕이 어쩌니 저쩌니 들먹이며 거절한다. 홍 판서는 몸이 한껏 달았다. 그게 진짜 이유다. 길몽은 핑계일 뿐이다. 낮에 꿈을 꾸었다고 당장 일을 해결해야(?) 훌륭한 아들을 낳는 것은 아니다. 밤까지 기다려도 충분하다. 좋은 꿈은 남에게 발설하지 않고 맘에 품고 있으면 그대로 효력이 간다고 하지 않는가. 그날 밤까지 기다린다고 해서 사라질 거라면 길몽이 아니라 개꿈일 뿐이다. 결국 홍 판서는 한낮에 성욕이 잔뜩 일었던 것이고, 눈앞에 반반한 여종이 나타났던 거였다. 그리고 그것으로 충분했다.

물론 홍 판서에게는 충분했겠지만 당하는 춘섬에게는 그렇지 않았다. 원한 것도 아니고 준비된 것도 아니었다. 더욱이 사랑이니 뭐니 하는 것이 개재된 것도 아니었다. 오직 자식을 낳기 위한 성교 이상이 아니었다. 밉살맞은 상상이지만 그때 춘섬이 수태하지 못했다면, 아마도 홍 판서는 이렇게 끌끌거렸을지도 모른다.

'천한 년이라 그런지 좋은 꿈과 맞지 않는군. 공연히 길몽만 날려버렸어.'

순전히 고약한 추측이지만 이럴 것이 분명하다.

기실 보통 남자가 첩을 두는 바탕에는 애정이 깔려 있다. 처와의 관계는 애초부터 정치적 수순에 의한 정략결혼이다 보니 애정이니 사랑이니 하는 것을 찾을 여지가 없기에, 사랑과 정분은 첩에게서 얻는다. 그래서 남자들이 첩을 둘 때는 나름의 취향과 애정에 근거해 고른다.

하지만 춘섬은 아니었다. 그저 순간적으로 일어난 성욕의 배설을 위한 도구였을 따름이다. 이는 홍 판서가 기생 출신인 곡산모 초란을 따로 첩으로 둔 것만 봐도 알 수 있다. 판서 정도의 위치에 경제적 여유도 있으니 다른 첩을 또 둔 것이 문제되지는 않는다. 하지만 길동이 가출하게 된 이유와 정황을 보면 홍 판서가 길동의 모친 춘섬을 어떻게 대했는지 짐작할 수 있다.

길동이 어머니 춘섬에게 이렇게 말한다.

"요즘 곡산모의 하는 일들을 보니 상공(相公)의 은총을 잃어버릴까 두려워하여 우리 모자를 원수같이 생각하고 있습니다. 곧 큰 화를 입을까 두렵습니다. 어머님은 제가 집을 나가는 것을 걱정하지 마세요."

길동은 아버지를 아버지라 부르지 못하는 서자(庶子)의 신세라, 아버지 홍 판서를 '상공'이라고 부르지만, 춘섬은 친모이기에 '어머니'라고 호칭한 것이다.

아무튼 원래 곡산모 초란은 곡산 기생 출신으로 홍 판서의 총애를 받아 첩이 된 여자다. 첩이 된 후 먼저 첩이 된 춘섬과 그의 아들 길동을 못 잡아먹어 앙앙불락하며 지낸다. 자기는 아들이 없고 춘섬은 길동을 낳았기 때문이다. 그래서 길동을 죽일 생각으로 자객을 시켜 암살을 도모한다. 물론 도술이 뛰어난 길동이 자객을 퇴치했지만 집안의 골 깊은 갈등은 더 이상 봉합할 수 있는 상황이 아니었다. 그래서 결국 길동은 집을 떠난다.

애초부터 초란이 이렇듯 발호할 수 있었던 이유는 홍 판서가 초란을 총애했기 때문이다. 이는 같은 첩이지만 춘섬에게는 애정이 없었다는 의미다. 초란의 불안은 오직 길동 때문인데 그녀는 홍 판서가 길동을 낳았다고 춘섬을 우대하는 것이 못마땅했다. 초란은 길동만 없앤다면 춘섬은 아무것도 아니라고 생각했던 것이다.

거꾸로 생각해보면 춘섬에게 길동이 없었다면 그나마 그 알량한 첩이란 자리조차 보존하기 어려웠던 것이다. 정말 그렇다. 홍 판서는 춘섬을 사랑해서 첩을 삼은 것이 아니니 말이다. 애정으로 맺어진 관계가 아니라 성욕 배설의 도구로 삼았던 관계니 지속적인 유대는 불가능했다. 춘섬은 그냥 그렇게 늙어갈 뿐이었다.

"그래도 자식이 있으니 어느 정도 위안이 되지 않겠어?"

그건 정말 모르는 소리다. 첩의 소생들은 친모가 아닌 아버지의 정실부인인 처를 "어머니"로 부르며 섬긴다. 아침마다 문안을 드리는 것도 처에게지 친모가 아니다. '어머니'가 아니기 때문이다. 집안의 모든 대소사는 '어머니'인 처를 중심으로 돌아간다. 첩의 소생들로서는 자신의 친모는 그냥 친모일 뿐, '어머니'가 아니다. 이유는 간단하다. 자식은 '아버지'의 것이지 어느 여자의 것도 아니기 때문이다. 그러니 아버지와 공식적으로 같이 사는 여인, 즉 처가 '어머니'가 될 뿐이다. 물론 처를 높이기 위해 '어머니'로 만들어주는 것이 아니라, 모든 것이 '아버지' 중심이기에 그런 것이다.

'부생모육지은(父生母育之恩)'이라는 말이 있는데, 이는 유교 사회에서는 아주 상식적인 말이다. 〈홍길동전〉에도 스스럼없이 나올 정도로 유명한 말이다. 한자말로 듣고 그냥 휙 지나치면 그렇고 그런 말 같지만, 사실은 아주 중요한 사상을 품고 있는 말이다. 정철(鄭澈, 1536~1593)이 강원도 지방의 관찰사로 지내던 때에 〈훈민가(訓民歌)〉라는 16수의 연시조를 지었는데, 그 첫 번째 수에도 이 말이 들어 있다.

아버님 날 낳으시고 어머님 날 기르시니
두 분이 아니시면 이 몸이 생겼을까
하늘 같은 끝없는 은덕(恩德)을 어느 때에 갚을까. _____

즉, 관찰사가 백성들을 교화시키기 위해서 지은 시조 중에서 가장 먼저 한 말이 '부생모육지은(父生母育之恩)'이란 말이다. 그런데 구절을 자세히 살펴보면 이상한 것이 눈에 띈다.

"엥, 아버지가 날 낳는다고? 남자가 애를?"

어머님이 기르신다[母育]는 것은 알겠는데, 아버지가 낳는다[父生]는 것은 좀체 이해가 잘 안 된다.

이 난감한 상황을 억지로 풀이하려고, 어떤 분은 '낳는다[生]'는 것은 생명이 잉태되는 것이고 '기른다[育]'는 자궁 속에서 인간을 만드는 것이라는 설명까지 하지만, 사실은 간단하다.

'낳는다[生]'고 한 것은 실제적 물리적 상황을 말한 것이 아니라 관념적인 핏줄의 이어짐을 말한 것이다. 즉, 자식은 모두 다 '아버지의 것'으로 그것을 '아버지가 낳는다[父生]'고 한 것이다. 물론 그 낳은 생명체를 잘 거둬들여 키우는 것은 여성의 몫으로, '어머니가 기른다[母育]'고 한 것이고.

그리고 짐작하시겠지만 이때의 '어머니' 역시 관념적 어머니인 정실부인 처이지 친모를 말하는 것은 아니다. 처가 자신의 아이를 낳아도 그 아이를 직접 키우지 않는다. 공연히 젖을 주는 젖어미 유모(乳母)가 따로 있겠는가.

그러니, 아버지와 어머니 축에는 얼씬도 못하는 첩 같은 것은 심하게 말해 아무것도 아닌 것이다. 이렇게 첩의 지위는 박약하기 그지없다. 시작도 과정도 끝도 모두 남편인 가장에게 달려 있다. 그의 눈길 하나 그의 손길 하나에 순식간에 천당과 지옥을 오르내린다. 가끔 은총을 얻으면 집안에서 떵떵거리기도 하지만 언제 자신이 끈 떨어진 뒤웅박 신세가 될지도 모른다는 두려움이 늘 뒷목을 서늘하게 누른다. 그 언제가 오늘일지 내일일지 아무도 모른다. 첩이 언제든 사악해질 수 있는 이유가 바로 여기에 있다.

호부호형에 숨겨진
욕망

첩들의 처지가 난감하고 한심하기도 하지만 그녀들이 낳은 자식 역시 처지가 딱하기는 마찬가지다. 가장인 아버지의 아들이기는 하지만 자식들 서열에서 언제나 맨 끝을 차지한다. 아무리 나이가 어려도 처인 정실부인의 아들인 적자(嫡子)가 집안의 어른이 된다. 첩의 아들인 서자(庶子), 얼자(孼子)는 비록 양반이어도 반쪽짜리로 결국 겉돌 수밖에 없었다.

"가만, 얼자는 뭐야?"

첩의 자식인 서자와 얼자를 합해서 서얼(庶孼)이라고도 하는데, 서자(庶子)는 친모가 중인이나 평민일 때이고, 얼자(孼子)는 친모가 그 이하의 신분인 종이나 천민, 기생, 무녀 등일 때를 말한다. 그러니까 우리가 홍길동을 서자라고 부르지만 정확하게 말하면 얼자라고 불러야 한다.

명칭이 복잡한 이유는 공연한 것이 아니다. 명칭만큼 차별의 기제가 적극적으로 강하게 작용하는 경우가 없다. 구획을 나눠놓고 그들끼리 서열을 정하게 하는 것은 통제의 아주 좋은 방편이니 말이다. 자기들끼리 치고받다 보면 그 큰 체제를 만들어놓은 그 위의 본질적 시스템을 간과하기 쉬운 법이다. 그 시스템의 본질을 꿰뚫어본 가장 아래 집단의 일원은 다른 누구보다 더 괴로운 법이다. 그래서 "아버지를 아버지라 부르고 형을 형이라 부르고 싶습니다"라는 길동의 말엔 한 맺힌 진정이 스며들어 있다.

그렇게 호부호형(呼父呼兄)을 하고 싶다는 길동의 내면에는 더 복잡한 사정이 있다. 단지 집안에서의 차별이나 아버지를 제대로 대하지 못하는 문제만이 아닌 것이다. 집안에서만 겉도는 것이 아니라 밖에서도 그래야 하기 때문이다. 그들은 관직에 진출할 수가 없었다.

이는 치명적이었다. 양반이니 상민처럼 장사를 할 수도 없고 농사를 지을 수도 없다. 아버지의 격조에 누가 되는 짓이다. 그러면 양반 본연의 직업인 관직에 진출해야 하는데, 서얼들에게는 원천적으로 이것이 금지되어 있었다.

물론 정조 같은 임금은 서자들을 등용했지만 일반적인 일은 아니었다. 이는 정조 자신의 지지 기반을 확충하고 정치권을 참신하게 하려는 하나의 방편이었을 뿐이다. 대부분의 경우 서자들이 관직에 진출하는 것은 불가능했다. 문과 시험은 아예 볼 수 없었고 무과나 잡과에 합격한 경우에도 승진에 제한을 두어 6품 이상의 진급은 어려웠다. 양반은 관직 외에는 직업을 꿈꿀 수조차 없었던 시대라는 것을 감안하면 관직 진출이 막히는 것은 곧 존재 기반이 없다는 의미이다. 그러니 서자들이 정실인 처의 자식, 즉 적자의 배려에 의해 늙어 죽을 때까지 집에 빌붙어 눈칫밥을 먹고사는 일이 다반사일 수밖에 없었던 거다.

국가적으로 적서차별(嫡庶差別)을 한 이유는 사실 정치적, 경제적 문제 때문이었다. 국가의 관직 숫자는 한정되어 있는데 첩의 자식들에게까지 관직을 나눠주면 대번에 관직이 부족해질 것이고 그것은 정치적 파장을 초래할 것이 분명했다. 그래서 합리적인(?) 차별 방안이 적서차별이었다. 차별 메커니즘은 귀속적이고 불가항력적일수록 더 강하게 마련이다. 그래서 지금도 인종이나 성별처럼 죽기 전에는, 아니 죽어서도 바뀔 수 없는 특성에서 손쉽게 차별의 이유와 근거를 찾는 무리가 끊이질 않는 것이다.

길동이 아버지 홍 판서에게 가 "아버지를 아버지라 부르고 형을 형이라 부르게[呼父呼兄]" 해달라고 애걸한 이유는, 그가 밤마다 '남자가 세상에 태어나 나가면 장수가 되고 들어오면 정승이 되어야 하는데 나는 어찌 아버지를 아버지로 부르지 못하고 형을 형이라 부르지 못하는가!'라며 울분을 토로한 것에 잘 나타나 있다. 호칭을 제대로 부르고 싶다는 바람은 그저 표면적인 이유에 지나지 않았다. '나가면 장수가 되고 들어오면 정승이 된다[出將入相]'는 것이야말로 양반이면 누구나 꿈꾸는 로망이다. 그런데 장수와 정승은 고사하고 관직의 먼발치에도 얼씬거리지 못하는 자신의 처지를 생각하면 울분이 생기지 않을 수 없는 것이다. 먹고사는 것은 그만두고라도 도무지 '할 일'이 없다. 그냥 집에서 던져주는 사료나 먹고사는 돼지 신세나 다름이 없는 것이다.

그러니 길동이 할 수 있는 일이라고는 도둑질밖에 없는 것이다.

활빈당 당수가 되는 수순은 자연스럽다 못해 너무나 당연해 보인다. 파락호, 놈팡이, 건달패, 시정잡배 등등의 다른 옵션이 있기는 하지만 길동은 아예 과감하게 그쪽으로 나간 것이다.

〈홍길동전〉에서 언뜻 이해되지 않는 부분이 있어 오해가 빚어지기도 한다. 바로 소설의 마지막 대목이다.

길동이 조선을 떠나 바다 건너 율도국을 정벌하고 왕이 된다. 그리고 당연히 처와 첩을 거느리고 행복하게 산다. 그렇게 끝난다. 바로 이 부분이다. 서자로서 그렇게 괴롭힘과 설움을 당한 길동이 제 스스로 첩을 두다니 이게 될 말인가 하는 비판이 인다.

이것은 두 가지를 떼어서 보는 대신 합해놓고 보는 바람에 생긴 문제다. 무슨 말이냐 하면 길동이 벗어나고자 한 것은 '적서차별의 문제'이지 '처첩의 문제'는 아니었다. 다시 말해 길동은 적자와 서자의 차별을 하지 않으면 된다는 생각을 했을 뿐, 근본적으로 첩을 반대한 것은 아니란 말이다. 길동은 처의 자식이든 첩의 자식이든 공평하고 균등하게 대우하고 관직에 진출하게 하면 된다는 생각이었다.

충분히 민주화된 지금 시각으로 볼 때는 의아하기 이를 데 없지만 그 당시 사람들의 관념이 그랬다. 적서차별을 하지 않으면 되지 않느냐는 정도의 순진한 생각이었다. '그냥 적자와 서자가 아예 생기지 않는 방법을 택하면 손쉬운데 왜 그렇게 하지 않았지? 왜 첩을 두는 것을 반대하지 않은 거야?'라는 의문이 당연히 생긴다.

이유는 간단하다. 남자들은 자신들만의 향락과 쾌락을 포기하지 않기 때문이다. 강자로서 여자를 거느리는 구조적 이득을 버리지 않기 때문이다. 길동에게 묻지 않았지만, 아마도 처첩을 둔 것에 대해 묻는다면 이렇게 답할 게 분명하다.

"차별만 안 하면 되는 거 아니오? 웬 난리들이오?"

길동 이놈도 역시 남자였던 것이다.

사회적 진출만 자유로우면 된다는 생각은 궁극적으로 여자와 그 지위에 대해서는 전혀 고려하지 않는다는 사실을 적나라하게 드러낸다. 길동은 자기 울분과 자기 앞길만 생각한 것이다. 정말 쾌씸한 녀석이다. 자기만 아니면 된다는 생각 아닌가. 아니, 멀리 가지 않아도 자기 어머니를 한 번이라도 생각했다면 그럴 수 없는 것 아닌가.

하긴 녀석이 어머니 춘섬의 고뇌와 깊은 한을 알 리가 있겠는가? 자식치고 부모의 마음을 아는 놈은 하나도 없으니 뭐라 할 일은 아니지만 말이다.

사악하고 음탕한 ───── ───── 첩들의 항변 ─────

첩이 되는 순간 자신의 처지가 열악하고 참담해진다는 것을 잘 아는 첩들은 딴맘을 먹을 유혹에 빠지기 쉽다. 매사에 삐딱해지기도 쉽다. 최선의 목적은 어떻게든 남편을 구위삶는 것이고 그러기 위해서는 온갖 짓을 마다하지 않는다. 물론 그 무기는 간드러진 말과 성적 유혹일 수밖에 없다.

악독한 첩의 대명사는 아마도 김만중(金萬重, 1637~1692)이 지은 〈사씨남정기(謝氏南征記)〉의 교 씨 차지가 될 것이다. 교 씨는 철저히 자신의 욕망을 위해 행동한다. 첩이 된 것도, 첩이 된 후 일련의 일들을 꾸며낸 것도 모두 다 자신의 주체적 판단에 따른 행동이었다. 그녀는 모략을 써서 남편 유연수의 본처인 사 씨를 쫓아내는 것은 물론, 심지어 유연수까지 궁지로 몰아 귀양을 가게 한다. 그 과정에서 외간남자와 간통을 저지르고, 자기 아들을 그 내연남이 죽인 것도 눈감아버린다. 여전히 죽고 못 사는 사이로 들러붙어 지낸다. 이렇게 교 씨는 악독을 넘어 패악한 짓들을 연달아 저지르다가 결국에는 죽임을 당한다. 이런 교 씨의 최후는 욕망의 과잉이 불러온 필연적인 귀결이다.

이렇게 극단적인 첩의 모습을 그려낸 것은 〈사씨남정기〉의 작가 김만중의 의도가 다분하다. 그는 숙종의 후궁인 장희빈(張禧嬪, 1659~1701)을 악독한 첩으로 상정하고 교 씨를 형상화해낸 것이다.

김만중은 당파로 보면 당대 집권층인 노론 출신이었다. 숙종이 처음 맞아들인 왕후는 인경왕후(仁敬王后, 1661~1680) 김 씨인데, 그녀의 아버지가 바로 김만중의 친형인 김만기(金萬基, 1633~1687)이다. 인경왕후가 딸만 두고 아들 없이 일찍 죽자, 숙종은 그 유명한 인현왕후(仁顯王后, 1667~1701) 민 씨를 새 중전으로 맞아들인다. 여기에 첩인 희빈 장 씨가 끼어든 것이고 우리가 잘 아는 대로 이런저런 불행한 우여곡절 끝에 장희빈은 죽임을 당하고 인현왕후는 복위된다.

숙종 집안의 근본적인 불행은 인현왕후 민 씨가 자식을 낳지 못하는 석녀(石女)였다는 점에 기인한다. 그런데 장희빈은 훗날 경종이 되는 아들을 떡하니 낳으니 문제가 안 생길 수 없다. 당파가 노론인 데다가 죽긴 했어도 조카딸이 왕후였던 김만중의 입장에선 아무래도 인현왕후 쪽으로 마음이 쏠릴 수밖에 없다. 이런 상황이니 아들까지 낳은 희빈 장 씨는 자칫하면 정권을 뺏어 먹을 희대의 악녀로 보인 것이다.

한마디로 김만중이 숙종에게 '정신 좀 차리라'고 쓴 것이 〈사씨남정기〉다. 그래서인지 소설 속 남편 유연수는 대단히 우유부단한데다 무능하기 짝이 없다. 사 씨는 현숙하고 교 씨는 악랄하기 그지없게 그려냈지만, 교 씨의 실제 모델인 장희빈이 간통을 저질렀을리는 없다. 벽에도 귀가 있는 궁중에서, 그것도 어엿이 원자(元子)로책봉된 아들이 있는 장희빈이 그런 짓을 할 까닭이 없다. 또 교 씨가유연수를 몰아낸 것처럼 장희빈이 숙종을 폐위시키려고 역모를 꾸민 적도 없다. 김만중의 눈에 장희빈이 천하의 악녀로 보였을 뿐이다. 그렇게 우리 소설의 역사상 가장 악독한 첩인 교 씨가 탄생했다.

교 씨처럼 극단적인 첩들이 없지는 않았겠지만 양반가에서 남편까지 집안에서 몰아내는 짓은 거의 불가능하다. 집안에는 남편만 있는 것이 아니라 그 위로 시아버지를 비롯해 가문의 일가친척이 죽 늘어서 있다. 무겁디무거운 문중의 규율이 만만하지도 않다. 그러니 실제로 첩들은 남편이 인정하고 용인하는 한도 안에서만 자신의 욕망을 키우는 것에 만족한다. 첩들만이 아니라 그때를 살았던 대부분의 여자가 그랬다. 교 씨 같은 팜 파탈(femme fatale)은 당시에 정말 쉽지 않았다.

물론 교 씨처럼 집안까지 말아먹는 것은 아니지만 집안의 종들과 간통하고 야반도주하는 첩들은 있었다. 첩들도 본능이 있는 사람이다. 남편을 구워삶고 싶어도 도무지 '별을 볼 수 없는' 상황이 무한정 이어지는데 견뎌낼 재간이 없었던 것이다. 도망친 첩을 두고 "여시 같은 년! 내 그럴 줄 알았다"고 한다면 입이 열 개라도 해줄 말이 없다. 그녀들이 도망칠 수밖에 없었던 사연은 어디에도 말할 수조차 없다. 결과적으로 문란하고 방탕하다는 오명을 뒤집어써도 입도 뺑끗 못할 처지가 바로 첩 신세였다.

춘향은
──── 내일을 보장받고 싶었다 ────

"이거 하나만 써주세요~!"
온몸이 후끈 달아오른 남자는 정신이 없다. 들이미는 종이에 사인만 한 줄 휘갈기면 그냥 만사 오케이다. 의심이 들기도 하지만 몸이 먼저다. 냅다 써주고 만다.

'절대 잊지 않겠다. 너를 버리지 않겠다는 말을 꼭 들어야 아나? 글로 받아놓으면 뭐가 달라진단 말인가?'

이런 생각이 스친다. 혹여 아버지가 이 일을 알게 되면 큰일이다. 만약 여자를 가까이만 하면, 아버지는 내 복사뼈를 송곳으로 뚫고는 고춧가루, 후춧가루 물을 혹 부어버린다고 불호령을 내렸었다. 몸서리가 쳐지지만 그것도 잠시다.

'까짓것 이깟 종이 쪼가리쯤이야.'

일필휘지 휘리릭 붓을 날려 쓴다. 그러고는 남자는 그렇게 기다리고 기다리던 여인의 품속으로 파고들어 간다. 정신이 몽롱한 이 남자의 이름은 이몽룡(李夢龍). 짐작하다시피 여인의 이름은 춘향(春香)이다.

어미가 기생이면 딸도 기생 취급을 받는다. 기생 일을 하지 않아도 천한 신분이 바뀌지는 않는다. 춘향은 반반한 얼굴에 어리고 귀여운 것이 똑 양반 남자의 첩이 되기 알맞다. 이런저런 남자들이 지분거리지만 춘향은 쌀쌀맞게 무시하고 돌아선다. 아예 말도 못 붙이게 한다. 하지만 훤칠하게 잘생긴 데다 나이도 자신과 똑같고 거기에 고을 사또의 자제라면 생각이 조금 달라진다.

저 정도라면 이래저래 관직에 나설 것이고 그러지 않는다 해도 그 집안에 들어서면 평생 기생 짓을 하며 늙어버린 어미보다는 낫겠지. 이런 셈속이 있었을 것이다.

하지만 첩이 된다는 것은 그리 녹록한 일이 아니다. 한 치 앞을 내다볼 수 없는 일이다. 남정네란 것들은 발정난 수소처럼 씩씩거릴 때는 간이라도 꺼내줄 듯하지만 돌아서면 '내가 널 언제 봤더라' 하며 안면 몰수하기를 떡 먹듯이 하는 것들이다. 게다가 소문도 있다. 사또가 자기 아들에게 여자 비슷한 것들만 근처에 얼씬거려도 다리몽둥이를 분질러버리겠다고 엄포를 놓았다지 않는가. 얼씬 정도가 아니라 아예 일까지 치르고 나면…. 문제는 또 있다. 분명 훗날 양반가의 규수로 처를 들일 텐데, 그때 어떻게 될까? 아니 멀리 갈 것도 없다. 사또 몰래 벌이는 일인데, 사또의 임기가 끝나 그 자제가 이 고을을 떠나면 어찌 될까? 첩이라도 되어 집안에라도 들어가 살림을 차린다면 모를까, 아예 먹다버린 닭 날개 뼈다귀처럼 내동댕이쳐지면 그냥 끝 아닌가? 집안에 들어가 처에게 구박과 박대를 받는 상황은 차라리 사치스러운 꿈이다.

온갖 상상이 춘향의 머릿속에 오갔을 것이다. 그냥 이몽룡을 쌀쌀맞게 내쫓을 수도 있다. 하지만 평생 다시 오지 않을 기회다. 몽룡을 보니 얼굴도 괜찮다. 재력도 있다. 영특해 보이는 게 관직에 나설 가능성도 높다. 버리기 아까운 카드다. 이대로 그럭저럭 살다 늙어버리면 어디 궁상맞은 홀아비 집에 팔려가 평생을 퀴퀴하게 살아야 할지도 모른다. 고민은 깊어지고 셈은 끝이 없다. 이 궁리 저 궁리 아무리 돌려봐도 자신이 놓인 처지에서 선택할 카드가 많지 않다. 그래서 억지로 찾은 카드가 '불망기(不忘記)'다.

잊지 않고 꼭 자신을 불러주겠다는 맹세를 받으면 될 거라는 생각이 얼마나 순진한지 자신도 안다. 하지만 이거라도 받아놓지 않으면 안 된다. 이거라도….

〈춘향전(春香傳)〉을 보면 불망기를 쓰는 이본도 있고 쓰지 않는 이본도 있다. 여기저기 널리 퍼진 이야기이다 보니 조금씩 다르다. 하긴 춘향의 이름도 '성춘향', '김춘향', '안춘향'으로 가지각색이니 그 정도는 약과다. 물론 성(姓) 없이 그냥 '춘향'인 경우도 있다. 천한 출신이므로 성이 없는 것이 사실 옳다.

아무튼 이몽룡이 불망기를 쓰든 말든, 불망기 때문에 이몽룡이 춘향을 찾아오는 것은 아니다. 그냥 사적으로 써준 정표야 무시하기 십상인 것이 그 시대다. 그걸 모르지 않지만 그거라도 받아야 했던 춘향의 처지는 정말 딱하기 이를 데 없다. 그야말로 일생을 걸고 도박을 하는 것이니 말이다. 대박 아니면 쪽박. 가능성은 50대 50이 아니라, 10대 90도 안 될 정도로 불리한 도박이다. 물론 던져진 주사위의 결과는 우리가 잘 안다. 대박이 아니라 초대박이었다. 첩에서 그칠 것이, 첩을 넘어 처가 되어버린다. 임금이 '정렬부인'으로 표창을 한다. 덩실덩실 난리도 이런 난리가 없다. 소설이니 그렇다. 민중들이 꿈과 희망으로 부풀려서 그렇다. 현실에선 절대 일어날 수 없는 일이다.

"춘향이가 첩이었어? 처였던 거 아냐? 이몽룡이 다른 여자와 결혼을 한 것도 아니니 말이야."

아니, 춘향은 첩이다. 교 씨와 똑같은 신세인 첩이었다.

첩인 교 씨와 천한 기생의 딸인 춘향이 모두 약자이긴 마찬가지다. 시작은 비슷했지만 그 끝은 천양지차(天壤之差)였다. 교 씨는 잡혀서 죽임을 당하고 춘향은 정렬부인이 되었다. 극명하게 결과가 달라진 이유가 교 씨는 악독하고 사악했지만 춘향은 겨우 징징거리고 애걸하는 정도였고, 교 씨는 방탕했던 반면 춘향은 절개를 지켰기 때문이라는 것은 옳다. 하지만 둘의 욕망은 같았다. 교 씨도 자기 욕망에 충실했고 춘향도 자기 욕망에 따라 이 도령을 끝까지 맘속에 지켰다.

그렇게 둘의 결말이 갈린 근본 이유는 그녀들을 바라보는 시선이 달랐기 때문이다. 그래서 그 마지막이 하늘과 땅만큼이나 벌어진 것이다.

교 씨를 바라보는 시선은 양반의 시선이고 춘향을 바라보는 시선은 민중의 시선이었다.

양반은 첩을 품기는 하되 존중하지 않는다. 아니, 인정하지 않는다. 노리개일 뿐이고 물건일 뿐이다. 때에 따라 버릴 수 있는 존재가 첩이다. 그러니 그깟 것들에게 욕망이 있다는 것은 말도 안 되는 것이고 위험한 것이다. 하지만 첩을 바라보는 민중의 시각은 완전히 다르다. 민중에게 첩은 남이 아니라 자신들이다. 그들 중에서 첩이 나오고, 또 지금 그들이 바로 첩 신세다. 그러니 첩의 욕망은 남의 욕망이 아니라 내 욕망인 것이다. 이렇게 이야기의 시선이 바탕에서부터 다르니 그 끝이 같을 수 없다. 그러니 억눌린 첩들의 존재 증명은 교 씨가 아니라 춘향에게서 찾는 것이 옳다.

하지만 이미 처에, 정렬부인까지 되어버린 춘향이 과연 '첩의 신세'를 알기나 알까? 자신이 첩이 될 뻔했다는 사실을 기억이나 할까? 개구리도 올챙이 적은 기억하지 못한다던데…. 그래서 그런지 우리는 춘향을 보고 한 번도 첩 같은 약자라고 생각해본 적이 없었던 것 같다. 그냥 춘향은 춘향이었다. 첩처럼 궁상맞고 찌질하다고 생각한 적이 한 번도 없었던 것 같다.

정말 춘향은 행운아였다.

합리적 사회 시스템이란 ────
──── 쇠우리 ────

우리가 춘향을 첩으로 생각하지 못하는 이유는 민중들의 열망이 가득 찬 시선을 한 몸에 받았기 때문에도 그렇지만, 근본적으로는 이몽룡 덕분이다. 이몽룡에게 여인은 단지 그녀 한 명뿐이었으니 말이다. 달리 처를 두지 않은 이유는 이몽룡이 춘향만을 사랑했기 때문이다.

하지만 〈사씨남정기〉의 유연수에게는 사 씨가 있었고, 교 씨를 첩으로 받아들인 이유는 "대를 이을 자식이 없으니 첩을 얻으세요"라는 사 씨의 간곡한 부탁 때문이었다. 한마디로 교 씨를 '씨받이'로 맞아들인 것이다. 길동의 어머니 춘섬과 꼭 같이 말이다. 애정도 사랑도 없이 단지 기계적인 성욕과 출산을 위한 도구로 골라진 교 씨의 입장과 주체적인 애정과 사랑으로 만난 춘향은 하늘과 땅 차이일 수밖에 없다. 그래서 춘향의 아름다움은 이몽룡에게 황홀함을 더했지만, 교 씨의 아름다움은 천박한 교태로 매도된 것이다.

출산의 도구이든, 성적 욕망의 분출이든 남성에게는 큰 문제가 아니다. 자기 문제가 아니라 남의 문제일 뿐이니 말이다.

"이런 망할 시스템은 때려 부숴야 해!"

체제와 시스템에 알레르기적 거부감이 드는 것은 인간 본연의 감정일지도 모른다. 하지만 체제란 무조건 나쁘니 때려 부숴야 한다는 말은 매력적이고 힘이 불끈 솟을 수는 있지만, 실상을 너무 단순히 보는 우를 범하기 쉽다. 사회적 동물인 인간이 모여 살게 되면서 필요에 의해 생긴 것이 체제이고 시스템이다. 규칙 없이 사회가 있을 수 없고 충돌하는 규칙들을 합리적으로 조정하는 체제와 시스템 없이 사회가 존속하기 어렵다.

막스 베버(Max Weber, 1864~1920)가 합리적 사회를 '쇠로 만든 우리[iron cage]' 같다고 한 이유를 고민해봐야 한다. 체제가 우리의 자유를 구속하니 그것을 없애야 한다는 말이 아니라, 어떻게 그것을 확장해야 하느냐를 강조한 말이다.

나라마다 지역마다 그리고 시대마다 시스템은 사뭇 다르다. 쇠창살의 모양이 다르고 쇠우리의 크기가 다른 것이다. 어떤 사회는 살 만하고 어떤 사회는 그렇지 못한 것이다. 말할 것도 없이 조선시대는 지금보다 훨씬 더 괴로운 사회였다.

"시간이 지나면서 더 발전한 것이지."

세상이 정말 그렇게 단순했으면 좋겠다. 인간의 역사는 발전한다고 생각하지만 그렇지 않음을 주변에서 쉽게 볼 수 있다. 예전보다 훨씬 더 힘겨운 삶을 사는 이런저런 나라들만 봐도, 역사가 발전한다는 말은 반쪽짜리 진실임을 알 수 있다.

왜 그럴까?

칼 야스퍼스(Karl Jaspers, 1883~1969)는 기원전 800년 즈음부터 기원후 200년까지를 인류 지성이 폭발적으로 발달했다고 진단하며 이때를 '축의 시대(Axial Age)'라고 불렀다. 이전 시대까지는 사람들이 힘을 합쳐야 겨우 먹을 것을 구할 수 있는 빈곤한 시대로 사람들은 서로 다투기보다는 생존을 위해 힘을 합했다. 그야말로 '식구(食口)'였다. 하지만 철기가 출현하면서 생산력이 비약적으로 상승하자 부와 권력이 불균등해졌고, 우리가 아는 대로 부족 사회에서 국가로 발전하면서 지배와 피지배의 구조가 인간을 옥죄기 시작했다. 바로 이 시기 동서양에서는 우리가 잘 아는 공자(孔子), 맹자(孟子), 노자(老子), 장자(莊子), 석가(釋迦), 플라톤(Plato), 아리스토텔레스(Aristoteles) 등 허다한 현인들이 출현해서 바로 이 모순을 풀어내려 노력했다.

규칙은 있어야 하고 시스템은 작동해야 하지만, 그 단점을 줄이고 장점을 늘려 우리를 옥죄는 쇠창살을 벌리고 넓혀야 한다고 역설했다. 하지만 세상은 금방 맑아지지 않았다. 공자, 맹자의 자랑스러운 후예임을 죽을 때까지 천명하며 경전을 줄줄 외워대던 조선시대 양반들은 들은 척도 안 했다.

그러다 비로소 첩의 문제를 여성들만의 문제라고 생각했던 어리석고 고약한 자들이 깨닫는다. 첩의 갈등이 결국 가족을 불행하게 만들고 궁극적으로 자신들에게도 해악이 된다는 것을 말이다. 남을 옥죄는 것이 결국 자신도 옥죄게 된다는 자명한 진실을 깨닫고는 비로소 현인들의 지혜를 다시금 되새겼다. 그리고 후회하고 반성하고 각성했다. 고치려고 노력했다. 쇠창살을 무수히 부딪혀대며, 세상을 조금 더 살 만한 세상, 조금 더 나은 세상이 되게 했다.

그렇게 사회는 한 걸음 앞으로 나갔다.

첩(妾)은 사라졌다.

가부장의
이중생활

구운몽 · 옥루몽

춘향이가 이몽룡과 첫날밤을 보내고 변학도의 갖은 회유와 협박에
도 불구하고 굳게 정절을 지켜서 칭송받을 만한 여자로 인정되다
보니 조금 미묘한 문제가 밑에 가라앉아버린다.

바로 여자의 순결 문제다.

춘향은 천한 신분이긴 했어도 기녀가 아니었다. 그러니 이몽룡
과의 첫날밤이 처음이었을 것이다. 하지만 첩이 되는 대다수의 기
녀들은 그렇지 않다. 아니, 그럴 수가 없다. 직업상 무수한 남자들을
상대하는 기녀가 절개니 지조니 하는 것을 운운할 수는 없다. 만약
기녀가 정절을 지킨다고 나서면 어처구니없어 욕을 먹는 것은 그만
두고라도 그냥 딱 굶어 죽는다. 기녀를 데려다가 첩을 삼으려는 양
반들도 알 것은 다 안다. 기녀로 나선 이상 그녀들의 첫 상대가 자신
이 아니라는 것을, 그리고 자신이 자고 간 다음 날 다른 남자를 위해
잠자리를 펴는 것이 기녀라는 것을 말이다.

현실이 그런 것을 잘 알면서도 남자들은 자신들의 이기적이고
탐욕적인 욕망을 이야기 속에 슬그머니 끼워 넣는다. 가당치도 않

게 기녀들이 절개를 지켜주기를 바라는 것이다. 톡 까놓고 말해 자기만을 위한 여자가 되어주기를 바라는 것이다. 이렇게 이른바 '지조 높은 기녀'라는 이데올로기가 탄생한다. 기녀가 아니었던 춘향의 정절이 당연했고 열여섯 살 춘향이 이몽룡을 만나기 전에 남자관계가 없었던 것처럼 여건상 직업상 절대 그럴 수 없는 기녀들에게까지 강요하고 요구할 작정인 것이다. 남자들의 욕망이 꿈틀거리는 소설 속에서 말이다.

기녀들아, 순결을 지켜라

〈구운몽(九雲夢)〉에는 여덟 명의 여자가 등장한다. 처(妻) 둘과 첩(妾) 여섯이 모두 한 남편을 극진하게 받들어 모신다. 공주와 귀족에서부터 몸종과 기녀에 심지어 자객까지 신분도 천차만별이다. 출신도, 자란 환경도, 생긴 것도 제각각인 이 여자들이 정말 단 한 명, 양소유(楊小游)란 남자를 잘도 섬긴다. 투기는 물론 얼굴 한 번 붉히지 않는다. 만나면 화기애애 웃음꽃이 만발한다. 정말 말도 안 되는 소리다. 한 번이라도 결혼해본 사람이라면 이게 얼마나 황당한 소린지 헛웃음이 터질 것이다. 그야말로 조선시대 남성들의 꿈이요, 로망이다. 온갖 여자들이 앞다퉈 달려와 자신과 결혼하려 하고, 또 일심단결해서 노력 봉사하니 이 아니 좋겠는가. 정말 양소유는 끝내주는 삶을 산다.

양소유의 여섯 첩 중 둘이 기녀다. 남쪽 기녀 계섬월과 북쪽 기녀 적경홍, 바로 이 둘이 '지조 높은 기녀'의 전형을 보여준다. 이 둘은 양소유를 만난 이후에는 기녀임에도 불구하고 생업을 포기하고 두문불출(杜門不出)한다. 계섬월은 막강한 권력자가 주최하는 연회조차 병을 핑계로 참석을 거부한다. 일개 천한 기녀가 서슬 퍼런 권력자의 당연한 요구를 무시한 것이다. 하지만 그녀는 강행한다. 그리고 그렇게 핑계 대는 것도 어려워지자 아예 미친 척하며 사람들을 만나지 않는다. 그렇게 자기 몸을 지킨다. 적경홍도 그렇게 한다. 그녀는 양소유를 만난 후 표연히 몸을 감춰버린다. 그야말로 먹고 살기를 포기한 것이다. 그동안 재산을 많이 모아놓았다면 모를까 자칫하면 굶어 죽을 짓을 하는 것이다. 언제 불러줄지 모를 양소유를 기다리며 말이다. 아무튼 이 두 기녀는 이렇게 절개를 지켜서 '지조 높은 기녀'의 모범을 보여준다.

그런데 여기서 얄궂은 질문을 하나 해보자.

"그녀들이 양소유를 만난 후는 그렇다 쳐도… 만나기 전에는 어땠을까?"

묻는 것 자체가 한심할 정도로 당연한 대답이 나온다. 하지만 언뜻 답하려다 보니 뭔가 입을 턱 붙드는 것이 있다. 그리고 그 미묘한 찜찜함이 개운치 않을 것이다. 아무튼 결론부터 말하면 이 두 기녀는 '당연히' 다른 남성과 성관계가 있었다. 기녀이기 때문이다. 우리의 찜찜한 느낌과 달리 정작 당사자인 양소유는 별반 신경쓰지 않는 대범함(?)을 보인다. 사실 그게 정상이다. 기녀를 두고 자신을 만나기 이전의 무슨 성적 순결을 운운한단 말인가.

계섬월이 다른 남성과 성관계가 있었다는 것은 직접 서술되지 않는다. 하지만 충분히 짐작할 수 있다. 계섬월이 양소유를 만난 곳은 낙양의 연회 자리였다. 그 연회의 목적은 낙양의 여러 선비들이 모여서 한바탕 놀고먹으며 시를 지어 대결을 펼치는 것이었다. 여기서 1등 하는 선비가 아름다운 기녀 계섬월과 하룻밤 자기로 한다. 노골적이지만 정확히 말하면 기녀 계섬월을 상품으로 걸고 선비들이 모여 군침 흘리며 품위 있는 척, 시 짓기로 시합을 벌인 것이다. 그런데 지나가던 손님 양소유가 흘러 들어가 냉큼 1등을 해버린다. 물론 그는 상으로 계섬월과 하룻밤을 보낸다. 그리고 앞서 말했듯이 계섬월은 양소유를 평생 섬기기로 작정하고 이후 두문불출한다. 지금 말한 대목을 곰곰이 음미해보면 계섬월이 양소유 이전에 뭇 남자와 만났음을 알 수 있다. 우연히 양소유가 이 자리에 참석하지 않았다면 결국 그녀가 누군가 다른 남성과 잠자리를 했으리라는 것이 명백하기 때문이다. 기녀 계섬월이 상품(?)으로 걸렸다는 것은 그녀가 남자와 만나는 것을 꺼리지 않았다는 의미이다. 당연하다. 기녀이니 말이다.

양소유를 만나기 전의 기녀 적경홍도 성적으로 순결하지 않았음은 재론의 여지가 없다. 그녀는 연나라에 사신으로 찾아온 양소유를 만나게 된다. 연왕의 첩이었던 적경홍은 양소유를 보고 자신이 평생을 섬길 인물로 여기고는 연왕의 궁궐에서 도망쳐서 양소유를 따른다. 양소유를 향해 절개를 지키기로 마음먹기 전에 적경홍이 이미 다른 남자와 성관계를 맺었음은 자명하다. 연왕의 첩이었으니 말이다.

계섬월이나 적경홍이 '지조 높은 기녀'로 인정받는 것은 양소유를 만나 진정으로 마음을 열고 섬기기로 한 이후에는, 비록 기녀이지만 남편이 '될' 자를 향해 절개를 지켜서 행실을 바르게 했기 때문이다. 그래서 그녀들은 칭송받은 것이고 양소유의 집안에 들어와 첩으로서 자리를 차지하게 된 것이다.

'지조 높은 기녀'에게 꼭 필요한 것은 훌륭한 남자를 '택하고' 그 선택을 사랑으로 '지키고', '참고', '기다리는' 것이다. 즉, 여자의 주체적인 판단과 결단이 무척 강조되었다. 여기서 '나를 알아주는 자에게 모든 것을 허락한다'는 지기상통(知己相通)이라는 관념이 싹튼다. 쉽게 말해 양소유만 계섬월과 적경홍을 찍은 것이 아니라 계섬월과 적경홍 역시 양소유를 선택한 것이다. 그렇게 서로가 자신을 알아주는 자[知己]이기에 모든 것을 바쳐 섬기는 것이다. 물론 거기에는 몸을 허락[許身]하는 성관계가 당연히 포함된다. 이로써 '지기상통(知己相通)하면 허신(許身)한다'는 이데올로기가 고착된다. 그래서 지조 높은 기녀들은 보통 상대 남자와 지기(知己)로 통해야 비로소 몸을 허락하고, 그렇게 지기상통한 존재에게만 몸과 맘을 열기에 절개를 굳게 지키게 되는 것이다. 계섬월이 미친 척하고 적경홍이 멀리 달아난 것은 모두 이런 메커니즘에 의해서였다.

기녀와의 지기상통과 허신 메커니즘은 결국 천한 기녀이긴 하지만 정숙한 양반가의 여자처럼 한 남자를 향한 정절을 지킨다는 관념으로 그 방향은 미래를 향한다. 양소유는 계섬월과 적경홍을 지조 높은 기녀로 받아들이면서도 그들의 과거를 묻지 않았다. 중요한 것은 약조한 이후, 그다음, 바로 내일이었다.

하지만 곧 상황이 바뀐다. 남자들의 욕심은 끝도 한도 없으니 말이다.

추잡한 독점욕의 징표, ────── 앵혈 ──────

19세기에 창작된 한 소설을 보면 입이 떡 벌어진다. 남자들은 이젠 기녀들에게 절개가 아니라 순결을 요구한다. 그녀들의 처녀성을 요구한다. 기녀와 처녀성. 근본적으로 양립 불가능한 것을 요구하고 또 그것을 이야기의 중요한 핵심으로 사용한다. 남자들의 꿈과 환상은 이제 로망을 넘어 '노망' 수준으로 치닫는다. 〈옥루몽(玉樓夢)〉이 그렇다.

사실 '지조 높은 기녀'란 허상을 만들어낸 것은 남자들이었다. 단지 그들만의 희망사항이었지만 기녀들에게도 좋은 이미지를 심어주었다. 마냥 더럽고 천한 것들이 아니라 한 여자로서 주체적으로 자신의 정절을 지키고 기개를 높일 수 있는 고상한 이미지가 생기게 되었으니 말이다. 그래서 사귀는 남자들과는 비록 이런저런 이권과 금권으로 얽매여 있었지만, '실은 내가 저 남자를 주체적으로 선택한 거야'라는 미묘한 보상 심리를 가질 수 있었다. 때론 싫으면 거부할 수 있는 이론적 합리화의 기제도 주어진 셈이었다. 이런 미묘한 암묵적 경계선을 통해 기녀들은 좀 더 세련되고 괜찮은 이미지를 쌓을 수 있었다.

하지만 여전히 여자들이 불리하긴 마찬가지였다. 남정네들이라는 존재는 한번 왔다가 가버리면 그만이었다. 시작부터 지조니 절개니 하는 것은 일방적으로 우겨서 강요된 남자 위주의 이데올로기였을 뿐이다. 한번 왔다 가는 남자를 두고 자기를 진정으로 알아준 지기라며 평생 수절하는 것은 유교적 관념에서는 멋들어질지 모르지만, 당사자인 기녀에겐 한심하고 괴로울 뿐이며 생계까지 위협받는 일이었다. 그런데 〈옥루몽〉에서는 한 걸음 더 나가고 있다. 아예 여성의 피를 말릴 작정이라도 한 듯이 말이다.

〈옥루몽〉에는 기녀가 무척 많이 나온다. 이 중 주인공 양창곡(楊昌曲)의 첩이 되는 강남홍과 벽성선, 양창곡의 아들 양기성과 풍류로 맺어지는 설중매와 빙빙이 중요하다. 방금 한 서술에서 눈치채셨는지 모르겠지만 똑같은 기녀지만 강남홍과 벽성선은 첩이 되고 설중매와 빙빙은 첩이 되지 못한다. 단지 풍류로 맺어질 뿐이다. 지기로 서로 마음을 통하고 몸까지 섞은 것은 넷 모두 같다. 하지만 결과는 완전히 다르다. 그건 이들 네 명의 기녀 때문이 아니라 이들을 받아들일지 말지를 결정하는 남자 때문이다.

노파심에서 말하자면 양창곡과 그의 아들 양기성은 긍정적인 인물로 〈옥루몽〉의 주인공이다. 간신을 척결하고 나라를 바로 세우며 정의와 공의를 외치고 또 실제로 수행하며 괴물 같은 적군들을 연달아 격파하는 멋들어진 인물들이다. 한마디로 좋은 편, 우리 편이다. 하지만 한 꺼풀 벗겨낸 이들의 실상은 그냥 나쁜 편, 쟤네 편이라고 했으면 좋겠다는 생각이 들 정도로 심각하다.

우선 양기성과 그저 풍류로만 맺어지는 설중매와 빙빙을 보면 첩이 된다는 것이 얼마나 어려운지 알 수 있다. 설중매는 빼어난 기녀로 양기성을 만나기 전 곽 상서와 사귀고 있었다. 그런데 양기성을 만나 하룻밤을 지낸 후, "기성에 비하면 곽 상서는 비루한 시정잡배에 불과하다"고 탄복할 정도로 대번에 반하고 만다. 그렇게 설중매는 양기성을 지기(知己)로 사귀고 사랑한다. 설중매만 그런 것이 아니라 양기성 역시 그녀에게 빠져든다. 어떤 때는 잠을 자고 있는 설중매를 보고 정욕이 뻗쳐 덮치기까지 한다. 서로 사랑하는 사이고, 또 기녀라고는 해도 잠자는 여자를 느닷없이 범하는 행동은 남자에게는 풍류일지 몰라도 당하는 여자에게는 공포요, 폭력이다. 설중매는 그 서슬에 놀라 잠과 술기운이 삽시간에 날아가버릴 정도였다. 정력의 절륜함과 풍류로 은폐되었지만 분명한 강간이다. 이렇게까지 하고도 양기성은 그녀를 첩으로 들이지 않는다. 그 이유가 이야기 표면에 구체적으로 드러나지는 않지만 분명하다. 설중매가 곽 상서와 관계가 있었기 때문이다. 즉, 순결을 지키지 않았다는 이야기다.

빙빙의 경우는 조금 더 억울한 면이 있다. 빙빙은 뛰어난 기녀이긴 해도 사람을 가렸다. 그래서 받는 손님이 없어 가난하고 궁색하게 살았다. 말이 기녀이지 휴업인 셈이었다. 그녀가 사람을 가린 이유는 기녀였던 그녀 어머니의 당부 때문이었다. 저속한 시정잡배들과 사귀지 말고 교태와 아양으로 재물을 낚을 생각도 하지 말고 지조를 지켜서 스스로를 천하게 떨어뜨리지 말라는 당부였다. "기녀가 비록 천하지만 마음가짐은 양반가의 여자와 다름없어야 한다"고 한 어머니의 당부는 남자 사대부의 시각을 대변한 것이었다. 이런 빙빙이 양기성을 만나 지기상통(知己相通)한다. 그리고 자연스레 동침이 이루어진다. 그녀가 보기에 양기성은 서울 장안을 휩쓸고 다니는 무뢰배와 달랐던 것이다. 하지만 그건 그녀 혼자만의 생각일 뿐이었다.

양기성은 이후 당연히 '처'를 얻어 결혼한다. 하지만 설중매와 빙빙을 '첩'으로 들이지는 않았다. 곽 상서를 기둥서방으로 섬겼던 설중매는 그렇다 쳐도 빙빙은 그야말로 그동안 아무도 없었다. 그럼에도 그녀 역시 첩으로 받아들이지 않는다. 과거를 확인해볼 생각조차 안 한다. 이유는 간단하다.

'속일 수도 있잖아. 누가 그걸 믿어?'

설중매와 빙빙은 양기성의 첩이 되지 못하지만, 강남홍과 벽성선은 양창곡의 첩이 된다. 넷 모두 기녀라는 점이나 상대방을 지기로 사귀어서 서로 통한 것까지 같았지만 그 결과가 달라진 것은 둘이 분명 다른 점이 있기 때문이었다.

이제 첩이 된다는 것이 얼마나 험난한 일인지 살펴보자. 미리 말하면 강남홍과 벽성선 둘 다 목숨을 걸고 첩이 된다.

강남홍은 과거를 보러 황성으로 올라가는 가난한 선비 양창곡을 만나 지기상통한다. 자연스레 몸을 허락하고 그에게 평생을 바치기로 약조한다. 그래서 꼭 〈구운몽〉의 계섬월처럼 그렇게 행동한다. 하지만 그녀의 미모를 탐내는 황 자사가 끈질기게 그녀를 노린다. 결국 그녀는 강물에 투신하는 것으로 자신의 몸을 지킨다. 절개를 위해 자살을 택한 그녀는 진정 지조 높은 기녀의 전형이라 할 수 있다. 물론 강남홍은 죽지 않고 구사일생으로 구출된다. 그 후 기이한 인연으로 무술과 도술을 닦은 그녀는 양창곡을 도와 전장을 누비며 눈부신 활약을 하고 급기야 황제에게 벼슬까지 받는다. 그리고 자연스럽게 양창곡의 첩이 된다.

강남홍이 첩이 된 것을 생각해보면 기둥서방이 있었던 설중매는 그렇다 쳐도 빙빙과 큰 차이가 없다. 얼핏 보면 군공을 많이 세워 황제까지 인정할 정도니 첩으로 받아들인 것도 같다. 하지만 그 때문이 아니다. 그렇다면 양창곡이 양기성보다 심성이 선하고 도량이 넓었던 것일까? 그도 아니다. 강남홍이 양창곡의 첩으로 받아들여진 이유는 아주 간단하다. 강남홍은 기녀지만 양창곡이 첫 남자이자 마지막 남자였기 때문이다. 양창곡을 만나기 전에도 순결을 지킨 기녀였기 때문이다.

하지만 그것을 어떻게 알았을까? 그녀의 은밀한 속사정을 양창곡은 어떻게 안 걸까? 도대체 빙빙은 못 믿고 강남홍은 믿은 이유가 무엇이란 말인가?

답은 간단하다. 강남홍의 하얀 팔뚝 위에 붉은 점이 찍혀 있었기 때문이었다. 강남홍과의 첫날밤 양창곡은 그 붉은 점을 눈으로 똑똑히 확인한다. 이 붉은 점을 앵혈(鸎血)이라 부른다.

앵혈은 '꾀꼬리의 피'라는 의미인데, 궁중에서 궁녀를 들일 때 후보자 중에 13세 이상 숙성한 소녀가 있을 경우 그녀의 처녀성을 감별하기 위해 고안한 행위다. 꾀꼬리의 피를 소녀의 팔목에 묻혀서 묻을 경우 처녀로 판정하는 것이다. 비과학적 속신으로 처녀성과 꾀꼬리 피는 아무 상관이 없지만 구한말까지 궁중에서 이것을 믿었다. 때론 어린 여자들의 팔뚝에 앵혈을 찍어놓으면 그 앵혈이 동침 전까지는 사라지지 않다가 첫날밤을 치르고 나면 신기하게도 사라졌다고 한다. 당연히 말도 안 되지만 역시 철석같이 믿어왔다. 한마디로

'앵혈 메커니즘'은 처녀성에 대한 남자의 독점욕과 지배욕이 빚어낸 환상으로 정절의 문제를 드러내는 중요한 지표가 된다.

그러니까 양창곡은 첫날밤 강남홍 팔뚝에서 확인한 앵혈이 다음 날 아침 깨끗하게 사라진 것을 똑똑히 목격한다. 그렇게 그녀의 처녀성을 자신이 독점했음을 알게 된다. 양창곡은 강남홍의 지난 과거를 믿고 신뢰한 것이 아니다. 앵혈을 통해 과거를 검사하고 확인한 것이다. 그러므로 첩으로 받아들이는 데 거리낌이 없었던 것이다.

벽성선도 꼭 같다. 그녀 역시 기녀였지만 팔뚝에 선명한 앵혈이 찍혀 있었고 그로 인해 첩이 된다. 앵혈은 그야말로 양반가 집안으로 들어가는 예약 티켓인 셈이다.

특히 벽성선은 앵혈의 중요성을 뼈저리게 알고 있었다. 그녀는 숙맥이 아니었다. 남정네들은 일단 흥분하면 당장 목숨이라도 바친다는 거짓말을 술술 해대는 짐승이라는 사실을 똑똑히 알 만큼 다부진 여자였다. 벽성선은 양반가의 첩이 되기 위해 어떻게 처신해야 하는지, 어떻게 혹독한 세상을 헤쳐 가야 하는지 적나라하게 보여준다. 그녀는 귀양 온 양창곡을 지기로 만나 서로 마음을 통하면서도 절대 몸을 허락하지 않는다. 그녀는 계속 게걸대는 양창곡을 그냥 돌려보낸다. 똥 마려운 강아지마냥 후끈 몸이 달아오른 양창곡이 난리를 피우지만 소용없다. 결코 동침하지 않는다. 양창곡을 지기로 생각하지 않아서가 아니었다. 일단 동침하면 모든 것이 끝임을 알았기 때문이었다. 앵혈이 사라지고 나면 자신은 가치 없는 여자로 전락할 것을 너무나 잘 알았다. 한마디로 그녀는 자신의 신선함과 고고함을 무기로 받아낼 것을 받아내는 아주 야무진 여자였다.

'네가 네 눈으로 확인해서 내 과거를 점검한다면, 나도 내 눈으로 떡을 봐야 내 미래를 주겠다.'

아마 이런 생각이었을 것이다. 결국 벽성선은 귀양에서 풀려 황성에 복직한 양창곡이 힘을 써줌으로써 기녀 명부에서 빠져나온다. 물론 첩으로 맞아들이는 꽃가마와 함께 말이다. 물론 그녀는 그때까지 앵혈을 고이고이 간직하고 있었다.

그녀는 단순한 프로가 아니라 프로 중에 프로였다. 그녀는 잘 알고 있었다. 일단 주면 끝이라는 것을, 발정한 남정네들의 말은 콩으로 메주를 쑨다고 해도 믿어서는 안 된다는 것을 말이다.

벽성선은 온몸으로 보여주었다. 지기상통하면 몸을 허락할 수 있다는 관념이 얼마나 위험천만한지, 그런 망상이 얼마나 남자 위주인지, 그 허구성을 남김없이 까발려버린 것이다. 자신을 알아준다고 착각해서 몸을 허락한 빙빙이 결국 개밥에 도토리 신세가 되지 않았는가.

왜 남자들은 여자의 과거까지 소유하려 할까? 대단치도 않은 그깟 첩 자리조차 왜 그리도 엄격하게 검열하고 확인하고 통제하려 들까? 그것은 강남홍과 벽성선은 첩이 되었지만 설중매와 빙빙은 되지 못한 이유에서 잘 드러난다.

깨끗함. 순결. 남성의 자손을 낳아줄 청정한 몸. 남자들은 그것을 요구한 것이다.

아무리 기녀라 해도 자신의 자식을 낳아줄 여자는 자신에게만 처녀성을 바친 여인, 오직 자기 외에는 없었던 여인이어야 한다. 왜냐하면 '깨끗한 자손'을 낳아야 하기 때문이다. 그러니까 아주 얄밉게 말하면 이렇게 된다.

'네가 중요한 것이 아니라 너를 통해 낳을 내 자식이 중요해. 알겠니?'

그랬다. 풍류와 쾌락은 언제나 있었다. 설중매와 빙빙을 첩으로 들이진 않았어도 줄기차게 찾아가 탐닉하기를 그치지 않았다. 그는 그녀들에게 돈도 주고 떡도 주고 심지어 고래 등 같은 기와집도 지어줬다. 정말 좋아했던 것이다. 사랑했던 것이다. 하지만 딱 거기까지다.

"자식은 안 돼!"

아마 이렇게 원색적으로 말하고 싶어도 차마 입 밖에 내지는 못했을 것이다.

"너처럼 근본 없는 년을 어떻게 믿고… 내 핏줄은 안 돼!"

그는 그녀들을 가랑이 사이에 끼고 헐떡거리는 그 순간에도 이렇게 되뇌었을 것이다. 아마도 말이다.

앵혈은 이런 것이었다. 기녀가 과거까지 스스로 증명하게 하는 기제, 남성의 지배욕, 정복욕, 독점욕뿐만 아니라 가문의 순수성을 유지하려는 망상이 여자의 팔뚝에 붉은 앵혈을 찍게 했던 것이다.

이런 어처구니없는 노망 같은 남자의 로망이 부풀어 있는 19세기 〈옥루몽〉의 시대에는 17세기 〈구운몽〉에서 양소유의 첩이 된 저 '지조 높은 기녀' 계섬월과 적경홍도 한갓 지저분한 창녀로 격하되지 않을 수 없다. 계섬월과 적경홍은 그저 〈옥루몽〉의 설중매나 빙빙과 다를 것이 없으니 말이다.

"니 자식은 오염된 종자라며~!"

〈구운몽〉의 양소유가 이런 말을 들으면 아마 길길이 날뛸지도 모른다. 아니, 분명 칼을 빼 들고 죽자 사자 달려들 것이다.

탐욕스러운 남자와 파렴치한 공모자

이쯤 되니 가련한 여자를 두고 너무들 한다는 생각이 들면서 슬며시 모든 것을 남자 탓으로 돌리는 것이 아니냐고 눈살을 찌푸릴지도 모르겠다. 양창곡처럼 정의롭고 당당한 인물이 그렇게 계산적으로 후안무치하겠느냐고 핀잔을 할지도 모르겠다. 하지만 사실 양창곡은 후안무치한 정도가 아니라 파렴치하기까지 했다. 양창곡은 그의 아들 양기성이 잠자는 기녀 설중매를 덮쳤던 것만큼이나 해괴한

짓을 벌인다. 육욕에 눈이 멀어 대의명분을 저버리는 몰염치한 짓
거리를 저지른 것이다. 그는 싫다는 여자를 억지로 불러들여 제 욕
심을 채운다. 게다가 그런 일이 절대 있어서는 안 되는 군대 안에서
말이다.

남쪽 오랑캐 나탁이 쳐들어오자 명나라 황제는 양창곡을 대원
수로 삼아 원정을 보낸다. 그가 나탁을 연전연승으로 깨뜨리던 어
느 날 나탁의 진영에 홍혼탈이라는 뜻밖의 장수가 나타나 양창곡의
명나라 군대를 혼란에 빠뜨린다. 그런데 알고 보니 그 자는 남장(男
裝)을 하고 달려온 강남홍이었다. 절개를 위해 강물에 투신했다가
구사일생으로 살아난 강남홍이 무술과 도술을 배워 나타난 것이다.
자연스레 명나라 군대에 투항한 강남홍을 양창곡이 쌍수를 들어 환
영했음은 물론이다. 그것은 비단 나탁을 깨뜨리기 위해서만이 아니
라 군중에서도 편안하게 성욕을 채울 수 있게 되었기 때문이다.

강남홍이 남장을 하고 있기에 다른 장수들은 아무도 그녀가 여
자임을 모르지만 그녀의 옷을 한 꺼풀 벗기면 사랑스러운 여인이
된다는 것을 아는 양창곡은 그녀를 가만두지 않는다. 어떻게든 동
침하려고 갖은 수작을 부린다. 달래고 투정하고 협박한다. 가장(家
長)의 말을 거스르는 억센 여자라고 분노를 토하면서까지 집요하게
그녀의 육체를 요구한다. 이 정도면 정도를 벗어나도 한참 벗어난
것이다. 단순히 양반과 애첩과의 관계로만 치부해버릴 수는 없다.
왜냐하면 지금 명나라는 명운이 걸린 최대의 위기 상태이고 자신은

황제에게서 나라를 구하는 막중한 임무를 받은 상태다. 휘하 장수
들과 군사들은 나라를 위해 목숨을 걸고 급박한 전쟁을 치르는 중
인데 대임을 맡은 총사령관이란 자가 공적 임무를 망각한 채 개인
적 야욕에 젖어 쾌락에 골몰할 욕심만 부리다니, 결코 떳떳하지도
않고 옳지도 않다.

　강남홍은 처음부터 이런 점을 분명하게 지적했다. 군중에 자신
이 여성임이 들켜서는 안 된다는 사실, 다른 장수들과 군사들이 치
르고 있는 고생, 개인적 쾌락보다 막중한 공적 임무 등 확고하고 분
명한 이유를 들어 그의 거친 요구를 거부했다. 하지만 눈이 뒤집힌
양창곡에겐 어느 것도 소용없었다. 결국 강남홍은 양창곡의 장군
막사 안에서 옷을 벗고 만다. 그리고 질퍽한 그의 욕망을 채워준다.

　이때 양창곡이 강남홍과 이불을 같이 덮고 남녀의 정을 활짝 폈
다. 그렇게 거듭된 전쟁의 지루한 근심을 위로하니 강남홍은 자연
히 노곤하고 피곤하여 새벽잠을 깨지 못하고 봄잠에 취한 듯 몽롱
하였다. 양창곡이 먼저 깨어나 보니 군대의 물시계는 벌써 끊어지
고 서산에 지는 달이 장군 막사를 고요히 비쳤다. 강남홍은 비췻
빛 이불을 반쯤 헤치고 원앙을 수놓은 베개에 의지하여 자는데 옥
같은 살빛이 새벽 달빛에 영롱하고 구름 같은 머리채는 침상에 서
렸다. 기운이 풀려 맥없이 곤하게 자는 숨소리가 어리고 연약해
보였다. ─────────────────────────

강남홍은 현재 장수 홍혼탈이고 또 그렇게 행동해야 한다. 그러나 이렇게 군중에서 옷을 벗을 수밖에 없는 그녀는 군공이 높고 사리에 밝은 탁월한 장수 홍혼탈이 아니라 가부장에게 유순해야 할 첩 강남홍으로 기능할 뿐이다. 그녀는 강요에 의해 스스로 자기 정체성을 장군에서 일개 천첩으로 바꾸어 인식하고 제 몸을 바친 것이다.

결국 이렇게 이루어진 군중 정사는 강남홍의 자발적 동의가 아닌 폭력적 강요에 의한 것이지만 이야기를 읽는 사람들은 그렇게 보지 않는다. 그녀를 그저 유순하게 복종하는 첩으로 볼 뿐이다. 그뿐만이 아니다. 그려내는 장면이 에로틱하기에 더욱 문제적이다. 성교의 피곤함으로 몽롱한 새벽, 이불이 반쯤 흘러내려 아무렇게나 드러난 옥같이 하얀 몸에 달빛이 조요하게 비추어 영롱하게 빛나고 구름처럼 흐트러진 머리카락이 치렁치렁하게 늘어져 있다. 여자임이 드러나서는 안 되는 삼엄한 군중에서, 그것도 급한 전령이 느닷없이 뛰어 들어올지 모르는 장군 막사에서 말이다. 이런 미묘한 긴장감이 더욱 질탕한 감정을 자극한다. 그와 함께 강남홍에게 가해진 폭력성은 은폐되고 만다.

정말 군중정사(軍中情事)가 문제적인 것은 강남홍에게 폭력이 가해졌음에도 불구하고 그렇다는 사실을 알아챌 수 없어서다. 그녀는 계속해서 이 정사를 거부했고 피했고 부정했다.

"웃기네, 너도 좋아서 그런 거잖아!"

이러며 음흉한 눈길로 비아냥거리는 소리를 혹시 강남홍이 듣는다면 정말 억울해서 복장이 터져버렸을 것이다. 물론 강남홍이 제 발로 양창곡의 막사를 찾았다는 사실은 부정할 수 없다. 군중정사가 부하들을 기만하는 비윤리적이고 파렴치한 짓거리란 점을 그녀도 알았지만 동의했기에 벌어진 것도 분명 맞다. 하지만 그녀는 억울하다. 왜냐하면 그녀의 동의는 강요된 동의였기 때문이다.

자기 정체성을 버리고 옷을 벗을 수밖에 없었던 그녀의 행위는 강요된 공모요, 포르노그래피(pornography)에 등장하는 여자의 시선처럼 만들어진 동의였다.

혈기 방장한 젊은 남자들은 포르노그래피에 나타나는 여자의 이미지가 실제 여성의 이미지라고 오해하고, 현실에서 온갖 해괴한 짓들을 벌인다. 정말 여자들이 그럴 거라고 제 멋대로 믿어버리고 착각한다. 하지만 그렇지 않다. 포르노 속 여자의 이미지는 만들어진 것으로서 실제 여성의 이미지가 아니다. 포르노 속 여자는 성적 욕망의 대상이지 주체가 아니기 때문이다. 그 속에서 여자는 오직 강요하고 요구하고 지배하는 남자에게 복속된 여자의 왜곡된 이미지로만 존재한다. 그래서 포르노 속 여자의 시선은 보통 관람자를 향해 있다. 이 시선을 바라보는 남자는 그 대상인 여자를 문자 그대로 '지배한다'. 이때 남자는 그 여자를 지배의 대상으로, 자신의 욕망에 의해 멋대로 인식한 뒤 그런 인식을 마땅하고 타당한 것으로 고착화한다. 그것이 마땅하고 타당하다고, 그리고 세상 모든 여자가 그렇게 내 욕망을 인정한다고 착각해버리는 것이다. 그리고 당연히 그렇게 되어야 한다는 망상으로까지 치닫게 된다. 이렇게 포르노그래피 속 여자의 시선은 남자의 욕망을 인정하고 순복하고 따르고 있기에 남자는 자신의 욕망과 만족을 당연하게 여기게 된다. 결국 포르노 속 여자는 남자의 왜곡된 욕망 분출과 여자에 대한 지배를 공모하는 시선을 띠기에 그녀의 시선과 욕망은 남자가 품는 환상 속의 시선과 욕망일 뿐이지 실제 여자의 시선과 욕망이 아니다. 양창곡의 욕망을 위한 강남홍의 강요된 발걸음과 한 겹 한 겹 옷을 벗는 모습 그리고 침상에 오르는 일련의 행위가 바로 그렇다.

이런 공모의 시선을 통해 남자들을 위한 판타지를 담은 극한적 포르노그래피가 완성된다. 그 순간 양창곡의 무리한 육체적인 요구, 전쟁 중이라는 상황, 부하들에 대한 배신, 군대 안이라는 특수한 정황 등은 은폐되어버리고 성애의 에로틱한 감정만이 가득 들어찬다. 그리고 서서히 흥분이 인다. 그 흥분의 시작과 끝에 남자 위주의 저급한 욕망과 가부장제의 기득권이 똬리를 틀고 있다는 사실을 우리는 알지도 느끼지도 못한다. 에로틱한 성애에 입맛을 다시는 동안 서서히 우리 모두 공모자의 시선을 견지하게 되고 그렇게 견지된 시선은 내적 학습을 통해 뿌리 깊게 확산된다. 그렇게 들뜬 흥분이 끝난 후에 우리는 자신도 모르는 사이에 남자와 가부장제의 마수에 저절로 걸려들게 된다. 양창곡이 옳다고, 잘했다고 여기게 된다. 그렇게 우리 모두 저도 모르게 가부장제 이데올로기의 공모자, 동조

자가 되는 것이다. 그러니 강남홍이 자기 정체성을 처참하게 버렸다는 사실을, 이 모든 것이 여자를 향한 정신적, 육체적 폭력의 기제라는 사실을, 우리도 모르는 새 공범이 되어 군중정사를 정당화하고 있다는 사실을 어찌 깨달을 수 있겠는가. 강남홍의 벗은 몸을 보고 그녀의 하얀 허벅지를 훑어 내려가는 순간 모든 것이 끝나고 만다. 포르노그래피가 그렇듯이 보는 자의 주체성까지 갉아먹고 마는 것이다.

군중정사는 강요당한 여자의 포르노그래피적 동의라는 폭력적 상황보다도 더 심각한 관념을 짙게 드리운다.

남자에게 음란물의 쾌락을 선사했다면 여자에겐 근본적인 좌절감을 선물하기 때문이다.

"여자는 아무리 잘나 봐야, 결국 안 돼."

그리고 사람들에게 이것을 그대로 학습하게 한다. 순정을 바쳐도, 지조를 위해 푸른 강물에 몸을 던져도, 불길이 치솟는 전쟁터에서 목숨을 구해줘도, 몸이 부서져라 말을 달리고 검을 휘둘러 호위해도, 결국 옷을 벗으라면 벗어야 하는 존재가 여자임을 뼈저리게 각인시킨다.

결국 강남홍도 첩이 되기는 한다. 만신창이가 된 몸과 마음으로 결국 되기는 한다.

참… 지긋지긋한 삶이다.

우리의 눈이
어두운 것일까?

정말 두려운 것은 따로 있다. 양창곡과 그 아들이 아무렇지도 않게 저지르는 짓도 두렵지만 그보다 더 무서운 것이 있다. 그가 의롭고 정의로운 인물로 그려진다는 점이다. 간신과 목숨을 걸고 맞서는 기백, 당당하고 공명정대한 언술, 변치 않는 서슬 퍼런 소신과 강단 있는 행동, 그 모든 것이 하나도 이상하게 보이지 않는 것이 두렵다. 그의 말을 듣고 그의 행동을 보고 아무도 이상하다고 생각하지 않았던 그때 그 시절이 두렵다. 아무도 이상하다고 생각하지 않는 그 사회가 정말 두렵다.

그런데 그때만 그랬을까?

지금 여기도 양창곡의 후손들이 저지르는 일들이 주위에 널려 있는데도 그것을 이상하게 보지 못하는 것은 아닐까? 우리의 눈이 어두운 것은 아닐까? 너무 과한 생각이라고?

아니, 그렇지 않다. 지금도 여전하다.

정치 비평이나 사회 비평이라는 것은 객관적이고 합리적이라 하더라도 특정 이익집단과 결부된 편향된 시선이란 구설수에 오르기 쉽다. 정치 비평이라는 것 자체가 하나의 정치적 행위이니 피할 수 없는 숙명이다. 간혹 예술을 다루는 영화 비평까지도 특정 입장과 편향을 드러낸다고 비난하기도 한다. 일면 타당한 지적이기도 하다.

〈구운몽〉과 〈옥루몽〉은 소설이다. 그것도 아주 옛날 소설이다. 그러니 그것을 바라보는 시각에는 작위적인 특정 이해관계가 개재되기 쉽지 않다고만 생각했다. 하지만 너무 순진한 생각이었다.

일반 독자들은 물론이고 연구자들조차 기녀들에게 성적 순결을 강요하는 이데올로기와 은밀하고 은폐된 폭력의 문제를 제대로 분석해내지 못했다. 눈앞에 버젓이 적혀 있지만 그렇게 보지 못했던 것, 아니 보지 않았던 것이다.

이유는 말했듯이 그런 포르노그래피적 상황을 연출한 자들이 모두 주인공들이기 때문이다. 그동안 '선한 주인공'이라고 한껏 추켜세웠는데 갑작스레 이런 장면을 만나니 난감하기 그지없는 것이다. 그래서 그냥 무시하고 지나가든지, "풍류의 모습이야"라든가, "그때는 그런 것이 문제가 되지 않았어" 하는 정도로 어물쩍 넘어갔던 것이다.

"에이, 소설이니까 그렇게 극단적으로 표현한 거지, 실제 현실에서 그랬겠어?"

정말 모르시는 소리다. 소설이니까 그나마 저만했던 것이다. 주인공이니까 저 정도에서 그쳤던 것이다. 실제 사회는 더 극심했다. 남의 부인을 납치해 감금해놓고 온갖 못된 짓을 다 하다가 내다버린 일이 백주 대낮에 버젓이 벌어졌다. 물론 납치 강간범이 누구인지 알지만, 수사를 통해 증거와 증언도 다 갖춰지지만, 그 자는 끝내

벌을 받지 않는다. 당대 권력자의 아들이기 때문이다. 이런 파렴치하다는 말로도 부족한 일들은 《조선왕조실록》에만도 수십 건 기록되어 있다. 힘과 폭력으로 뺏고 싸우고 죽이는 일이 적지 않았단 말이다.

밖에서는 광명정대하나 안에서는 끔찍한 망나니인 자가 지금도 많다. '영웅(英雄)은 호색(好色)'이라는 명제가 자신을 위한 거라고 믿는 자들이 여전히 많단 말이다. 이런 남성들의 일탈에 대한 너그러운 시각이, 술로 인한 치기나 과실쯤으로 여겨지는 성희롱, 성폭력 문제가 조선시대부터 내려오고 있는 남성 양반들의 정복욕이자 독점욕, 풍류로 포장된 권력 문제라는 사실을 굳이 번다하게 말할 필요가 있을까. 부부강간이라는 기상천외한 판결을 처음 봤다며 게거품을 무는 입술이 여전히 남아 있는 시대에 우리가 살고 있음을 자각해야 하지 않을까.

"조선왕조 500년의 유교사상 때문이야. 그게 문제야, 문제."

맞는 말이지만, 우리가 외국에 비해 빨리 바뀌지 않는 이유가 고작 유교적 사고 때문이라기에는 뭔가 빠진 느낌이다. 도매급으로 유교가 뭇매를 맞기에도 억울함이 있다.

"물론 알아, 유교적 전통에도 훌륭한 것도 있지."

단지 그런 말이 아니다. 유교에는 조선시대에 맹위를 떨친 성리학(性理學)만 있는 것이 아니라 양명학(陽明學)도 있다. 하지만 조선시대 유학자들은 양명학을 사문난적(斯文亂賊)으로 이단시했다.

왜 그랬을까?

성리학은 주자로 존칭되는 남송 때 철학자 주희(朱熹, 1130~1200)가 집대성했다고 하여 주자학(朱子學)이라고도 하는데, 그 핵심은 격물치지(格物致知)로 모아진다. 세상의 이치는 인간은 물론 사물에도 존재하는데[性卽理], 인격을 완성하기 위한 방법으로 세상에 존재하는 이치를 깊이 연구하여[格物] 앎을 이루어감[致知]으로써 인격을 완성해야 한다는 것이다. 그러니까 세상의 이치를 연구하는 것이 자신의 인격수양 방법이란 것이다.

그런데 명나라 왕수인(王守仁, 1472~1528)은 세상의 허다한 이치를 연구해서 앎을 완성한다는 것은 무리라고 생각했다. 풀 한 포기, 돌 한 조각마다 이치가 담겨 있다면 그것을 죄다 일일이 연구하는 일은 불가능하다는 것이다. 그는 사물의 이치가 중요한 것이 아니라 사물을 바라보는 마음이 중요하다[心卽理]고 주장했다. 즉, 욕심과 잡념을 벗어난 고결한 마음으로 세상을 바라본다면 무엇을 보든 참된 의미를 얻게 될 것이라고 생각했다. 이런 유교사상을 그의 호인 양명(陽明)을 따서 양명학(陽明學)이라고 부른다. 양명학이라 하면 지행합일(知行合一)이 떠오를 정도로, 아는 만큼 행동과 실천으로 옮기는 것이 중요함을 강조했던 왕수인은 모든 것의 시작이 바른 마음임을 강조했다. 한마디로 '겉과 속이 동일한 존재'가 되어야 한다는 것이 그의 주장이다.

조선시대 양명학을 이단으로 몰아 발도 못 붙이게 한 이유는 성리학의 사상적 체계가 매우 수준 높기에도 그랬지만, 다른 이유도 있는 것 같다. 제 마음보다 세상에 대해 이런저런 말을 번드르르하게 늘어놓기 잘하는 훈련된 전문 빅 마우스(Big mouse)들이 듣기에, 왕수인의 "마음을 바르게 써야지"라는 훈계가 날카로웠기 때문인 것 같다. 밖에서는 성인군자지만 안에서는 추잡한 음란마귀로 변하는 자신들의 모습에 찔끔했기 때문인 것 같다.

사실 양명학까지 말할 필요도 없다. 성리학도 그러면 안 된다고 누누이 말했다. 하지만 그들은 여전히 '저는 아직 세상의 이치를 다 알지 못해 인격이 부족합니다'라며 겸손한 척 겸양의 외피를 뒤집 어쓰고 온갖 파렴치한 짓들을 다 한 것이다. 그래서 지금까지, 행동하지 않아도 되는, 여전히 바깥세상의 이치만 탐구 중이신 분들만 줄줄 이어지게 된 것 같다.

물론 내 억견(臆見)이다.

5관

욕망의
짝패

옥루몽 · 홍계월전

심란한 얘기가 될 것 같다. 지금도 여자로 살기는 힘들지만 옛날에는 더 그랬다. 신분 낮은 여자들만이 아니라 신분 높은 여자들도 마찬가지였다. 오히려 양반 여자들은 심하게 말해 사육당하는 수준이었다. 태어나서 밥을 먹고 자라다가 제2차 성징이 시작되면 아버지의 뜻에 따라 시집을 가는 것이 정해진 수순이었다. 아버지의 정략에 따라 팔리듯 결혼하면 새로운 집권자로 남편이 떡 버티고는 일을 시켜먹는다. 물론 그 일이란 남편의 애, 그러니까 그 집, 그 문중의 남자를 낳는 것이다. 그렇게 평생을 보내면 어느 틈에 남이 되어버린 아들놈이 권력을 잡고는 우쭐거린다. 아버지나 남편과 똑같이 아들놈이 같잖은 소리를 늘어놓는 걸 들으며 쓴웃음을 짓는다. 그러다 눈을 감는 것이 여자의 일생이었다. 삼종지도(三從之道)란 게 별것 아니다. 원색적으로 말해 여자는 집안에 들여 키우다 팔아먹는 가축이나 진배없고 가문의 번창을 위한 자식을 생산하는 공장이나 다름없다는 것이 그 본질이다. 이런저런 예외도 있고 딸에 대한, 남편에 대한, 모친에 대한 애끓는 감정이 없지 않지만 어느 누구도 크게 벗어나지 못한다. 그렇게 사회가 돼먹은 것이다. 이런 틈바구니에서 여자의 자아실현이나 꿈이니 욕망이니 하는 것들은 튀어도 한참 튀는 얘기다. 심하면 죽을 수도 있다. 마녀사냥이란 게 중세 서양에만 있던 것이 아니다.

하지만 인간 본연의 욕망이란 것이 누른다고 없어지고 눈감아 외면한다고 사라지는 것이 아니다. 답답하게 갑갑하게 억압할수록 더 심해지는 것이 욕망이다. 미친 듯이 돌아다니는 에너지가 점점 터질 듯이 커지다가 어디 한 곳 토해낼 출구를 찾으면 정신없이 쏟아져 나온다. 양반 여자들에게 그 출구는 소설이었다.

그녀들은 소설을 듣고 읽으며 욕망을 쏟아냈다. 이야기 속에 용솟음치는 여성의 욕망을 쉽게 찾아볼 수 있는 것은 이 때문이다. 여자들이 남장(男裝)을 하고 과거를 봐서 급제한다. 벼슬을 하고 정치를 한다. 그러다가 적이 쳐들어오자 말을 타고 전쟁터를 누비며 호쾌하게 칼을 휘두른다. 소리 높여 호통을 치고 적들의 머리를 뎅강뎅강 잘라낸다. 온 세상을 호령하고 군사들을 질타한다. 그녀의 위엄에 산천초목이 벌벌 떤다. 이른바 '여자 영웅'이란 것이 등장한다. 억눌린 여자들의 신나는 대리 만족이다.

여자 영웅들은 전쟁터에서 남자 주인공보다 우월한 활약을 한다. 하지만 딱 거기까지다. 아무리 꿈과 희망에 부풀어 하늘 끝까지 올라도 결국 현실의 땅을 밟고 살아야 하는 것이 사람이란 사실은 변하지 않는다. 그렇게 전쟁이 끝나면 다시 현실로 돌아온다. 경천

동지(驚天動地)할 영웅이어도 여자란 사실은 변하지 않는다. 한 남자의 아내로 집안에 들어서야만 하는 것이다. 여기서 이야기들은 각기 다른 길을 걷는다. 그중 가장 많은 것이 집안에 들어서면서 한 남자의 조신하고 현숙한 부인으로 탈바꿈하는 것이다. 그렇게 남편에게 철저히 복종한다. 앞서 보았던 〈옥루몽(玉樓夢)〉의 강남홍이 그렇다. 정반대편에 선 여성 영웅이 〈방한림전(方翰林傳)〉의 방관주다. 그녀는 남편과 가부장제를 완전히 거부하는 길을 택한다. 놀랍게도 아예 여자와 결혼해버리는 것이다.

〈옥루몽〉과 〈방한림전〉의 두 극단 사이에 〈홍계월전(洪桂月傳)〉의 홍계월이 있다. 그녀는 결혼해서 집안에 들어서기는 하지만 기회만 있으면 남편을 놀리고 골리기를 반복한다. 탁월한 능력이 있는 자신이 자기보다 부족한 남편에게 복종하고 사는 것을 도저히 받아들일 수 없기 때문이다. 사실 그래서 그녀는 결혼을 거부했다. 하지만 아버지는 물론 황제까지 나서서 결혼을 강요하는 상황에 부닥친다.

"자식을 낳아야 하지 않니."

"이 아비가 죽으면 누가 조상의 제사를 지낼 거냐? 죽은 아비에게 밥 한술 안 줄 거냐?"

대를 이어야 한다는 말로, 조상들이 굶지 않도록 제사를 받들어야 한다는 말로 그녀를 설득한다. 그녀는 설득 아닌 설득에 넘어간다. 〈방한림전〉의 방관주도 세상의 집요한 눈을 속이기 위해 결혼이라는 형식을 택하지 않았던가. '황제-아버지-남편'으로 이어지는 남자들만의 세계에서 홀로 모든 것을 거부하며 부정하기란 말이나 생각처럼 쉬운 일이 아니다.

'제가 아들 낳는 기계예요?'

'제사 음식 먹을 조상들 중에 여자는 있나요?'

이런 처참한 말은 진실이지만 목구멍에 갇혀 나오질 못한다. 결국 계월은 결혼한다. 그녀가 결혼을 거부한 이유가 남편 여보국을 사랑하지 않거나 적절치 못한 인물이라고 생각해서는 아니다. 어려서 부모를 잃고 강물에 던져져 죽을 뻔한 자신을 구해준 이가 바로 여보국의 아버지였다. 여보국과는 어려서부터 동문수학하며 우정을 쌓았고, 조금 부족해도 당세에 자신과 어깨를 견줄 인물은 그밖에 없다. 결혼을 거부한 이유는 자신이 여자가 되는 것이 아니라 아내가, 부인이 된다는 것을 알았기 때문이다. 삼종지도에 갇힌 아내와 부인은 정말 소나 돼지만도 못한 존재라는 것을 잘 알았기 때문이다.

이런 걱정과 우려가 친구요, 동료요, 전우였던 여보국이 남편이 되는 순간 삽시간에 현실이 되는 것을 보면 그녀의 생각이 잘못된 것이 아니었음을 알 수 있다.

"감히 여자가…!"

어려서 아버지 여공이 데려온 계월과 같이 자라고 곽 도사 문하에서 동문수학하면서 여보국은 자신이 계월보다 능력이 부족하다는 것을 알고 있었다. 하지만 계월을 시기하거나 질투하지 않았다. 과거에 응시해 계월이 장원을 하고 자신은 2등을 했지만 그때도 불만스러워하기보다는 오히려 계월의 장원급제를 기뻐해줄 부모가 계시지 않는 것을 보고 슬퍼하지 말라며 다독이기까지 했다. 전쟁이 터져 계월이 대원수가 되고 자신이 그 휘하 장수가 되어 명령에 절대 복종할 때도 역시 반발하지 않았다. 온몸을 다해 부서져라 충성을 다했을 뿐이다. 계월이 자기 위에 서는 것이 마땅하고 당연했기 때문이다. 계월의 탁월함과 자신의 한계를 너무나 잘 알았기 때문이다.

하지만 계월이 여자라는 것을 안 순간, 모든 것이 뒤바뀐다. 여보국은 그렇게 탁월하고 출중한 계월을 아내로 맞이하게 되지만 기뻐하기보다는 묘한 감정을 느낀다. 여자이면서 남자인 자신을 억누르려 한다는 불쾌감이 사라지질 않는다. 그건 특정 여자에 대한 무시가 아니었다. 그저 여자는 절대 남자보다 우월할 수도 없고 남자 위에 설 수도 없다는 생각, 여자는 근본적으로 하등하다는 관념이 머릿속 깊이 뿌리를 내리고 있었을 뿐이었다.

이런 여보국과 홍계월이 충돌하지 않는다면 이상한 일이다.

계월은 대원수라는 자신의 지위를 이용해 남편을 휘하 장수 취급하면서 이런저런 시비를 걸어 곤욕을 치르게 한다. 억울하고 분하고 갑갑한 마음을 그렇게 풀어보지만 단지 그뿐이다. 전쟁터에서는 자신이 대원수이지만 집안에서는 아무것도 아니었다. 소박맞듯이 집안 깊은 곳에 홀로 팽개쳐진 신세가 되어 그야말로 분풀이하듯 남편을 몇 번 골리는 것이 고작이다.

"날고뛰어도 여자는 여자야. 감히 어딜⋯."

이런 소리가 그녀의 귓가를 떠나지 않았을 것이다.

현숙한 본부인, 첩의 목을 베다

인간에게 본래 독점욕이 있는 건지는 모르겠다. 하지만 남자들이 독점욕이 있다면 여자들도 마찬가지일 것이다. 만약 어느 한쪽이 다른 한쪽을 독점한다면 당연히 당하는 쪽은 이상해질 것이다. 앨리스가 찾아갔던 이상한 나라보다 더 이상하고 수상한 곳이 될 것이다. 조선시대 사대부 남자들의 집안이 그랬다. 여자를 독점한 양반 남자가 그녀들을 처와 첩이라는 무늬를 씌워 한 둥지에 밀어넣고 잘 지내기를 바란다. 거의 정신병 수준이다. 어쩜 서로 물고 뜯는 것을 보며 낄낄낄 즐길 생각이었는지도 모르겠다.

같은 처지의 여성들이 오직 한 남자만을 바라보게 만든 시스템은 태생적으로 물고 뜯는 것으로 시작해서 결국 어느 하나가 나가떨어지는 것으로 끝나게 되어 있다. 실험실의 조그만 공간에 쥐들을 몰아넣고 바글거리게 하는 것처럼 말이다. 물론 인간은 쥐보다

월등한 사고를 지니고 있고 사려 깊게 행동할 줄도 안다. 하지만 인간이 인간인 것은 인간답게 살고 인간다운 대우를 받을 때다. 실험실처럼 쪼들린 상황에서 인간은 인간이 아니게 된다. 쥐와 달리 인간은 사유하는 존재이기에 이 다툼과 충돌은 더 복잡하고 치열하다. 우리는 이것을 '투기(妬忌)'라고 부른다.

보통 투기라고 하면 악독한 첩이 처를 못 잡아먹어 앙탈을 부리고 온갖 음해를 하는 것을 떠올린다. 〈사씨남정기〉의 교 씨가 사 씨에게 해댄 짓처럼 말이다. 그러다 보니 투기를 첩의 심성 문제로 치부해버린 채, 양반 여자인 처는 현숙하고 천한 여자인 첩은 보고 듣고 배운 게 없어 그렇게 악독하다는 단순 논리로 사람들의 눈을 속이려 든다. 그러나 첩만 술수를 피워대는 것이 아니라 처 역시 투기를 한다. 당연하다. 배고프면 먹고 싶고, 굶주리면 눈이 벌게지는 데는 양반이고 천민이 따로 있을 수 없다. 본능은 다 똑같다.

처가 첩을 투기하면 상황은 의외로 간단하다. 처는 강자고 첩은 약자니 말이다. 집안 내에서 처의 권력은 장난이 아니다. 모든 자식은 물론 첩조차 처의 관할 아래 있다. 처는 호령과 함께 임의로 첩을 데려다가 곤장을 쳐도 된다. 그 누구 하나 끽소리도 낼 수 없다. 처는 양반이다. 본가의 위세까지 더해지는 처의 위세 앞에 어디서 굴러먹던 건지도 모를 미미한 첩 따위는 도전은커녕 고개도 들 수 없다. 그러니 사악한 첩들도 겉으로는 알랑방귀를 뀌며 갖은 아양을 떨어낼 수밖에 없었다. 남편도 직접적으로는 뭐라 간섭하지 못한다.

자기의 주체하지 못할 잉여 쾌락을 위해 첩을 두는 것에 대한 반대 급부로 집안 내의 권한을 처에게 넘겨주는 것으로 사회적 메커니즘이 합의했기 때문이다. '부부유별(夫婦有別)'은 제멋대로 나대는 남성을 옹호할 뿐만 아니라 남자가 집안일에 개입하는 것을 금지하는 양날의 검이기도 했다.

그러니 〈홍계월전〉에서 홍계월은 처가 된 후 눈꼴사납게 행동하는 남편의 애첩을 끌어다가 단칼에 목을 베어버릴 수 있었던 것이다. 그녀가 가마를 타고 행차하는데 남편 보국이 아끼고 사랑하는 첩 영춘이 정자 난간에 걸터앉아 시시덕거리기만 했다. 냉큼 달려와 머리를 조아려야 하는데 말이다. 남편 기세를 타고 자신을 무시하는 것에 분노한 계월은 고함을 지른다.

"저년을 잡아 내려라!"

추상같은 명령에 흠칫거리던 무사들이 즉시 신속하게 움직였다. 정자에서 영춘을 끌어내려 계월의 가마 앞에 꿇린다. 계월은 호통을 친다.

"네 이년! 보국이 너를 사랑한다고 이렇게 교만하게 구는 것이냐? 정자 위에 높이 앉아서 본부인의 행차를 아래로 굽어보며 시시덕거리다니, 그게 옳은 행실이냐. 네년이 보국의 사랑만 믿고 나를 업신여기는구나! 너같이 요망한 년은 이 집안을 위해 살려둘 수 없다. 네년 목을 베어 집안의 법을 바르게 세우리라."

그러고는 서릿발같이 고함쳤다.

"이년을 당장 끌어내 목을 쳐라."

무사들이 즉시 달려들어 영춘을 잡아끌고 문밖으로 나가 목을 베어버렸다.

아무리 그래도 그렇지 세상에, 시시덕거렸다고 목을 잘라버린 것이다. 주위에 있던 시녀들이 모두 사색이 되지 않을 수 없었다.

당연히 남편 여보국은 길길이 날뛰며 분노한다. 하지만 '처가 행차하는데 첩이 공손히 굴지 않은 것은 분명 잘못'이라는 논리는 아무리 가부장이라 해도 뒤집을 수 없다. 여보국의 아버지이자 홍계월의 시아버지인 여공 역시 홍계월의 행동을 두둔한다.

"영춘이란 네 첩이 거만하게 행동한 것은 분명 죽어 마땅한 일이다. 한 집안의 안주인이 되어서 집안을 다스리는 것은 온당한 일로, 남편의 첩은 물론 노비와 시녀들을 부리는 것 모두 안주인이 하는 일이다. 바깥사람인 네가 간여할 수 있는 일이 아니다. 그러니 홍씨가 네 궁의 노비와 시녀들을 모두 죽인다고 해도 잘못이라 할 사람이 아무도 없다. 너는 조금이라도 홍 씨를 원망할 생각 마라."

이렇게 집안에서 가장 높은 어른인 여공도 안주인인 홍계월의 행동을 논리적으로 부정하거나 반박할 수 없었다. 제아무리 부아가 터져도 어쩔 수 없는 노릇이다.

처와 첩의 위상은 이처럼 분명했다. 그런데 처가 첩을 투기해서 갖은 술수를 부리는 이야기가 있다.

"엥? 그게 말이 돼?"

그냥 데려다가 늘씬 두들겨 패면 그만인데, 다시는 기어오르지 못하게 피똥 쌀 때까지 주리를 틀면 그만인데, 처는 그러지 않고 온갖 모함에 복잡한 술수를 꾸며낸다. 대체 그 이유가 뭘까? 왜 쉬운 길을 두고 그렇게 빙빙 도는 길을 택했을까? 아니 정말 그런 이야기가 있기는 하나?

있다. 말도 안 되지만 분명 있다. 〈옥루몽〉의 황 부인이 그 주인공이다. 그리고 그녀가 투기하는 첩은 그 놀라운 벽성선이다. 앵혈을 지키려고 지기고 뭐고 간에 절대로 몸을 열어주지 않았던 바로 그 벽성선 말이다.

누가 그녀를 투기로 내몰았나

〈옥루몽〉의 주인공 양창곡은 자그마치 2처 3첩을 거느린다. 3첩 중 둘이 앞서 본 강남홍과 벽성선이다. 아무튼 첩은 몇 명이든 상관없지만 처는 보통 한 명인데, 양창곡은 황제의 명령 때문에 어쩔 수 없이 둘을 둔다. 시작부터 삐걱거린 복잡한 곡절은 이렇다.

시골의 한미한 가문 출신인 양창곡은 황성에 올라와 과거에 응시한다. 그런데 그의 답안 때문에 조정이 논란에 휩싸인다. 국가를 부강하게 하기 위해서는 황제가 덕으로만 다스려서는 안 되고 신하들의 권한을 대폭 제한하는 것은 물론 과감하게 징치도 해야 한다는 주장을 했기 때문이다.

누군가 긁어줬으면 좋겠다는 마음이 간절하던 차에 황제는 이 글을 보고 크게 기뻐하며 양창곡을 장원으로 뽑으려 한다. 하지만 신하들이 가만히 있을 리 없다. 당대 최고의 권신(權臣)인 각로 황의병이 강하게 반발한다. 그는 "머리에 피도 안 마른 놈이 뭘 안다고 설치느냐"는 격앙된 분노를 맹렬히 쏟아낸다. 하지만 좋은 기회를 놓칠 만큼 황제는 물러 터지지 않았다. 한참 옥신각신 설전이 이어진 끝에 어렵사리 양창곡이 장원이 된다.

양창곡의 정계 입문을 막으려던 일이 물 건너가자 노회한 권신 황 각로는 재빨리 양창곡에게 화해의 제스처를 건넨다. 자신의 딸을 주겠다며 손을 내민 것이다. 이 제안은 서로에게 좋은 그야말로 원원게임이었다. 기득권을 쥐고 있는 황 각로는 새로운 인재를 자신의 라인에 넣을 수 있어 좋고, 지방의 한미한 가문 출신으로 정계에 기댈 데 없는 신출내기 양창곡은 든든한 배경을 두게 되어 좋을 터였다. 하지만 양창곡은 타협하지 않는다. 이미 시작부터 삐걱거리며 틀어진 것도 그렇지만 썩은 기득권의 대표 격인 황 각로의 사위가 될 수는 없었던 것이다. 그렇다고 당대의 권신에게 무작정 대들 수도 없었다.

"시골에 계신 어머님께 여쭙고 허락을 받아야 합니다. 어찌 혼사 문제를 제 맘대로 하겠습니까."

세련된 정치적 언술로 위기를 넘긴 양창곡은 돌아서자마자 상서 윤형문을 찾아간다. 그리고 윤 상서의 딸과 혼인을 전격적으로 결정해버린다. 물론 시골에 계신 어머님께 여쭙고 허락을 받은 것은 아니다. 처음부터 그럴 생각은 조금도 없었다.

일이 이쯤 되자, 황 각로는 분노하지 않을 수 없었다. 자기가 먼저 혼사 얘기를 꺼내놓고 뒤통수를 맞은 격이니, 대대손손 권신 집안에 당대 최고의 권력자인 자신이 완전히 바보가 된 것이었다. 다른 대신들도 숨어서 손가락질해댈 게 분명했다. 더욱이 황제의 신뢰를 온몸에 안고 떠오르는 양창곡이 자신을 향해 껄끄러운 행보를 펼쳤다는 것이 목에 가시 걸린 듯 불편했다.

고민하던 황 각로가 꾀를 낸다. 그는 병을 핑계로 조정에 입시하지 않는 것으로 황제를 압박한다. 제아무리 황제라도 실권을 쥐고 있는 권신 황 각로와 척을 지는 것은 정치적 부담이 컸다. 게다가 혼사 문제에 대해 양창곡이 보인 이중적 태도는 확실히 문제가 있었다.

결국 황제는 양창곡에게 황 각로의 딸과도 결혼할 것을 명령함으로써 타협을 시도한다. 양창곡은 좋은 일도 억지로 시키면 싫어하는 스타일인데 하물며 자기가 싫어서 거절했던 여자와 억지로 결혼하라니 내킬 리 없었다. 더욱이 결혼이란 것이 단순히 식이나 한 번 올리고 마는 문제가 아니라 정치적 후원자를 두는 것으로, 곧 자기의 정치색을 규정하는 것이니 함부로 할 수 있는 일도 아니었다. 그래서 양창곡은 황제의 명령에 반발한다. 건곤일척(乾坤一擲)의 위험한 도박에 전부를 건 것이다.

결국 황제의 명을 거역한 양창곡은 그 죄로 귀양을 가게 되고, 귀양지에서 벽성선을 만나 사귀게 된다. 황제의 사은(賜恩)으로 귀양에서 풀려 황성에 돌아온 양창곡은 자신이 너무 강성이었음을 자책하고는, 벽성선이 자신의 동침 요구를 완강히 거부한 것 때문에 자신이 못내 섭섭했던 것처럼 황제 역시 자신의 거역 때문에 가슴이 시렸을 거라고 에둘러 생각한다. 그래서 황제의 명에 따라, 윤 상서의 딸을 제1부인, 황 각로의 딸을 제2부인으로 맞아들인다.

바로 이 황 부인이 첩 벽성선을 투기해서 온갖 음해와 술수를 부리고 급기야 그녀를 죽이려고 자객까지 보낸다. 그냥 황 부인의 품성이 사악하다고 보면 그만이겠지만 그리 보기에는 뭔가 아귀가 맞지 않고 어색하다. 홍계월처럼 첩을 데려다가 뎅겅 목을 자르지는 못한다 해도 끌어다가 혼쭐을 내고 곤장을 치는 것은 능히 할 수 있다. 첩은 처 앞에 서면 고양이 앞에 쥐처럼 찍소리도 못한다. 그런데 집안 내에서 어마어마한 권한이 있는 처가 기껏 첩 따위에게 꼼수를 부리며 투기를 하다니 납득이 잘 안 된다.

그 본질을 이해하기 위해서는 그녀가 투기했던 이유를 알아야 한다.

"남편의 사랑을 얻으려고 그랬겠지. 투기란 본래 그런 거잖아?"

아니다. 황 부인이 남편의 사랑을 독점하려고 투기한 거라고 생각하면 한참 빗나간 것이다. 그녀는 남편이 자신을 좋아하지 않는 것을 알고 있었다. 첩 하나 죽인다고 자기에게 사랑이 올 거라고 믿는 순진한 얼간이도 아니었다. 무엇보다도 황 부인은 나고 자란 환경을 통해 사대부 집안이 어떻게 돌아가는지 알고 있었다. 남자들이 첩들을 두는 행위나 처첩 간의 갈등 문제도 잘 알고 있었고, 사대부 집안에서는 사랑이니 애정이니 하는 것이 혼사의 목적이 아니라는 것쯤은 철들면서부터 이미 알고 있었다. 물론 그녀도 남편의 사랑을 바랐지만 그것을 요구하지는 않았다. 아니, 그럴 수 없었다. 그런 '요구'야말로 사대부집 부인다운 행동이 아니었기 때문이다. 남편이 첩을 끼고 도는 것에 속상했을지는 모르지만 분노로 치를 떨며 살인을 획책할 정도는 아니었단 말이다.

황 부인도 알았다. 처음부터 남편이 마뜩찮아 하던 결혼이고 온 집안에 '너 때문에 우리 아들이 귀양까지 갔었어'라는 곱지 않은 시선이 팽배한 것을 잘 알았다. 게다가 위로 제1부인이 있으니 운신의 폭도 넓지 않았다. 그야말로 시집오면서부터 가시밭길이었다.

만약, 살인을 사주할 정도로 폭주할 이유가 남편의 사랑 때문이라면 한갓 첩을 시기해 죽일 게 아니라 제1부인인 윤 부인을 목표로 했어야 했다. 그래야 사랑을 독차지하고 집안을 온통 손안에 넣고 주무르게 되니 말이다. 하지만 황 부인은 결코 윤 부인을 투기하지 않는다. 응석받이로 막 자란 심성 삐뚤어진 여인이라면 윤 부인을 그냥 둘 리가 없다. 질투와 욕망의 화신이라면 투기의 불꽃을 첩이 아니라 윤 부인을 향해 쏟아내고 제1부인이 되려 했을 거란 말이다. 하지만 그녀는 윤 부인에게는 투기는 물론, 단 한 번의 불손한 언사조차 하지 않는다.

황 부인의 신분은 고귀한 사족으로 어머니 쪽으로는 태후와 통하고 아버지는 당대 최고의 권신이며 오빠는 고위 관료다. 윤 부인의 아버지인 윤 상서가 바로 자신의 오빠와 동급의 관료이다. 뭐로 봐도 황 부인이 윤 부인보다 나으면 나았지 빠질 것이 없었다. 더욱이 그녀 쪽에서 먼저 청혼한 것도 사실이므로 제대로라면 자신이 제1부인이 되었어야 한다. 이런 사정을 그녀가 모를 리 없다. 그럼에도 불구하고 그녀는 윤 부인에게 밀려 제2부인이 된 것에 대해 조금도 부정적으로 생각하지 않는다. 보통 심성을 가진 여자라 해도 언짢고 불쾌했을 텐데 그녀는 그러지 않는다. 왜냐하면 사대부 집안의 룰을 잘 알기 때문이다. 자신이 객관적으로 훨씬 우월하지만 이미 정해진 상황, 다시 말해 가부장제 이데올로기에 의해 이미 결정된 것을 부정하지는 않는다. 그래야 하기 때문이다. 즉, 윤 부인이 제1부인이 되었기에 윤 부인을 제1부인으로 인정한 것이다. 황 부인은 오만방자하게 자라온 안하무인의 대책 없는 여인이 결코 아니었다.

그렇다면 대체 황 부인은 깜냥도 되지 않은 첩 따위를 투기했을까? 사대부 집안의 룰과 돌아가는 형편을 잘 아는 여인이 남편의 애첩을 시기했단 말인가? 투기의 이유는 그런 것 때문이 아니었다. 황 부인이 투기한 이유는 황당한 일이 벌어졌기 때문이었다. 마땅히 지켜져야 할 룰이 지켜지지 않아서다. 감히 눈을 들고 쳐다보지도 못할 존재인 첩 때문에 처인 자신의 위치가 흔들리고 뒤집혔기 때문이다.

말도 안 되는, 있을 수 없는, 아니 있어서는 안 되는 일에 황 부인이 몸부림을 친다. 사람들은 그것을 투기라고 매도했다.

황 부인도 양창곡 집안에서 자신을 탐탁지 않게 보는 것은 익히 알고 있었다. 그것은 그렇다 쳐도 있을 수 없는 일을 그녀에게 강요하는 데는 경악하지 않을 수 없었다. 첩 벽성선이 오자 처인 그녀에게 나와서 인사를 하라는, 믿기지 않는 일을 버젓이 명령하는 것이 아닌가.

"그깟 인사가 무슨 대수라고 그걸 가지고 난리야."

이럴지 모르지만 처첩의 위계가 분명한 옛날은 그렇지 않다. 앞서 봤듯이 처인 홍계월의 행차에 첩이 노닥거리다가 목이 날아간 것만 봐도 이는 예삿일이 아니다. 그런데 양창곡의 집안은 어찌 돼먹었는지 처더러 첩에게 인사를 가라고 수선을 피운다.

매사에 순종적인 윤 부인은 나와서 첩 벽성선을 맞이하나 황 부인은 병을 핑계로 나가지 않는다. 그러자 시아버지 양현은 황 부인의 소견이 좁다며 집안 모두가 모인 자리에서 공개적으로 비난한다. 이는 절대 있을 수 없는 일이다. 정말 옳지 않다. 집안의 예법은 분명한 것이다. 그런데 한 집안의 어른이라는 자가 '처'를 깎아내리고 '첩'을 두둔하는 말을 거리낌없이 내뱉다니, 정말 요상한 집안이라 하지 않을 수 없다. 이런 식의 돼먹지 못한 일이 그때 한 번이 아니라 지속적으로 이어진다. 벽성선이 모함받을 때도 시아버지는 아무 근거 없이 무조건 '처'인 황 부인을 의심하고 '첩'인 벽성선을 공개적으로 옹호한다. 벽성선이 잘못이라는 타당한 근거와 정황이 속속 드러남에도 불구하고 시아버지 양현은 계속 벽성선을 감싸고도는 것이다.

첩인 벽성선도 분명 문제다. 자기 몸을 전략적으로 이용할 줄 아는 그녀는 집안에 들어가기 전에 이미 양창곡에게 징징거렸고 집안에 들어와서도 양창곡이 가르쳐준 대로 윤 부인에게 찰싹 붙는다. 그러면서 황 부인을 무시하는 일련의 행동을 하며 신경전을 벌인다.

"에이, 설마….."

설마가 사람 잡는다. 단적으로 첩으로 집에 들어와서도 처인 황 부인에게 즉시 인사를 가지 않은 그녀의 행동만 봐도 그렇다.

황 부인은 아마 복장이 터져 미칠 지경이었을 게다. 한주먹 거리도 안 되는 천한 년이 시집 식구들을 등에 업고 감히 처인 자신을 무시하다니….

황 부인의 몸종인 춘월은 그런 그녀의 마음을 너무도 잘 알았다. 벽성선을 죽여 없애자는 춘월의 말에 황 부인이 놀라서 꺼려하며 반대하자, 춘월은 이렇게 황 부인의 아킬레스건을 자극한다.

춘월이 코웃음 치며 말했다.

"아이고 슬퍼라! 부인의 신세는 처량하게 되겠네요. 요즘 벽성선이 하고 다니는 말을 들으니 정말 당돌하더라구요. '황 씨는 아무리 지혜가 많아도 근원이 없는 물이야. 그 물이 마르는 것은 시간 문제야. 하지만 나와 남편 양창곡은 바다가 변하고 태산이 무너져도 금석처럼 단단하니 문제없어.' 글쎄 이렇게 말하지 않겠어요."

황 부인이 별안간 버럭 성을 내며 말했다.

"내 차라리 죽고 말지 이 천한 기생 년과 함께는 같은 세상에 못 살겠다."———————————————

물론 춘월이 말을 꾸며냈을 수 있다. 하지만 그런 정황과 기미가 없는데 밑도 끝도 없이 날조해낼 수는 없다. 비록 춘월이 거짓말을 했다 해도 그것이 먹혔다는 것은 곧 황 부인이 그렇게 느끼고 있었다는 말이다. 황 부인의 이런 불안은 아버지 황 각로를 찾아가 자신의 신세를 토로하는 것에서도 나타난다.

황 부인이 울며 말했다.

"남편이 강주에 귀양 가 있을 때 일개 천한 기생 년을 데려왔는데 음란한 행실에 요망스러운 태도로 사람들을 미혹하고 간사한 웃음과 아부하는 말로 집안사람 모두를 홀려서 소녀를 무시하는 눈길로 바라보게 해요. 그년의 말이 '황 씨는 나중에 들어온 사람이야. 내가 어찌 처와 첩의 분수를 차려서 그 아래가 되는 것을 감수하겠어'라고 해요. 차라리 소녀가 먼저 죽어서 모르는 것이 낫겠어요."

황 부인의 언사와 시각은 삐딱할 대로 삐딱한 상태이므로 사실을 온전하게 바라본다고 할 수는 없다. 하지만 황 부인이 이 때문에 불안해한다는 것은 분명한 진실이다. 벽성선이 결코 황 부인을 무시하지 않았고 순전히 황 부인의 오해라 해도 변하지 않는 중요한 점은 황 부인이 '그렇게 느끼고 있다'는 것이다. 다시 말해 벽성선이 '적첩지분(嫡妾之分)'을 제대로 지키지 않는다고 황 부인이 느끼는 것은 황 부인의 착각일지 모르지만, 어쨌든 황 부인이 벽성선을 미워하는 이유는 바로 '처와 첩의 본분[嫡妾之分]'에 있었다. 황 부인이 오해했든 말았든 상관없이 벽성선을 죽이려고까지 했던 밑바탕에는 바로 자신이 마땅히 누려야 할 '처의 위치'를 위협하고 박탈하려는 첩의 시도를 막으려는 의도가 깔려 있었던 것이다.

사실 황 부인의 이런 불안은 근거 없는 것이 아니었다. 집안 모두가 황 부인을 벽성선보다 낮춰 보고 업신여긴 것이 사실이다. 종들까지도 그랬다. 조금 뒤의 일이긴 하지만 양창곡 집안은 처가 아니라 첩들이 이끌어 간다. 매사를 첩들이 결정하고 처리하고 운영한다. 황제가 집안의 안주인으로 만나는 사람도 처인 윤 부인이 아니라 첩 강남홍이었고, 자식들이 결혼할 때 주관한 자도 처 윤 부인이 아니라 역시 첩들이었다. 황당하지 않을 수 없다. 극단적으로는 첩인 강남홍의 아들을 집안의 장자(長子)로 삼기까지 한다. 윤 부인에게도 아들이 있지만 그는 둘째 아들이 되고 만다. 입이 떡 벌어질 정도다. 투기를 했던 황 부인은 그렇다 쳐도 현숙하다는 윤 부인조차 완전히 배제해버린 것이다. 완전히 콩가루 집안인 것이다. 기본적인 룰조차 지켜지지 않는, 이런 막돼먹은 집안에 처로 들어온 여자만 괴롭다. 별다른 주장 없이 무조건 순종만이 옳다는 윤 부인이야 물에 술 탄 듯 술에 물 탄 듯 지나가겠지만 황 부인은 그러지 못했다. 아니 그럴 수 없었다. 그래서는 안 되는 것이었다. 이것이 투기 갈등의 핵심이었다.

황 부인의 욕망은 아주 간단하다. 단지 '처'가 되고 싶었을 따름이다. 원래부터 정해졌던 자리, 가부장제가 정한 자리, 그 자리를 찾고 싶었을 뿐이다. 황 부인의 욕망은 결코 가부장제 이데올로기에서 벗어난 엉뚱한 욕망이 아니었다.

불행의 씨앗은 그 욕망이 '가부장제'에는 맞았지만 '가부장'의 욕망에는 어긋났다는 점이다. 가부장인 양창곡의 입장에서 윤 부인이나 황 부인 모두 정략결혼의 대상인 것은 마찬가지지만, 윤 부인은 '다행히도' 자신의 욕망을 받아주었고 황 부인은 '불행히도' 그러지 않았던 것이다.

'내가 첩을 앞세우든 말든 니들이 뭔 상관이야! 기본이 잘못되었구만!'

이것이 황 부인이 악한 여자가 된 이유다. 황 부인이 찾으려고
한 '처'의 위치는 마땅히 그녀의 자리이고 그래서 그녀에게 주어져
야 할 자리로, 그녀의 정체성이 놓인 자리였다. 그런데 그것을 박탈
하려는 가부장의 행위가 그녀의 정체성에 혼란을 일으켰던 것이다.
그녀는 어릴 적부터 보고 듣고 알았던 모든 것이 송두리째 뒤집히
는 것을 도저히 참을 수 없었다. 그녀의 투기 갈등은 단순한 쟁총(爭
寵)이 아니라 여자의 자기 위치 찾기로서의 정당한 갈등(葛藤)이었
던 것이다.

황 부인의 투기는 가정 내 질서의 붕괴에 대한 거부이고, 유교
이데올로기에 입각한 너무나 당연한 일들이 양창곡의 집안에서는
이루어지지 않음에 대한 저항이며, 강압적 가부장의 폭력에서 자기
정체성을 찾으려는 처절한 몸부림이었다. 서로가 동의해서 계약한
관계임에도 불구하고 남자는 그 계약을 서슴없이 깨버리고 제멋대
로 해버렸다. 가부장제하에서 마땅히 주어져야 할 여자의 위치까지
박탈해버리고는 제 욕망에 따라 기존의 약속인 가부장제 메커니즘
까지 헌신짝처럼 내팽개쳐버린 것이다.

이젠 합의도 계약도 룰도 없다. 그저 남자의 좀스러운 아량과 변
덕스러운 입맛에 맞춰 그때그때 인조인간 같은 웃음을 흘리며 뻣뻣
한 몸으로 춤을 춰야만 살아갈 수 있게 된 것이다. 정말 머리가 핑핑
돌 지경이다.

황 부인의 투기 갈등이 줄곧 안쓰럽고 슬퍼 보였던 이유가 이 때

문이다.

예쁜 여자는 투기하지 않는다?

시샘과 질투는 인간이 살아가면서 피할 수 없는 감정 중 하나다. 그런데 그걸 투기라고 지칭해버리면 세상에 있어서는 안 되는 나쁜 것으로 여겨진다.

"속마음으로 그치는 것이 아니라 구체적인 행동으로 옮겨지니까 나쁜 거지."

그도 그렇지만 사실은 '투기'라는 말 속에 우리가 느끼지 못하는 묘한 뉘앙스의 부정적 관념이 깔려 있기 때문이다.

그 부정적 관념이 바로 '음란'이다.

황 부인이 벽성선을 죽이려고 흉흉하게 생긴 노파를 고용한다. 이 자객 할미는 벽성선이 투기를 했다는 황 부인과 몸종 춘월의 말만 믿고 한밤중에 벽성선을 죽이러 가서는 그만 깜짝 놀라고 만다. 벽성선이 추운 날씨에 해진 옷차림으로 베 이불을 덮고 고생스럽게 자고 있는 것도 그랬지만 벽성선의 미모가 너무나도 출중했기 때문이다.

'저렇게 아름다운 여인이 어떻게 그런 음란한 행실을 한단 말인 가?'

의아해하는 할미의 속생각에 오히려 우리가 의아스럽다. 투기 를 음란한 행실로 본 것은 그렇다 쳐도 아름다운 여인은 투기할 수 없다는 생각은 도무지 이해가 안 된다. 뛰어난 미모가 호감을 주는 것이 어제오늘의 일이 아니지만, 평생 자객 일로 잔뼈가 굵은 할미 가 탁월한 외모와 내적 현숙함을 동일하게 본다는 것은 뭔가 문제 가 있다. 아름다움은 투기와 병행될 수 없고, 아름다움은 정숙한 덕 성에서 비롯된다는 것은 요상한 생각인 것이다.

아무튼 그래도 할미는 주저하는 마음으로 잠든 벽성선을 향해 비수를 빼들고 다가가다가 그만 간담이 서늘해질 정도로 화들짝 놀 란다. 벽성선은 양창곡이 남만 원정으로 출병할 때 엇갈리며 집으로 들어왔기에 아직까지도 그와 동침하지 않은 상태라, 앵혈이 그대로 남아 있었다. 바로 그 앵혈을 본 것이다. 자객 할미는 확신한다.

'이 여인은 절대 투기했을 리 없다.'

할미는 벽성선을 깨워서 자초지종을 묻는다. 그러고는 황 부인 과 춘월이 거짓으로 살인을 사주했음을 알고는 달려나가 몸종 춘월 의 코와 귀를 잘라버리는 것으로 제가 속은 분풀이를 한다.

다시 멍해진다. 대체 이 할미는 무슨 근거로 이토록 확신을 한단 말인가. 앵혈이 있으면, 그러니까 처녀성을 지니고 있으면 투기할 수 없다는 것인가? 겉으로 드러난 육체의 표지가 심성까지 그대로 보여준다고 한다면 심하게 말해 못생긴 여자는 인간성이 개떡이란 말인가? 세상에 이런 말도 안 되는 난센스가 어디 있단 말인가? 하지만 유교적 관념이 지배적인 이때는 결코 난센스가 아니었다. 황당하지만 사실이었다.

과연 이게 옳을까? 외모와 심성을 동일시하는 것이 정말 옳을까? 지금도 수많은 여자들이 면접관들 앞에서 몸 둘 바를 몰라 하는 이유가 이것 때문이 아닌가.

저절로 삐딱한 상상을 해보지 않을 수 없다. 만약 앵혈이 없었다면 벽성선은 어떻게 됐을까? 그러니까 귀양지에서 한껏 달아오른 양창곡에게 몸을 열어주었다면, 제 욕망을 위해 몸을 허락하는 것을 미루지 않고 지기상통하면 허신한다는 당대 논리에 따라 동침했다면 어땠을까 말이다. 두말할 필요도 없다. 꼼짝없이 죽었을 것이다. 투기하는 더럽고 천한 년으로 인생에 종지부를 찍었을 것이란 말이다. "이런 고얀 음란한 년!"이라며 죽임을 당했을 것이다.

그럼 이제 얄미운 상상을 해보자.

벽성선 말고 그 자리에 강남홍이 누워 있었다면 어땠을까? 이 역시 분명하다. 투기하는 음란한 첩으로 여겨져 죽임을 당했을 것이다. 강남홍이 그렇게 죽는다면 정말 너무나도 억울하다. 강남홍이야말로 벽성선과는 비교할 수 없을 만큼 순종적인 여자였기 때문이다. 지기로 만나는 순간 몸을 바쳤고 절개를 위해 강물에 투신했으며 심지어 군중에서도 옷을 벗었다. 그녀는 죽으라면 죽는 시늉까지 냈다. 처절할 정도로 모든 것을 다 했다. 그런데 음란하다니….
단지 그 이유가 앵혈이 없어서라는 것을 혹시라도 알았다면 그녀는
얼마나 어이없는 헛헛한 탄식을 내뱉었을까. 강남홍에 비하면 벽성
선의 현숙함은 별것도 아니다. 벽성선은 지기상통했다는 양창곡이
원하는데도 끝까지 몸을 주지 않고 제 욕망이 채워질 때까지 철저
하게 전략적으로 움직였다. 그런데 자객 할미의 눈앞에는 결과적으
로 그런 벽성선이 가장 현숙한 여인이 되는 것이다. 뭔가 뒤틀려도
한참 뒤틀린 요상한 상황이다.

네 어떤
더러운 물건이기에

투기는 음란한 것이라는 남성들의 규정은 이제 한 걸음 더 나간다.
투기는 더러운 오염물이고 단순히 마음을 고쳐먹는 정도로는 고칠
수 없는 불치병으로 몰아간다.

황 부인의 술수가 탄로 나자 그녀와 그녀를 뒤에서 조종한 친정
어머니 위 씨가 추자동으로 쫓겨난다. 추자동은 위 씨의 어머니, 그
러니까 황 부인의 할머니 마 씨의 무덤이 있는 곳이다. 그곳에서 모
녀는 가시울타리를 친 춥고 어두운 흙집에 갇힌다. 그들은 바닥에
서 축축하게 차오르는 찬 기운에 뼈마디가 시려 와 잠시도 앉을 수

없는 곳에 거적자리를 깔고 살게 된다. 바로 이곳에서 위 씨와 황 부인은 가부장제의 뜨거운 세례를 받는다. 위 씨는 육체에, 황 부인은 마음에 결코 잊을 수 없는, 절대 잊지 못할 고문을 당한다.

위 씨는 자신의 모친 마 씨의 무덤이 있는 이곳에서 혼미한 가운데 꿈을 꾼다. 바로 그녀의 모친이 꿈에 나타난 것이다. 세상이 거꾸로 돌아가는 것에 원통하고 분해서 어쩔 줄 모르던 위 씨가 어머니를 만나자 하소연을 실컷 늘어놓으려는데 모친 마 씨가 대뜸 소리를 질러댄다.

"전생의 죄로 잘못 태어난 이 못된 짐승아!"

그러더니 마 씨는 몽둥이로 인정사정없이 위 씨를 패대는 것이 아닌가. 위 씨는 놀라고 황당해서 뭐라고 말이라도 하려고 하면 더 매서운 매질이 쏟아졌다. 위 씨가 아픔을 견디지 못해 소리를 지르며 깨어나 보니 꿈이었다. 그런데 괴이하게도 온몸에 시퍼렇게 매 맞은 흔적이 낭자했다. 위 씨가 아파서 어쩔 줄 몰라 하다 다시 잠이 들었는데 이번에는 모친이 백발노인을 데리고 와서 위 씨의 심보를 고쳐달라고 하질 않는가.

위 씨를 노려보던 노인이 환약 한 알을 강제로 먹였다. 그러자 위 씨의 가슴이 떨리고 뱃속이 찢어질 듯 아파오더니 뭔가가 뱃속에서 꾸물거렸다. 그러더니 느닷없이 목구멍을 타고 꿀럭꿀럭 오장육부가 쏟아지듯 토해졌다. 시뻘건 피와 창자가 제 입으로 토해져 나온 것을 본 위 씨는 놀라 자빠질 지경인 데다 너무 아파서 정신없이 애원하며 빌었지만 소용없었다. 노인은 한두 번 해본 일이 아니란 듯이 천연덕스럽게 붉은 호리병을 꺼내서는 그 안의 물로 위 씨가 토해놓은 창자와 오장육부를 주물럭거리며 씻어냈다. 꿈속이지만 위 씨는 몇 번이고 혼절을 하고 만다. 백발노인은 다시 창자를 위 씨의 입으로 쑤셔넣으며 마 씨에게 느릿느릿 말한다.

"당신 딸의 악독한 심성이 오장육부(伍臟六腑)에만 있는 게 아니네. 이미 골수(骨髓)에 사무쳤으니 이대로는 안 되겠네. 뼈를 갈라야겠네."

그러더니 정말 비수를 꺼내서 위 씨의 살을 발라내더니 드러난 허연 뼈를 사각사각 긁어대는 것이 아닌가. 위 씨는 완전히 정신을 잃고 만다.

위 씨는 이 꿈을 꾸고 나서 매사에 겁을 내는 심약한 여자가 되어버린다. 왜 안 그렇겠는가.

자기 딸을 남에게 맡겨서 바로잡아달라는 모친이나 백발노인이나 악독하기 그지없다. 특히 창자를 토해내게 해서 그것을 물로 세척하고 뼈를 갈라 긁어내는 일련의 행동을 대수롭지 않게 해내는 백발노인은 고문자의 전형적인 모습이다. 모든 것은 한마디로 고문이고 형벌이었다.

'몽둥이로 사정없이 맞는 것'이나 '창자가 입으로 뽑혀 나오는 것', 그리고 '살을 발라내어 뼈를 깎는 것'은 그대로 '태장(笞杖)', '추장(抽腸)', '능지(凌遲) · 과(剮)'에 해당한다. 몽둥이찜질은 불효한 자식에게 가하는 형벌이고 창자 뽑기는 동물 수준으로 인간을 격하시키는 고문이며 살을 발라내는 형벌은 가장 잔인하고 비인도적인 고문으로 반역한 자를 천천히 사형할 때나 하는 방법이다. 한마디로 위 씨는 불효를 저지른 개, 돼지만도 못한 반역자란 말이나 다름없다.

세상에 투기가 이토록 무서운 죄인지는 정말 몰랐다. 몸서리가 쳐질 노릇이다.

위 씨는 육체에 죄악의 표지가 새겨진다면 황 부인은 마음에 가부장제의 공포가 깊이 새겨진다. 뼈마디가 떨려오는 추자동에서 식음을 전폐하고 밤낮 울던 황 부인은 극도로 쇠약해져서 비몽사몽간에 천상에 올라 상청부인(上淸夫人)과 수작하다 지옥에 떨어지는 그 생생한 체험에 놀라 꿈에서 깬다.

천상에서 좋은 대우를 받던 황 부인이 지옥에 떨어진 이유는 그녀가 순진하게 상청부인에게 "한 번도 투기해본 적이 없으세요?"라고 물었기 때문이다. 상청부인은 벼락같이 호통을 친다.

"네가 어떤 더러운 물건이기에 감히 더러운 말로 내 귀를 더럽히느냐?"

더럽고 더럽고 더럽다는 말이다.

"음란한 마음으로 깨끗하지 못한 말을 입에 올리는 너 같은 음부(淫婦)는 이 깨끗한 천상에 잠시도 있을 수 없다."

더럽고 음란함이 옳을 수도 있다. 그러니 지옥으로 떨어뜨리는 것이다. 거기서 황 부인은 공포 상황과 맞닥뜨린다.

음습한 기운이 사면에 자욱하고 음울한 울음소리가 끊이지 않는 가운데, 더럽고 불결한 것들이 가득한 큰 구덩이에서 진동하는 냄새가 코를 찔러 정신이 없다. 그 구덩이에 무수한 여자들이 빠져 허우적거리고 고통을 겪으며 자신들은 투기한 죗값을 받는 거라고 울부짖는다. 모골이 송연해진 황 부인이 도망치자 구덩이의 여인들이 "너도 우리랑 같은 처진데 어디로 가냐!"며 구덩이의 오물을 던지며 쫓아온다. 황 부인은 온몸에 땀이 흘러 침상을 적실 정도로 소리를 지르며 꿈에서 깬다.

이런 천상과 지옥의 극한 체험이 그녀의 심경을 완전히 뒤흔들어놓는다. 이 체험은 그녀 마음에 공포의 진원지로 새겨지고 세상 이치를 판단하는 기준으로 작용한다. 투기하지 않으면 천상의 상청 부인처럼 존귀해지지만 투기하면 지옥에서 더럽고 불결한 오물덩어리로 끊임없는 고통을 받는다고 맘속에 새기게 된 것이다. 모든 판단 기준이 '투기'로 모아진 것이다.

사실 황 부인은 자신이 투기하지 않았다고 생각한 적은 한 번도 없었다. 단지 투기에 대해 천진난만한 생각을 가지고 있었을 뿐이다. 그런데 그 투기가 이토록 나쁘고 더럽다는 것을 강압적인 공포 체험을 통해 인식한 것이다. 그렇게 그녀는 자신이 비천한 오염물이 될 수 있다는 공포를 뼈저리게 느끼고는 자신이 왜 투기를 했는지, 그리고 투기가 무엇인지를 생각하지도 기억하지도 않는다. 그저 도망치려고 한다. 무섭고 두려움에 겁먹은 그녀에겐 옳고 그름에 대한 판단이 아니라 끔찍한 지옥의 더러움에서 벗어나는 것이 중요할 뿐이다. 그래서 그녀는 자신이 선택할 수 있는 세계, 즉 제멋대로인 가부장의 욕망을 무조건 따르는 기이한 세계로 스스로를 편입시킨다. 그곳만이 놀란 눈으로 벌벌 떨지 않을 수 있는 유일한 피난처이니 말이다.

그래서 그녀는 투기를 했던 자신의 옛날을 타자화시켜 '과거의 자기'와 '현재의 자기'를 분리하고 자신의 과거를 부정한다. 더럽고 불결하고 저속하고 나쁘다고 규정하고 매도한다. 그녀는 투기가 무분별한 쟁총이나 패악이 아닌, 처로서 자기 위치를 찾고 지키려는 행동이었다는 타당함과 정당함을 기억하지 못하고, 또 인간 본연의 자연스러운 감정이라는 사실도 떠올리지 못한 채 공포에 굴복하고 만다. 뱀의 눈에 현혹된 쥐가 꼼짝도 못하듯이 두려움이 황 부인을 꿀꺽 집어삼킨 것이다.

이렇게 천상과 지옥을 체험하고 그것을 되새겨서 자기와 더러움을 구별한 황 부인은 느닷없이 자객 할미의 보복을 두려워하기 시작한다. 이전에 황 부인이 벽성선을 죽이라고 자객 할미에게 살인을 사주할 때 자객 할미는 분명히 "만약 이 일에 간사한 흉계가 있으면 오히려 네가 죽는다"며 그녀를 죽일 듯이 쏘아보았다. 그때 흉흉한 몰골의 할미가 서릿발 같은 눈빛으로 노려볼 때는 정말 심장이 떨어질 정도로 덜컹거렸었다. 자신의 말은 거짓이었기 때문이다.

그러나 그건 지난날의 일이고 추자동에 유폐되어 있는 지금은 자객 할미에 대해 두려움을 가질 필요가 전혀 없다. 왜냐하면 거짓 사주의 죗값은 이미 치렀기 때문이다. 자신이 속았음을 안 할미가 몸종 춘월을 끌고 가 코와 귀를 자르는 징치를 하면서 분명하게 말했다. "벽성선의 간청 때문에 너를 죽이지는 않겠다"고 말이다. 이는 황 부인이 똑똑히 알고 있는 사실이다. 보복은 이미 끝났다. 이 추자동에 할미가 나타날 리 없다. 하지만 그런 이성적이고 합리적인 사고는 이루어지지 않는다. 지옥 체험으로 불러일으켜진 공포가 그녀 평생에 두려웠던, 거짓 사주였기에 가슴이 미치도록 떨렸던, 바로 그 자객 할미에 대한 근원적 공포를 저 깊은 무의식의 바닥에서부터 끌어올렸기 때문이다.

그래서 황 부인은 실제로 오지도 않을 할미 때문에 끝없는 두려움에 떨며 "어머니! 할미가 창밖에 왔어요"라고 헛소리를 한다. 황 부인은 달빛에 나무 그림자가 지는 것을 할미로 착각하고 기절하더니 계속 헛것을 보고 혼절하기를 거듭한다. 이런 혼절이 결국 병이 되어 골수까지 뻗치더니 결국 어쩌지 못하고 죽게 된다. 그리고 가까스로 다시 태어나듯 살아난다.

다시 깨어난 황 부인은 매사에 놀라는 소심한 여자가 되어버린다. 두려움과 공포로 겁먹은 여자가 완전히 정신을 잃고 넋이 나가 딴 여인이 되어버린 것처럼 그녀는 완전히 새사람이 된다. 양창곡은 그런 그녀를 보고는 잘못을 뉘우치고 현숙한 품성이 되었다며 용서하고 받아들인다.

물론 그녀가 정신질환자가 되어 돌아온 것은 아니다. 하지만 마땅히 생각하고 반응하고 거부하고 인정하고 동의하는 일련의 선택과 의지 없이 주어진 대로 술에 물 탄 듯이 끌려가는 얼빠진 여인이 되어 돌아온다. 첩들이 온 집안을 휘저어도 그녀는 미소만 지을 뿐이다. 전두엽 절제술을 받은 정신질환자가 제복 입은 간호사가 이끄는 대로 주춤주춤 걸어가며 가끔 뒤돌아보듯 그녀의 남은 인생은 그렇게 흘러간다. 이게 좋은지 나쁜지 뭐라 말하기는 어렵다. 어쩌면 입에 침이 줄줄 새지 않는 것만 해도 감지덕지해야 할지도 모르니 말이다.

욕망의 대결에 가려진 ——— 슬픈 진실 ———

한 가지 미심쩍은 것이 남았다. 자객 할미를 두려워하는 황 부인이 계속해서 벽성선을 죽이러 가는 할미의 모습을 떠올린다는 점 말이다. 그것은 사실 말이 안 된다.

황 부인은 자꾸 "할미가 흉흉한 몰골로 서릿발 같은 비수를 빼어 들고 어두컴컴한 한밤중에 벽성선이 자는 곳을 엿볼 때"를 머릿속에 떠올리며 그 장면을 지우지 못한다. 이해가 안 되는 것은 이 정경은 그녀가 본 장면이 아니란 점이다. 자객 할미 혼자 벽성선을 죽이러 갔지 황 부인이 따라갔던 것은 아니다. 그런데 황 부인은 자신이 만났던 할미의 모습과 벽성선이 자고 있는 외진 헛간을 조작적으로 상상해서 이렇게 머릿속에 그려내고는 그것을 마치 자신이 본 것처럼, 경험한 것처럼, 거듭 반복해서 떠올린다. 그러고는 자객 할미가 벽성선을 죽이러 갔던 것처럼 자신을 죽이러 올 거라며 두려움에 떨다가 혼절을 하는 것이다.

왜 이럴까? 황 부인은 왜 본 적도 없는 이 장면을 조작적으로 상상해냈을까? 자객 할미가 두려운 거라면 할미가 저잣거리에서 춘월의 코와 귀를 잘라내는 끔찍한 장면이 더 공포스러울 텐데, 왜 하필 이 장면일까? 생각해보면 자신에겐 두렵지 않을, 그래서 하나도 무서울 것 없는 벽성선을 죽이러 가는 바로 그 장면을 떠올릴까?

여기에는 슬픈 진실이 있다.

황 부인이 벽성선이 죽을 뻔한 상황을 조작적으로 상상해낸 이유는 황 부인 자신을 벽성선과 무의식적으로 동일시했기 때문이다. 자신이 곧 벽성선일 수 있었던 것이다. 그 자리에 누워 있는 것이 벽성선이 아니라 황 부인 자신일 수도 있었던 것이다. 자신이나 벽성선이나 한심하고 불쌍하기는 마찬가지인 것이다. 따지고 보면 '처'든 '첩'이든 아무것도 아니다. 대단한 줄 알았던 '처'도 황 부인 자신이 이렇게 전락하고 보니 정말 이름뿐인 허울이었다. 가부장의 손아귀에선 아무리 떠들어도 말짱 소용없는 것이었다. 즉 벽성선이 자신이고 자신이 곧 그녀가 될 수 있는 구조적 메커니즘을 황 부인이 무의식적으로 느낀 것이다.

벽성선은 앵혈이 없었다면 틀림없이 죽었을 것이다. 그것은 벽성선의 의지나 결백함과는 전혀 상관없이 외적으로 주어지는 상황이다. 그 상황에서 약자 벽성선이 할 일은 아무것도 없다. 그 위협을 도저히 벗어날 수 없다. 변명할 기회조차 주어지지 않는다. 그런 일이 언제든지 맘만 먹으면 일어난다는 사실, 그때 자신은 사주하는 자가 아니라 벽성선처럼 아무것도 모르고 누워 있는 자일 수밖에 없다는 두려운 현실, 생각지도 못한 때에 쥐도 새도 모르게 나타나서 목에 칼을 들이대는 자객 할미처럼 이런 폭력은 예측할 수 없다는 피할 수 없는 진실. 언제든 누구에게든 예측 불가능하게 나타나기에 없는 듯하지만 역설적으로 도처에 존재하는 공포가 잠시도 쉬지 않고 시시각각 옥죄어든다. 지나가는 어린 동자도 느닷없이 잔인한 미소를 지으며 달려들 수 있다는 두려움에 온 사람, 사회, 나라, 심지어는 숨쉬는 공기까지도 투기를 한 여인에게로 달려들어 그녀의 목을 조른다.

황 부인은 공포의 심연을 두 눈을 부릅뜬 채 들여다보고 만 것이다.

자기의 바람을 성취하려는 벽성선과 자기의 정체성을 찾으려는 황 부인의 갈등은 욕망의 대결이었고, 그 결과가 가부장에 의해 결정될 수밖에 없는 안타깝고 불쌍한 대결이었다. 그렇게라도 대결하지 않을 수 없는 위치에 놓이게 된 벽성선과 황 부인은 둘 다 가부장제의 가련한 피해자로 사실은 쌍둥이이자 경쟁자인 욕망의 짝패[Double]였다. 둘의 갈등이 심하면 심할수록 연민과 동정의 눈길을 줄 수밖에 없었던 이유가 바로 이 때문이다.

르네 지라르가 인간의 욕망을 '욕망의 삼각형'이란 도식으로 설명했다.

"삼각형이면 셋이잖아? 인간이 뭔가를 바란다면 둘 아닌가?"

욕망하는 주체인 자신과 그가 바라는 목표 대상만 있다면 당연히 둘이다. 삼각형이 될 수 없다. 그런데 인간이란 이상한 족속이어서, 목표가 있으면 그걸 곧장 추구하면 되는데 그러지 않고 딴짓을 한다. 목표 대상보다 조금 낮지만 뭔가 그럴듯해 보이는 것을 기어코 찾아낸다. 그래서 '자신[주체]'과 '목표 대상[객체]' 중간에 '그것[매개자/중계자]'을 끼워 넣고서는 목표를 추구하는 것이 아니라 그 끼워 넣은 것이 되려고 열을 낸다. 전문용어로 말하자면, 주체가 객체가 아닌 매개자를 모방한다는 거다. 이런 복잡한 짓을 하는 이유는 인간이 '따라쟁이'이기 때문이다. 뭔가를 모방하고 흉내 내는 본성이 내재되어 있는 것이다.

"그럼, 그냥 목표를 모방하면 되지 않나?"

맞다. 그러나 인간이란 보통 심란한 존재가 아닌 것이, '핑계쟁이'이기도 하니 그렇다. 〈이솝우화〉에서 여우가 높이 달려 있어 따먹지 못할 포도를 "시금털털한 신 포도라 맛이 없어"라고 평계댄 것처럼, 인간은 늘 그럴싸한 평계를 잘도 댄다. 그러니까 인간은 아무리 노력해도 도저히 안 될 것 같아서인지, 목표를 향한 노력이 괴롭고 피곤해서인지, 아니면 그 목표가 뭔지 자신도 잘 몰라서인지, 꼭 중간에 매개자를 넣어서는 그 매개자를 모방함으로써 목표를 추구한다. 그렇게 '자신', '목표', '매개자'를 세 꼭지점으로 연결하는 삼각형이 된다는 거다.

"그래서 그게 뭐?"

단순히 삼각형인지 사각형인지 하는 것이 중요한 것이 아니라, 바로 인간이 대놓고 목표를 추구하지 않고 비슷하긴 하지만 진짜가 아닌, 목표와 조금 엇갈려 있는 매개자를 흉내 내고 따르려고 하기에 이런저런 문제가 발생한다는 점이 중요하다.

예를 들어, 어떤 여성[주체]이 외모와 지성을 두루 겸비한 커리어우먼[목표]이 되는 것이 꿈인데, 그 목표를 직접 추구하지 않고 그렇게 보이는 특정 인물[매개자]처럼 되고 싶어 하는 경우가 그렇다. 자신이 상상하는 목표가 아닌 그렇게 보이는 아나운서나 PD 같은 방송인이 되고 싶다는 마음을 품고 나면, 정작 아나운서가 되었을 때 문제가 생긴다.

'이런 줄 몰랐는데….'

그렇다. 카메라 앞에 서서 화면에 멋지게 나오기만 하면 되는 줄 알았는데, 그게 아니라 야근도 해야 하고 새벽 출근도 불사해야 한다. 생각보다 멋지지 않을 뿐만 아니라, 때론 화들짝 놀라 뉴스 시간에 화장도 못하고 달려 나가기도 하는 거다. 이런 상황에 처하면 괴로움에 빠진다. 사실 아나운서, PD, 연예인만 그런 것이 아니라, 어떤 직업 어떤 일이든 다 그렇다. 사실은 자신이 '목표'를 욕망했던 것이 아니라 비슷하지만 꼭 같지는 않은, 아니 절대 같을 수 없는 엇비슷한 '매개자'를 욕망했기 때문인데, 그걸 알지 못한다.

목표 대상을 직접 추구하는 진정한 '진짜 욕망' 대신, 매개자를 욕망하는 '가짜 욕망'에 시달리는 사람들은 늘 후회와 자책에 시달릴 수밖에 없다.

욕망의 삼각형에서 더 심각한 것은 따로 있다.

가짜 욕망이라 해도 매개자가 목표와 엇비슷할 정도로 높이 있다면 그나마 낫다. 목표나 매개자나 한없이 멋져 보이니까 주체인 나와 갈등이 생기지는 않으니 말이다. 가짜라도 그것이 되면 좋단 말이다. 어느 정도 만족하고 살아가는 것이다.

하지만 독보적인 목표는 저 위에 있는데 내가 모방하는 매개자가 나보다 살짝 위에 있는 그럭저럭 만만한 존재라면, 문제는 아주 심각해진다. 매개자가 만만하기에 팽팽한 갈등이 일어나는 것이다.

'나보다 못생긴 게 남편 잘 만나서 지금 유세를 떨고 있어.'

'야, 내가 너만큼도 못할 줄 알아!'

'너쯤은 새끼손가락으로도 튕겨낼 수 있어.'

대충 이런 식의 마음이 끊임없이 들끓는다. 부럽기는 하지만 만만해서 부아가 치밀고, 시샘은 나는데 쉽게 따라잡히지는 않고… 난리도 아니다. 이런 갈등을 바로 '짝패 갈등'이라고 한다. 그렇다. 황 부인과 벽성선이 일으켰던 그 욕망과 질투의 갈등 말이다.

짝패 갈등의 심각성은 끝없이 괴롭게 다투기 때문만이 아니다. 대체 왜 이런 싸움을 벌였는지 자신조차 그 이유를 망각해버린다는 데 있다. 이 모든 갈등의 시작이 저 높이 있는 목표 때문인데, 그걸 망각하고 엉뚱하게도 매개자와 죽자 살자 그야말로 목숨 걸고 싸우기 때문이다. 게다가 더 심란한 것은 싸우다 보면 누가 먼저 시작했는지도 모호해진다는 점이다. 분명 처음엔 주체가 '내가 저만큼도 못할 것 같아'라며 만만한 매개자를 모방하면서 시작된 것인데, 진흙탕 싸움에 모두 질퍽해지면, 누가 주체이고 누가 매개자인지 혼동이 되는 거다. 황 부인이 미워하던 벽성선과 자신을 동일시한 이유가 바로 이 때문이고, 투기 갈등이 누가 먼저 건 싸움인지도 모호해진 것도 이 때문이다.

이렇게 위만 뾰족한 욕망의 삼각형은 참 나쁘다.

저 위에 앉은 욕망의 목표 대상은 히히덕거리며 아래를 내려다보기 때문이다. 개싸움을 붙여놓고 낄낄거리기 때문이다. 그렇게 죽도록 싸워도 절대로 이 높은 곳까지 올라올 수 없다는 것을 아는 작자의 편안한 웃음이 우리 귀에 거슬린다. 아마도 양창곡은 황 부인과 벽성선의 싸움을 보고 웃었을 거다. '그 아래 밑에서 여기까지 올라올 수 있어?'라며 말이다.

그 고약한 비웃음은 진실이다.

짝패 갈등을 일으키는 욕망의 주체는 결코 목표에 도달할 수 없다. 무엇이 목표였는지조차 잊어버리게 되니 말이다. 그래서 그녀들은 자신들이 왜 투기하고 왜 갈등을 일으켰는지 끝까지 모른다. 투기의 본질은 모두 남성 가부장제의 폭력적 구조 때문이지만, 누구도 그 욕망의 삼각형을 알아내지 못한다.

그 이야기를 즐겁게 바라보는 우리도 곧잘 잊어버리니 말이다.

무능열전

6관

흥부전 · 심청전 · 변강쇠가

가족은 모여 살기에 가족이다. 헤어지면 가족이 아니다. 물론 기러기 가족이나 주말부부처럼 따로 지내야 하는 경우가 있지만 그런 경우에도 떨어진 기간이 오래 되면 남이 되기 쉽다. 기러기가 돌아와 엉뚱한 곳에 내려앉는 안타까운 경우를 종종 보게 되는 것도 이 때문이다. 떨어져 있는 동안의 애절한 마음이 시간이 갈수록 간절해지면서 사랑이 깊어지는 경우도 있지만 대개는 관계가 소원해지고 희미해지는 것 같다. 부모 자식 간에는 당기는 핏줄이 있어서 그런지 헤어져도 뭔가가 남는 듯싶지만, 부부는 돌아서면 남남보다 더 무서운 듯하다.

이혼이 쉽다고는 하지만 말만 쉬울 뿐이다. 이혼이 결혼 이전으로 돌아가는 것을 의미하지는 않기 때문이다. 좋든 싫든 감정이 남고 여운이 생긴다. 인연이란 낡은 실을 끊어내듯 똑 떨어지지는 않는 것 같다. 지긋지긋하다는 말을 입에서 떼놓지 않으면서도 살게 되는 것이 그래서인지도 모르겠다.

가끔 나이가 찬 여학생들이 지나가듯 하는 말을 들으면 뭐라 할 말이 없다.

"우리 아빠 같은 사람만 아니면 되겠어요."

그 아버지는 현재 20년째 사업 구상 중이라고 한다. 다행히도 어머니가 직장이 있으시단다.

"저희 아버지는 제발 일 좀 안 하셨으면 좋겠어요."

일을 벌일 때마다 하나씩 재산이 줄더니 지금은 가족이 월세 반지하를 전전한다고 한다.

"그냥 계시는 게 도와주는 건데, 정말 미치겠어요."

처음에 그 학생은 문밖에 덩치가 커다란, 시커먼 남자들이 서성거리면 가슴이 섬뜩했다고 한다. 하지만 이제는 그 정도 빚쟁이는 아무것도 아니라는 말을 웃음 섞어가며 농담처럼 들려준다.

결혼은 해야겠는데 하나같이 걱정은 이런 거였다.

'도대체 어떤 놈이 정말 괜찮은 놈인지 모르겠어.'

정말 빌빌대던 놈과 결혼했는데 나중에 사장 부인이나 장관 부인이 되고, 잘나간다 싶은 놈이라서 선뜻 받아줬는데 평생을 절절매니 어찌된 노릇인지 모르겠다는 것이다. 푸념이 섞이고 불안이 깔린 현실적인 고민 앞에 여자의 주체성이니 자아실현 같은 쓸데없는 거대담론을 늘어놓는 것은 약을 올리는 것이나 다름없다. 삶은 옳다고 믿는 거대한 가치를 구체적으로 적용하는 것이겠지만 모두가 예수고 공자일 수는 없다. 그렇게 되기를 바라고 그렇게 되어가는 과정일 뿐이다.

아무튼 세상에 이 노릇을 어찌 한단 말인가. "여자 신세 뒤웅박 팔자"라는 옛말이 왜 아직도 통하는 걸까 하는 생각에 쥐구멍에라도 숨고 싶을 만큼 부끄러워졌다.

할 수 있는 거라곤
─────── 새끼 내지르는 일뿐 ───────

결혼을 했는데 남편이 한심하다면 정말 답이 없다. 가만이나 있으면 그래도 괜찮은데 철부지처럼 계속 일을 벌인다면 그 뒤치다꺼리나 하다가 인생이 저물 것이다.

옛날이야기 속에서 대책 없는 남편을 뽑으라면 단연 흥부가 1등일 것이다. 흥부는 그저 맘 착한 것이 다다. 그가 할 수 있는 거라곤 매품 파는 것뿐이다. 매를 맞아 번 돈은 도로 다시 그의 약값으로 들어간다. 한심하기 이를 데 없다. 일할 능력도, 재능도, 그렇다고 의지도 없다. 그냥 눈뜨면 멀뚱멀뚱하며 하루해를 보내다가 저녁이 되면 부인을 끌어안고 주물러댈 뿐이다. 어디 가서 돈 한푼 꿔올 재주조차 없는 이 인간에게 자신 있는 거라곤 자식들을 죽죽 낳는 기술(?)뿐이다. 만약 제비 다리가 부러지지 않았다면 아마 온 식구가 몽땅 다 굶어 죽었을 것이 틀림없다.

형 놀부가 욕심이 많다고는 하지만 이렇게 무능하고 한심한 동생을 둔 심정은 오죽하겠는가. 낳아놓은 부모도 흥부가 하는 짓을 보면 뚜껑이 열릴 판인데 형이라고 복장이 터지지 않겠는가. 형수가 밥주걱으로 뺨을 후려갈길 정도로 집안이 엉망이 된 데는 놀부의 잘못보다 흥부의 잘못이 더 크다.

혹시 부모님이 용돈만 드려도 괜찮을 정도의 경제력이 있다면 정말 감사해야 한다. 그게 어딘가. 빚을 대신 갚지 않는 것만 해도 말이다. 건강하시다면 춤이라도 춰야 한다. 형이, 동생이, 누나가, 여동생이 대단치는 않아도 제 밥벌이를 하면 고마운 줄 알아야 한다. 손을 안 벌리는 것만 해도 큰절을 해야 할 판이다. 형제끼리, 친지끼리 빚보증을 섰다가 온 집안이 줄줄이 알사탕처럼 홀라당 날아가는 경우를 심심치 않게 본다.

한국 사회에서는 자기만 온전하다고 온전한 것이 아니다. 우리나라에서 결혼은 아직까지는 개인 대 개인이 아니라 집안 대 집안의 일이다. 그것은 자기만이 아니라 집안일로 영향받는 경우가 훨씬 많다는 얘기도 된다. 놀부 부인의 신경질적인 밥주걱을 그냥 못된 형수의 매몰찬 히스테리로만 봐서는 안 된다는 얘기다.

"그래도 같은 핏줄인데… 형이 좀….."

정말 이렇게 생각한다면 대책 없이 빈둥빈둥 놀며 자식들만 줄줄이 낳아놓는 그런 숙부가, 그런 형이 한 명 있다고 상상해보라. 글쎄 대부분은 밥주걱을 휘두르기 전에 핏대를 올리다가 혈압으로 쓰러질 수도 있다. 당해보지 않으면 정말 모른다.

흥부는 정말 제비를 사랑해야 한다. 제비만 오지 않았다면 아마 흥부는 아내에게 버림받았을 가능성이 99%다. IMF 때 그 많은 아내들이 남편을 버린 것은 꼭 남편이 싫어서는 아닐 것이고, 그 남편들 역시 흥부처럼 무능하고 박약해서 홀로 남겨진 것은 아닐 것이다. 목구멍이 포도청인 것이다. 하루는 참고 한 달은 참아도 일 년을 참기란 참 어려운 일이다. 그러니 흥부의 아내는 떠났을 것이다. 그도 그럴 것이 〈흥부전(興夫傳)〉에서 제정신으로 사태를 냉철하게 파악하는 인물은 그녀밖에 없으니 말이다.

그간 무능한 남편으로 간주되지 않았지만 사실 대표적인 무능남이 바로 변강쇠다. 이름이 지닌 엄청난 상징성에 압도되어 오직 아랫도리에만 관심을 집중하다 보니 그의 처절한 무능함을 대부분 놓친다. 밖에서 볼 땐 술 잘 마시고 잘 노는 호쾌한 쾌남아일지는 모르겠다. 하지만 아내인 옹녀 입장에서 이런 남편은 한심한 놈팡이 기둥서방일 뿐이다.

옹녀는 이름에서부터 '옹골차게' 꽉 집어줄 것 같은 느낌을 주는 여자이다. 처음에 그녀는 이름도 희한한 평안도 '월경촌'에 살았는데 만나는 남편들마다 죽어 나가는 변괴를 겪었다. 첫 남편이 첫날밤에 너무 흥분해서 복상사(腹上死)로 죽은 것은 그렇다 쳐도, 다시 얻은 남편들마저 벼락에 맞아 죽고, 문둥병에 걸려 죽고, 독약을 잘못 먹고 죽고, 도적이라 관가에 끌려가서 죽는 일들은 옹녀 잘못이

아니다. 사실 복상사도 남편이 흥분해서 죽은 것이지 옹녀의 성욕
이 과도했다는 증거는 되지 못한다. 하지만 〈변강쇠가〉를 보면 옹녀
의 손을 한번 쥔 놈도 죽고, 젖 한번 움켜쥔 놈도 죽고, 입 한번 맞춘
놈은 물론 그녀를 한번 슬쩍 보고 자위한 놈까지 죽어 나간다. 그러
다 보니 평안도 일대에 남자의 씨가 마를 지경이다. 모든 남자가 옹
녀에게만 달려드는 것도 그렇지만 이렇게 죽어 나가서야 다른 여자
들은 살 도리가 없다. 결국 그들은 옹녀를 쫓아낸다.

쫓겨난 옹녀는 한바탕 욕을 걸쭉하게 해대고는 삼남지방으로
내려가다가 도중에 변강쇠를 만난다. 이름은 물론 생긴 것도 정력
이 장난 아니게 생긴 것이 딱 궁합이 맞아 보였다. 두 사람은 만나자
마자 벌건 대낮에 한길에서 질펀하게 정사를 벌인다.

아마도 옹녀는 오랜만의 달콤한 만족감을 느꼈을 것이다. 게다
가 변강쇠가 죽지 않았다는 사실에 안도도 했을 것이다. 옹녀는 변
강쇠와 같이 살기로 작정한다. 사실 다른 선택은 애초부터 없었다.
죽지 않은 남편이 그밖에 없으니 어쩌겠나. 그녀는 변강쇠를 그야
말로 하늘이 맺어준 천생연분이라 생각하고 산다.

그런데 사는 게 사는 게 아니다.

옹녀가 갖은 애를 써서 술장사를 하고 날품팔이를 해서 돈을 모
아놓으면 변강쇠 이놈이 가져다가 장기, 쌍륙, 골패 놀음으로 홀라
당 날려버린다. 그 정도면 그래도 괜찮다. 아예 옷을 잡혀서 술을 마
시고 때때마다 쌈질하고 틈만 나면 계집질하기로 세월을 보낸다.

보다 못한 옹녀가 산골로 들어가서 논밭을 일구는 것이 어떠냐고 달래자 변강쇠는 선뜻 그러기로 한다. 도시에선 도저히 안 되겠다고 생각해 산골로 들어왔지만 산골로 들어간다고 바뀔 고놈의 성정이 아니었다. 변강쇠는 평생 일이라곤 해본 적이 없는 천하의 놈팡이였다. 말 그대로 '낮이면 잠만 자고 밤이면 배만 타니' 옹녀 입에선 한숨이 절로 나왔다.

어느 날 옹녀가 나무라도 해서 장에 내다팔면 되지 않느냐고 어르고 달래서 변강쇠를 나무하러 보낸다. 그런데 이놈은 그 일마저 귀찮고 싫었다.

"발이 아파 죽것는디 저 높은 절벽을 어떻게 올라가? 손이 아파 죽것는디 억새풀 가시넝쿨을 잡으라고?"

게다가 나무를 한 짐 해서 지게를 질 생각을 하니 어깨까지 욱신욱신 아파 오는 것이 아닌가. 변강쇠는 '에라 모르겠다' 하고 깨끗한 샘물가에 가서 도시락을 홀랑 까먹고는 그냥 늘어지게 자버린다. 산이 떠나가라 코를 골며 자다 깨보니 하늘에 별이 총총한 데다 저녁 이슬까지 내린다. 그러자 벼룩이도 낯짝이 있다고 놈도 민망스럽기는 했는지 '요새 해가 왜 이리 짧아? 빈 지게로 가면 계집년이 방정 떨 텐데…' 하며 내려오다 보니 눈앞에 장승이 떡 서 있는 것이 아닌가.

장승은 마을의 수호신으로 모시는 것이지만 천하의 잡놈 눈엔 그저 나무로 보일 뿐이다. 변강쇠는 그 장승을 빠개서 지게에 짊어지고 돌아간다. 그것을 본 옹녀는 경악한다. 벌받는다며 다시 가져다 세워놓으라는 말에 이놈이 호통을 친다.

"한 집안의 어른은 가장이다. 가장이 관할하는 일에 계집이 무슨 요망한 소리냐?"

주로 밖에서 무능한 사람이 집안에서 큰소리치며 가장이 어떠니 떠든다고는 하지만 놈이 말하는 품을 보니 힘만 되면 두들겨 패주고 싶을 지경이다.

아무튼 옹녀의 말에 더 성질이 난 변강쇠는 도끼를 들고 달려나가 장승을 쾅쾅 패서 군불을 왕창 때고는 더운 방안에서 훌떡 벗고 만날 하는 일을 걸쭉하게 치른다. 그러고는 쿨쿨 자버린다. 옹녀는 기가 막혀 이제 한숨도 나오지 않을 지경이다.

결국 이 일로 사달이 난다. 변강쇠는 장승의 저주로 온 구멍에서 피를 토하며 죽고 만다. 그렇게 옹녀는 다시 혼자가 된다. 생각해보면 차라리 혼자가 낫다. 서방이라고는 전혀 서방 같지 않은 자와 사는 것보다는 말이다.

남자의 무능이 아내만이 아니라 자식에게까지 영향을 미치면 좀 심각하다. 어찌 됐든 결혼이야 서로 좋아서 한 것이니 그 선택에 어느 정도 책임이 있다지만 자식은 제가 좋아서 태어난 것이 아니니 말이다. 또 무능한 남편은 떠나버리면 그만이지만 무능한 아버지는 외면할 수도 버릴 수도 없으니 난감하기 그지없다. 옛날이야기 속에 무능함으로 유명한 대책 없는 아버지가 하나 등장한다. 그는 딸 하나를 두는데 천하의 효녀라고 자손만대 칭찬한다. 그 아버지의 이름은 심학규다. 그래 〈심청전(沈淸傳)〉의 그 심 봉사 말이다.

그가 눈이 안 보이는 장애 때문에 어렵고 곤궁하게 사는 것은 어쩔 수 없는 일이다. 벼슬할 수도 없는 노릇이고 부모가 남긴 유산이 없으니 가세가 점점 기우는 것도 당연하다. 그러니 부인 곽 씨가 삯바느질 같은 허드렛일로 입에 풀칠을 하는 것을 안쓰러운 심정으로 보지 않을 수 없다. 하지만 그다음이 문제다.

곽 씨가 딸 심청을 낳고서 산후병으로 죽자 상황은 막막해진다. 어떻게 심청이 그 정도까지 컸는지 그저 신기할 따름이다. 다행히 심청은 철이 일찍 들어 아버지를 봉양한다. 하지만 심 봉사가 문제다. 그는 제 처지와 상황은 생각지 않고 일을 저지른다. 눈을 뜬다는 말에 혹해 덜컥 공양미 300석을 약속하고 만 것이다. 물론 눈뜨는 것이 평생의 소원일 것이다. 그 처지가 아니면 그 고통과 괴로움을 짐작할 수도 없다. 심 봉사의 간절한 소망과 바람을 모르는 것은 아니다. 하지만 아무리 그래도 감당할 수 없는 문제를 만들어냈다는 사실은 변하지 않는다. 심하게 말하자면 이렇다. '그래 네 눈은 뜬다 치자. 그래서 그다음은 어떻게 할 건데?' 사실 눈을 뜬다고 해서 공부도 하지 않았는데 당장 벼슬을 할 것도 아니고 눈을 떴다고 사람들이 여기저기서 나타나 도와줄 것도 아니다. 그냥 눈을 떴을 뿐이다. 단지 그뿐이다.

하지만 그 무책임한 약속으로 인해 결국 심청은 결국 자기 몸을 팔게 되고 심 봉사 자신은 그나마 심청의 동냥으로 먹고살던 호구지책(糊口之策)까지 막연해진다. 절에 시주로 공양미 300석을 보내고 뱃사람들이 조금 남겨준 것으로 그럭저럭 먹고살지만 들어오는 것은 없고 나가기만 하니 그것마저 곧 떨어질 것이다. 그러면 꼼짝없이 그대로 죽을 판이다. 이젠 삯바느질할 부인 곽 씨도 없고 일해 주고 먹을 걸 얻어올 딸 심청도 없으니 말이다.

뱃사람들이 남겨준 재물을 탐낸 뺑덕어멈이 잠시 그에게 들러붙었다가 단물을 다 빼먹고는 도망쳐버린다. 뺑덕어멈은 황성에서 맹인 잔치를 한다는 소리를 들은 심 봉사를 따라 황성으로 가는 길에 한 주막에 머물게 되는데 평소 뺑덕어멈이 음탕하여 서방질을 잘한다는 소리를 들은 황 봉사란 자가 그녀를 꾄다. 뺑덕어멈은 이렇게 생각한다.

'내가 심 봉사 따라 황성에 가봐야 소경이 아니니 잔치에는 참석을 못하겠고 거기서 돌아온다 해도 심 봉사 형편이 더 나아질 것도 아니니 차라리 황 봉사를 따라가면 말년 신세는 넉넉하겠다.'

그렇게 집안 형편이 넉넉하다는 황 봉사를 따라 야반도주를 해버린다. 물론 뺑덕어멈이 심 봉사에 들러붙어 단물을 다 빼먹은 것이나 앞 못 보는 소경 남편을 황성까지 데려다주지는 못할망정 중도에 헌신짝 던져버리듯 달아나는 것은 나쁜 짓이다. 하지만 뺑덕어멈의 속생각은 심 봉사 같은 남자와 사는 여자의 마음을 단적으

로 보여준다. 자기 몸을 쉬지 않고 움직여야 남편을 먹여 살릴 수 있
는 처지니 그 누가 탐탁하게 생각하겠는가. 곽 씨처럼 훌륭한 부인
이 아니라면 누구도 버텨내지 못할 것이다. 미래는 없고 오직 눈앞
에 끝없이 쌓이는 일과 자꾸 늘어나는 가계 부담이 어깨를 한없이
눌러댔을 것이다. 둘이 힘을 합해 살아도 힘든 세상인데, 남편이라
고는 장애인에다 주책이 10단이니 속을 무던히도 끓였을 터이다.
어쩌면 곽 씨 부인이 젊은 나이에 심청을 낳다가 난산(難産)으로 죽
은 것도 평소에 하도 고생을 해서 몸이 약해진 것은 아닐까, 하는 고
얀 생각이 들기도 한다.

어느 섹스중독증
환자의 핑계

언젠가 어떤 유명한 분이 이런 말을 공개적으로 한 적이 있다.

"서울역의 노숙자들에게 점심을 나눠주지 말자."

하루 한 끼 무료급식으로 목숨을 이어가는 노숙자들에게 그것
을 주지 말라는 말은 죽으란 말이나 다름없다. 뭔가 특이하면 일단
흥분하는 것이 소명인 듯이 착각하는 사람들에게 엄청난 비난에 시
달릴 만한 위험한 발언이었다. 실제로 앞뒤 문맥 잘라버리고 이 구
절만 떼어내서 한동안 떠돌아다니기도 했다. "먹을 것을 주는 사람

들의 손을 부끄럽게 만드느냐?"부터 "네가 뭔데 자원봉사 하는 사람들을 모욕하느냐?"까지 다양한 비난이 쏟아졌다. 한마디로 사랑과 애정으로 사회의 약자들을 돕는데 가만히나 있을 것이지 왜 초를 치느냐는 논조였다. 그러나 비난은 이내 사그라졌다. 그 말을 한 분이 평생 그런 약자들을 위해 살아왔다는 사실이 널리 알려졌기 때문이다. 그분이 하고 싶었던 말은 실제로 이랬다.

어느 날 그분이 서울역에 가서 노숙자들에게 먹고 입고 자는 것까지 모두 다 제공할 테니 일하러 가자고 했단다. 물론 노동에 대한 급여는 따로 챙겨 받고 말이다. 그분이 일자리를 일부러 만들어서 어렵게 제안한 것이었다. 하지만 어느 누구도 일하러 가겠다고 따라나서는 사람이 없었단다. 그냥 하루 한 끼 먹고 누워서 자다 깨다 하면 되는데 귀찮게 몸을 움직이기 싫다는 것이었다.

일단 한번 부끄러움을 무릅쓰니 타인의 시선으로부터 자유로워진 것이다. 돈을 버는 것도, 뭔가를 성취하는 것도, 내일을 고민하는 것도, 다 귀찮아진 것이다. 그야말로 먹고 자는 동물적인 본능만이 그들의 유일한 관심사였던 것이다. 예의니 염치니 꿈이니 희망이니 하는 것이 들어갈 자리가 없었다.

무능이 무기력이 되는지 무기력이 무능이 되는지 그 선후는 모르겠지만 둘은 거의 동시에 나타나는 것 같다. 처음이 힘들지 일단 한번 경계선을 넘고 나면 아무것도 아니다. 때론 '왜 이렇게 쉬운 것을 몰랐지?'라며 지난날 기껏 몇 푼 벌겠다고 비지땀을 흘렸던 것이 한심스러워지기까지 한다. 변강쇠가 꼭 이렇다. 이런 자들의 부인은 그야말로 버텨낼 재간이 없다. 아무리 사랑해도 불가능하다. 하늘이 내린 끝내주는 연분도 이건 못 버틴다.

한번 옹녀의 입장이 돼보시라.

변강쇠와 옹녀가 찰떡궁합인 것은 틀림없는데, 그 둘의 속사정을 곰곰이 따져보면 옹녀는 속이 썩어 문드러질 지경이다. 절륜한 것도 좋고 다른 남자들처럼 죽지 않은 것도 좋지만 변강쇠는 도무지 일을 안 한다. 자신은 먹고살려고 몸까지 팔며 돈을 벌어 오는데 그걸 노름으로 홀라당 날려버리는 남편이란 작자를 보며 옹녀는 무슨 생각을 했을까? 밤마다 엎어놓고 그저 덮치기만 하려는 강쇠를 보고 무슨 맘이 들었을까? 첫 만남처럼 흥분되는 감동의 밀물이 밀려들었을까? 알 수 없지만 아마도 옹녀의 성적 쾌락은 점점 시들거렸을 것 같다. 그러면서도 옹녀는 섹스를 멈출 수 없었는데 그건 변강쇠가 발정난 수소마냥 씩씩거리며 날마다 달려들었기 때문이다. 이러니 옹녀에게 날마다 벌이는 섹스는 향연이 아닌 지루하고 밋밋한 때로는 괴롭기까지 한 피곤한 노역일 뿐이었다.

좋다. 그렇다면 변강쇠는 속되게 말해 끝내주게 좋았을까? 잘 생각해보면 그렇게까지 좋았을 것 같지는 않다. 물론 밤마다 옹녀의 배를 타기는 했다. 하지만 그렇게 배를 타는 것이 무슨 목적이었을까? 주체할 수 없는 성욕 때문이었을까? 뻗쳐오르는 정욕의 분출을 위해서였을까? 워낙 '강'한 '쇠'이니 그랬을지도 모른다. 아내가

몸을 팔든 먹을 게 있든 없든 삶의 의미고 감성이고 하는 것 따위는
필요 없고 그냥 삽입, 피스톤, 분출, 그것이 전부였을지도 모른다. 정
말 그렇다면 그 대상이 꼭 옹녀일 필요는 없다. 그 누구여도 상관없
다. 심하게 말해 그냥 성기를 가진 그 누구, 아니 그 어떤 것이어도
상관없다. 아니라고 변명할지 모르지만, 사실 변강쇠는 그렇게 옹녀
를 대했다. 사연 없이, 맥락 없이, 생각 없이 말이다. 이러니 배려 같
은 고상한 감정이 그에게 있을 리 없다. 이런 변강쇠의 행위는 섹스
중독증 환자의 모습 그 자체다. 단지 '하기' 위해 '하는' 행동을 할
뿐이었다.

대체 변강쇠는 왜 이렇게 섹스에 탐닉하는 중독증 환자가 되었
을까?

어떤 중독이든 중독자에게 그 이유를 물으면 아마 이유를 수백
가지는 댈 것이다. 그리고 사실 그 이유들이 어느 정도 맞기도 하다.
다 합해놓으면 정말 중독에 빠질 만도 하다. 하지만 중독자들이 놓
치는 최대 지점은 바로 중독의 이유가 자기 자신에게 있다는 것이
다. 왜 중독이 되었는지보다 더 중요한 것은 정말 중독에서 벗어날
의지가 있느냐의 문제다. 번번이 갱생에 실패하는 이유가 중독자
자신에게 있다는 점을 그들은 스스로 외면해버린다.

변강쇠가 그렇게 일도 하지 않고 빈둥거리며 사고만 치는 것도
그가 핑계 댄 대로 어느 정도는 타당하다. 어려서 공부하지 않아 배
운 것도 없고, 뭔가 만들어낼 만한 손재주도 없고, 장사를 할 만한 밑

천도 없다는 그 말이 모두 거짓으로만 들리지는 않는다. 어느 정도 사실이다. 변강쇠는 사회적 하층이고 소외층이었다. 그가 뭔가를 할 수 없었던 것은 일정 부분 사회 시스템의 문제이기도 하다.

얼마 전 영국의 수상을 지냈던 어떤 분이 돌아가셨다. 그분은 사회적으로 가난한 자는 그 자신이 노력하지 않아서 그렇게 가난한 것이라는 철두철미한 생각을 지닌 분이셨다. 그래선지 그분은 나라를 다스리는 내내 철저하게 그런 사회적 소외층을 격파(?)하는 데 조금도 망설이지 않았다. 그분은 정말로 이렇게 믿었기 때문이다.

'네가 못사는 이유는 네가 노력하지 않아서야.'

그분의 놀라운 신념은 당신은 시도해서 성공하지 않은 적이 없었기에 더욱 강력해졌다. 그분은 열심히 노력하는 족족 해당 성과를 얻었기에 그렇게 꽉 믿었다. 그분 말씀이 틀린 말은 아니지만 정답이라고 할 수는 없다. 왜냐하면 누구나 노력한다고 다 되는 것이 결코 아니기 때문이다. 죽도록 노력해도 안 되는 일이 정말 있기 때문이다. 아마 공부하는 학생들에게 다음처럼 말하면 억울해 죽으려는 학생들이 부지기수일 것이다.

"여러분의 성적이 나오지 않는 이유는 열심히 공부하지 않아서예요."

물론 이런 말이 완전히 틀린 말은 아니지만 언제 누구에게나 똑같이 맞아떨어지는 절대 진리는 아니다. 열심히 노력해도 가난을 벗어날 수 없는 사람들이 우리 주위에 얼마든지 있다. 밤낮 공부하고 또 공부해도 성적이 만족할 만큼 오르지 않는 학생들이 정말로 있단 말이다. 이는 분명 개인의 능력, 노력 같은 것 바깥의 문제다. 사회적 출발점이 남과 다르든지, 사회의 일정 영역에 진출할 장벽이 높다든지 하는 사회적 시스템의 문제일 수 있다. 그런데도 그런 점은 조금도 지적하지 않고 모든 것을 개인의 탓으로만 돌린다면 그건 좀 야비하다. 못됐단 말이다.

확실히 변강쇠가 아무 일도 '안' 하는 것인지 '못' 하는 것인지는 심사숙고가 필요하다. 변강쇠의 말이 어쩔 줄 모르는 자의 항변인지 아니면 핑계인지 잘 따져봐야 한단 말이다. 강쇠의 말이 꼭 사회를 향한 항변이라기보다는 이것도 싫고 저것도 싫어하는 철부지 어린애의 투정으로 들리기 때문이다.

변강쇠가 하층민이고 소외층인 것은 맞다. 그가 배운 것도 없고 손재주도 없고 밑천도 물려받은 것이 없는 것도 사실이다. 그가 뭔가 해보려고 해도 할 수 없을 정도로 좌절될 수밖에 없는 정황도 분명 틀림없다.

하지만 그가 간과한 것이 있다. 아니 의도적으로 회피하고 고개 돌린 사실이 있다. 그건 자신만 배운 것이 없고 손재주가 없고 부모에게 물려받은 돈이 없는 것이 아니란 사실이다. 자신처럼 비슷한 처지의 사람들이라고 해서 다들 비관하고 자신의 삶을 내팽개치듯이 구렁텅이로 밀어버리진 않는다는 것이다. 배운 것도 없고 가진 것도 없는 옹녀는 뭐라도 해보려 했는데 그는 그저 그 옹녀의 등만

쳐먹었다. 나무 하나 제대로 해오지 않고 장승을 빼개서 가져온 것이 그가 한 일이다. 고작 그 짓거리를 한 것이다.

분명 변강쇠는 어려운 처지에 있었다. 이야기에 나오지는 않지만 어쩌면 그가 무척 많은 노력과 시도를 했을지도 모른다. 그때마다 번번이 실패하고 꺾였을지도 모른다. 하지만 그는 자신의 삶을 살아야 했다. 자신이 처한 현실을 똑바로 직면해서 돌파할 생각을 해야 했다. 그 앞에 놓인 삶은 그 누구의 삶도 아닌 바로 자신의 삶이니 말이다. 게다가 부인도 얻었지 않은가 말이다. 하지만 그는 어떻게든 자기 앞에 놓인 삶을 살아보려 애쓰는 대신 현실을 회피하고 도망치려 했다. 그렇게 그가 도망친 곳이 바로 섹스였다.

변강쇠는 오로지 성적 쾌락에만 탐닉했다. 그 순간만큼은 현실을 잊고, 자신을 잊고, 모든 것이 고양된 상태가 되니 빠져들 만도 하다. 섹스가 나쁜 것이 아니라, 그것이 도피처가 된 것이 나쁘다. 술 자체가 나쁜 것은 아니지만 술에 빠져 사리분별을 잃는 것이 옳지 않은 것과 같은 이치다. 맨정신이 들면 힘든 그들은 정신이 들려 하는 찰나에 다시 술을 찾아 술에 빠져 허우적거리는 것처럼, 변강쇠는 섹스로 도망치고 섹스에 파묻히고 그렇게 섹스에서 벗어나질 못했다. 벗어나고 싶지 않았던 것이다. 그가 비록 정력이 절륜해 남들을 놀라게 할 정도의 사람이라 해도 그는 비겁한 겁쟁이일 뿐이다. '강'한 '쇠'가 아니라 단지 못난 놈팡이일 뿐이었다. 무능하고 무기력한 핑계쟁이에 불과했다.

심 봉사의 무능함은 조작되었다?

무능이 무기력으로 바뀌는 것은 순식간이다. 그리고 일단 무기력에 빠지면 헤어나기 어렵다. 타성(惰性)은 정말 무서운 것이다. 심 봉사의 무능은 장애로 인한 것이고 그의 장애는 다른 신체적 장애보다 더 치명적인 장애라는 점에서 그의 무능은 충분히 이해할 여지가 있다. 한마디로 심 봉사는 무능하고 싶어서 무능한 것이 아니었다. 그는 무능할 수밖에 없는 상황이었다. 그러나 그는 무능하지만 무기력하지는 않았다. 황성 맹인 잔치에 가겠다고 꾸역꾸역 황성으로 가는 것만 봐도 그렇다. 그 멀고 먼 황성을 향해 그야말로 한 치 앞도 못 보고 간다. 도중에 그는 길을 안내하던 뺑덕어멈이 도망치는 난관에 부닥쳤지만 길을 포기하지 않았다. 가다가 옷까지 홀라당 도둑맞는 봉변을 당하지만 그래도 황성으로 가서 결국 심 봉사는 눈을 뜬다. 사실 그는 황성으로 가는 동안 자신이 눈을 뜰 거라는 생각은 하지 못했다. 아니, 그런 일이 벌어질 거라고는 꿈도 꿀 수 없었다. 그냥 황성에 갔을 뿐이다. 이것 하나만 봐도 심 봉사는 무기력한 인간은 아니다. 따지고 보면 공양미 300석을 약속한 것도 뭔가 하겠다는 의지가 있었기 때문이다. 그 바람에 주위에 큰 피해를 주기는 했지만 '눈을 뜨겠다'는 욕망이 있다는 것은 인간으로서 살아 있다는 증거이다. 이래도 좋고 저래도 좋으니 그냥 한 끼 밥만 주쇼 하는 자세와는 근본적으로 차이가 있다.

정작 문제는 이것이다. 심 봉사는 장애가 있어서 무능했는데 사람들은 그를 무기력하게 대한 것이다. 장애인이 할 수 있는 일은 그야말로 아무것도 없었다. 갓난아기인 딸을 들쳐 안고 이 집 저 집 다니며 동냥젖을 먹여 키우는 것이 고작이었다. 그는 일을 할 수 있었다. 하지만 그 사회는 그가 할 수 있는 일을 줄 수 있는 사회가 아니었다. 그냥 그대로 앉아 '효성 지극한 딸의 봉양이나 받으시라'고 하는 것이 최대의 배려였다. 그것이 그를 점점 더 궁지에 몰아넣으며 무기력하게 만든다는 사실을 사람들은 알았을까? 아무도 몰랐을 것이다. 봉사 하나쯤 어떻게 되든 그 누가 신경을 쓴단 말인가. 한마디로 아무도 그를 인간으로 대접하지 않았다. 그를 인간답게 대접한 사람은 오직 한 명, 그의 딸 심청뿐이었다. 그녀에게 있어 심 봉사는 장애인이 아니라 한 명의 사람, 아버지였다.

장애인을 무기력하게 보는 시선보다 더 혹독한 것은 따로 있다. 장애를 '웃음거리'로 보는 것, 그것을 넘어 '죄'로 '악'으로 보는 눈길이 장애인을 두 번, 세 번 죽인다.

〈심청전〉은 원래 판소리로 불리던 것으로 해학과 유머가 곳곳에 넘친다. 그런 웃음 속에서 심 봉사는 지지리도 궁상맞은 남편, 한심한 가장으로 그려진다. 확실히 심 봉사는 멋지고 바른, 그래서 마땅히 존경받아야만 하는 아버지, 남편, 가장의 전형은 아니다. 뺑덕어멈의 일탈과 괄시가 그리 밉살스럽게 느껴지지 않는 근본 이유는 심 봉사가 버림받을 만한 못난 남편이기 때문이다. 모자란 남편, 가부장답지 못한 남편, 자식을 팔아먹은 무능한 남편, 소경인 남편, 그래서 소위 '병신 담론'이 가능한 남편이기에 이 모든 것이 이야기 속에서 희화적(戱畵的)으로 그려질 수 있었던 것이다. 그는 낄낄 웃기에 딱 좋은 먹잇감이었다.

이런 담론은 장애를 단순히 불편함으로 보지 않는다. 당연히 웃음거리를 넘어 악으로 보게 한다. 〈피터 팬〉의 후크 선장이 악의 상징인 갈고리를 달고 등장해 아이들을 위협한다. 대부분의 이야기는 장애인을 곧 악한으로 규정할 정도로 분명하게, 또 자주 이미지화한다. 이야기에 등이 굽은 흉측한 노파가 나온다면 백발백중 마녀 아니면 아이들을 잡아먹는 괴물이다. 외다리를 끌고 배 위를 절뚝거리며 돌아다녔던 〈보물섬〉의 존 실버가 결국 해적일 수밖에 없었던 것도 같은 이치다.

따지고 보면 후크 선장도 존 실버도 장애인인데 우리는 그들을 그렇게 보지 않는다. 후크 선장을 잡아먹으려고 줄기차게 쫓아다니는 동물이 있는데 바로 악어다. 그 악어가 다른 사람도 있는데 꼭 후크를 먹겠다고 달려드는 이유는 후크의 맛(?)을 보았기 때문이다. 그의 한쪽 손과 한쪽 발을 먹었기 때문이다. 물론 그 손과 발을 잘라 악어에게 던져준 자는, 그렇다 바로 피터 팬이다. 잠시 멍해진다.

"후크 선장이 악한 짓을 해서 그런 거잖아."

맞다. 그래서 피터가 그렇게 한 것이 맞다. 하지만 우리는 이야기를 읽는 동안 주인공 피터 팬의 몹쓸 행동은 잊고 후크의 섬뜩함과 절뚝거림만 기억한다. 그리고 그 속에 장애를 입은 자의 곤혹스러움을 묻어버린다. 아니라고? 그렇다면 조금 전까지만 해도 후크 선장이 장애인이었단 사실을 알아채지 못했던 스스로를 생각해보시라. 그의 이름이 된 갈고리[hook]를 보고 장애에 대한 안타까움보다는 두려움과 혐오의 감정을 발산했던 것을 떠올려보시란 말이다.

수전 손택(Susan Sontag, 1933~2004)의 말처럼, 장애가 악으로 받아들여지는 근본 이유는 한마디로 장애는 형벌이고 그 원인에 죄가 있다는 관념이 깔려 있기 때문이다. 장애는 형벌이기에 장애인은 죄인이고 쉽게 악인으로 기능한다고 믿는다. 그리고 이런 말도 안 되는 논리는 마치 천하의 당연한 이치처럼 퍼지고 확산된다.

〈심청전〉은 심 봉사가 시각 장애를 안고 태어난 이유를 이렇게 죄 때문이라고 설명한다.

용왕이 빙그레 웃으며 심청에게 말했다.

"너는 전생에 초간왕의 딸로 서왕모(西王母)의 요지(瑤池) 잔치에 술을 맡아보았다. 그런데 노군성과 사사로운 정이 있어 그에게만 술을 많이 먹여 결국 잔치 술이 부족하게 되었다. 이를 아신 옥황상제(玉皇上帝)께서 노하셔서 벌을 내리신 것이다. 술 훔쳐 먹은 죄로 노군성은 인간 세상에 내려가 빌어먹게 하시려고 그 눈을 멀게 하시고, 술을 건넨 너는 고생하며 그를 위해 빌어먹게 하신 것이다."————————————————————

결국 장애를 안고 태어난 심 봉사는 무기력하지 않아도 무기력하게 살라고 사회가 강요한다. 장애는 죄로 인한 형벌이고 악이니 그렇게라도 목숨을 부지하는 데 고마워하라는 것이다. 그러니 인간으로 대접하는 사람이 없을 수밖에 없다. 인간이 아니라고 보니까 말이다.

정말 억울한 점은 이것이다. 무엇을 해도 장애인은 정당한 평가를 받지 못한다는 것, 아무리 좋게 봐도 흥부는 가부장답지 못한 가부장이었고 변강쇠 역시 남편이라기보다는 기둥서방이었다. 하지만 흥부나 변강쇠를 두고 남편답지 않다고 보는 시선은 정말 드물다. 흥부는 악독한 형 놀부에게 희생당한 불쌍한 동생이란 측면이 앞서고 변강쇠는 기존 사회 질서에 편입하지 못한 유랑민의 애환이 묻어난 인물이라는 동정표가 던져진다.

하지만 심 봉사에게는 아무것도 없다. 딸의 지극한 효성으로 기적적으로 눈을 뜨게 되는 것은 물론 행복한 결말이지만 그 덕분에 심 봉사를 무능하게 보는 시선이 사라지지는 않는다. 여전히 딸의 노력과 고생에 무임승차한 무능한 인간일 뿐이란 시선이 따갑게 내리쪼인다. 무기력과 무능이 체화되어 자존감까지 완전히 상실한 흥부나 변강쇠보다 끊이지 않는 봉변에도 불구하고 황성까지 이를 악물고 올라간 심 봉사가 훨씬 더 인간답지만 그런 것을 제대로 보아주지 않는다. 슬프게도 정당한 대접과 평가는 다음 세상에서야 가능할지도 모르겠다.

그 많던 흥부의 자식들은 어떻게 되었나

사람들에게 "왜 결혼하는가?"를 물으면 이런저런 대답을 하지만 결국 하나로 모아진다. 행복하기 위해서 한다는 것이다.

행복이란 말이 주는 달콤한 어감과 달리, 사람들이 바라는 구체적인 상황이 제각각이라는 것이 문제다. 좋은 차나 좋은 집은 없어도 여행을 자주가야 행복하다고 생각하는 아내가, 직장말고는 집밖에 나가기 싫어 하루 종일 게임만 붙들고 있는 남편이 같이 산다면 참 힘들 것이다. 시래기국에 찬밥을 나눠 먹어도 함께만 있으면 세상을 얻은 듯하다고 느끼는 아내가 회사일로 밤낮 외근에 출장을 가는 남편과 살기도 역시 괴로울 것이다. 직장만 다녀오면 못 보던 물건들이 여기저기 쌓여 있고 통장에서는 돈이 술술 빠져나가는 것을 보는 남편이 인터넷쇼핑에 빠져 아이들 밥조차 챙기지 않는 아내에게 사랑을 느끼기란 정말 힘들 것이다.

행복하기 위한 결혼이 불행하게 끝나는 이혼은 그래서 아픔이 크다. 그렇다고 무기력한 흥부와 무능한 변강쇠와 계속 살 수는 없다. 좋아서 만났지만 더 좋기 위해 갈라서는 것이다. 이혼은 좋은 것이 아니지만 그 누구도 억지로 살라 할 수는 없다.

엄밀하게 말해서 흥부도 변강쇠도 이혼당하지는 않았다. 버림받기 전에 제비 다리가 부러졌고 장승을 땔감으로 만들다 죽었기에 버림받지 않았을 뿐이다. 만약 제비도 장승도 없어서, 결국 그들의 못 봐줄 행태가 죽 이어졌다면, 그들의 처는 결국 떠나고 말았을 것이다.

버림받은 그들이 스스로를 뭐라 한탄하며 떠난 아내를 뭐라 비난할지 모르지만, 그들이 버림받은 이유는 그들의 무능 때문은 결코 아니다. 무능하면 채워주면 된다. 실수하면 고쳐주고 넘어지면 도와주면 된다. 그러려고 결혼한 것이다. 부족을 감싸주고 두둔하려고 결혼한 것이란 말이다. 분명 그 착한 처들은 그렇게 했을 것이다. 그들이 버림받는다면 직장이 없어서도 아니고 돈을 잘 벌어오지 못해서도 아니다.

이유는 그들의 무기력 때문이다. 그 어떤 것도 해보려 하지 않는 게으름 때문이다. 이건 어떤 수를 써도 안 된다. 두 손 두 발 다 들 수밖에 없게 된다. 일방적으로 받으려고만 하니 정말 대책이 없는 것이다.

고약한 상상을 해보자. 변강쇠가 장승 귀신들에게 죽지 않고, 흥부에게 제비가 오지 않아 계속 그렇게 살았다면, 그래서 부인들에게 버림받았다면, 그다음은 어떻게 될까?

변강쇠는 버림받아도 자식이 없으니 헤어지면 그만이라지만, 흥부의 그 많은 자식은 어떻게 할 것인가? 꼴에 가장이랍시고 흥부가 모두 데리고 갈까? 아니면 부인에게 죄다 맡기고 홀홀 나가버릴까? 좋다. 누가 키우든 그 자식들이 어찌어찌 자랐다 치자. 그다음은 어떻게 될까? 그 많던 흥부의 자식들은 커서 잘들 살까?

사람의 미래야 알 수 없고 함부로 말할 것도 아니지만 그들 역시 그 아버지를 쏙 빼닮지는 않을까. 콩 심은 데 콩 나고 팥 심은 데 팥 나는 법이니 그러지 않을까. 아버지라고 보여준 것이 무능과 무기력뿐인데 대체 뭐가 나오길 바란단 말인가.

경제적으로 어렵고 힘든 나라에 가면 종종 그런 경우를 보게 된다. 무기력이 무기력을 낳아 자자손손 이어지는 것을 말이다. 자신이 결코 무능하지 않다는 것을 알 수도, 또 알고 싶지도 않은 아이들, 그저 당장 눈앞에 먹을 것을 향해서만 아귀다툼하는 아이들을 정말 많이 보게 된다. 절대 무능하지 않을뿐더러 노력하면 자신의 능력을 펼칠 수 있지만, 노력해야 한다는 것을 아예 배운 적이 없는 아이들을 보고 있자면, 내 건방진 슬픔이 슬며시 분노가 되어버린다. 그렇게 아이들을 만든 대책 없는 사람들을 향한 분노가 가라앉질 않는다.

심청이 그토록 야무진 것은 그 아버지인 심 봉사 덕분이다.

눈먼 아버지가 그토록 열심히 황성을 향해 올라갔던 것처럼 끈질긴 의지가 그녀에게 있었던 것은 그녀가 어려서 보고 듣고 겪은 삶 덕분이다. 동냥젖을 먹여 자신을 키워준 것에 대한 보응만이 아니라 그렇게라도 살아야 한다는 처절하지만 숭고한 삶의 가르침이 그녀를 그녀답게 만든 것이다. 그래서 심청은 어린 나이에도 온갖 허드렛일을 마다하지 않는 똑순이 가장이 되었다.

이러니 흥부와 심 봉사는 차이가 나도 너무 난다. 숫자만 많지 하등에 도움이 안 되는 줄줄이 알사탕 같은 흥부의 자식들과 단 한 명이라도 강단 있고 당찬 심청은 하늘과 땅 차이다. 한마디로 심청은 자기 몸을 인당수에라도 던져서 뭔가 돌파구를 마련하려 했지만 그 많은 흥부의 자식들은 제 아비어미를 위해 품팔이 하나 나간 놈이 없다. 그저 입만 놀리며 밥타령만 했던 것이다. 그중에 분명 심청보다 더 나이 많고 힘이 센 놈도 있었을 테고, 여성인 심청이 활동하는 것보다 훨씬 더 자유로운 남자 놈들도 있었을 텐데 말이다.

이러니 이런 생각이 들지 않을 수 없는 거다.

'아하, 그놈들이 커서 변강쇠가 되는 거구나.'

가장은 무엇으로 사는가

그럼에도 불구하고 앞을 못 보는 장애보다는 차라리 무능하다 못해 무기력이 체화된 흥부가 낫고 기둥서방 변강쇠가 낫다는 생각이 우리 머릿속에 뿌리 깊게 자리잡고 있다. 그래서 흥부는 가장이랍시고 이런저런 말을 했고, 변강쇠는 가장 운운하며 장승을 퍽퍽 패서 분질러버렸다. 하지만 가장인 심 봉사가 뺑덕어멈에게 놀림받을 때 아무도 그것을 이상스럽게 여기지 않는다. 한 웃음거리로 낄낄거리고 지나가버린다. 장애인이기에 남자답지 못하고 가장답지 못하다고 판단한 것이다. 마땅히 타자화되어야 할 존재들에 대해서는 너그럽고, 인간답게 대우해야 할 존재는 철저히 타자화시켜 조롱하는 것이다.

그러니 공양미 300석에 부처님이 감동하신 것이 정말 다행이지 않을 수 없다. 심 봉사가 눈을 떴으니 정말 다행이란 말이다. 황후의 아버지가 되어도 여전히 장애인이었다면 결코 행복할 수 없었을 것이다. 아무리 황후의 아버지라 해도 받게 될 멸시의 눈총보다는, 차라리 예전의 누추한 초가집에서 자신을 아버지로 보아주는 착한 딸 청이와 함께 인간다운 시선을 받으며 사는 것이 훨씬 나았을 테니 말이다.

말로는 겉으로 보이는 장애보다 마음의 장애가 더 심각하다고 온갖 호들갑을 떨어도 현실은 냉정하다. 흥부와 변강쇠는 마음에 심각한 장애를 지닌 자들이지만 아무도 심 봉사보다 더 문제적이라고 보질 않았다.

왜 이럴까?

바로 그 장애가 눈에 보이지 않기 때문이다. 신체적 장애처럼 외부로 드러나 구별되지 않기 때문에 실상 더 심각할지라도 알아보지 못하는 것이다.

2차 세계대전 때 유태인을 대량 학살한 홀로코스트 전범 아돌프 아이히만의 전범 재판에 참석했던 한나 아렌트(Hannah Arendt, 1906~1975)는 그를 보고 깜짝 놀랐다. 아이히만은 아무리 봐도 도저히 그런 엄청난 짓을 저지른 자로 보이지 않더란 거다. 인간을 무차별적으로 학살했다면, 머리에 뿔난 빨간 괴물까지는 아니어도 일반인과는 다른 그 어떤 악마성이 보여야 할 것 같은데 그렇지 않았던 것이다. 그의 모습은 조금도 도착적이거나 가학적으로 보이지 않았고, 오히려 성실하고 평범하고 책임감 있는 가장의 모습이었다는 거다.

"나는 단지 명령받은 일을 성실히 수행했을 뿐이오."

자신의 의지로 수백만 명의 유태인을 죽였다면 양심의 가책을 느꼈을 테지만, 이는 모두 상관의 명령이었고, 국가의 명령을 수행하겠다고 서약한 공직자로서 그 의무에 따라 자신의 의지와 상관없이 명령을 받든 것으로 자신은 무죄라는 아이히만의 말에, 한나 아렌트는 그 유명한 '악의 평범성(banality of evil)'을 지적하며, 아이히만은 다른 사람의 처지를 생각할 줄 모르는 '생각의 무능'에 빠져 있기에 유죄라고 단정했다. '생각의 무능'이 '말하기의 무능'을 낳고, '행동의 무능'을 낳았다는 것이다.

생각하지 않고 고민하지 않는 무능함이 모든 문제의 시작이지만, 그 무능은 늘 쉽게 은폐된다. 상황과 입장을 내세운 사변적이고 논리적인 핑계를 대기 때문이다.

'핑계'란 자기 아닌 것들을 들먹일 때만 성립한다. 자기 빼고 나머지 것들을 '탓'하는 것이 핑계다. 사람들이 핑계 대기를 멈추지 않는 이유가 여기에 있다. '내 탓이 아니라 죄다 남들 때문이니 내 잘못은 없다'는 안도감이 자신을 편안하게 해준다. 일을 그르쳐도 결과가 참담해도 어떻든 내 잘못은 아니니 괴로워할 필요가 없다는 방어기제(defence mechanism)가 자기불안을 감춰주는 것이다.

핑계는 모든 것이 단지 핑계로'만' 끝난다는 것이 가장 나쁘다. 세상이 문제고, 사회가 문제고, 부모가 문제고, 하다못해 옆집 사는 그 남자가 문제라고 불평하는 것으로만 끝나기에 정말 문제인 것이다. 물론 그들 잘못도 있다. 국가도, 사회도, 정치도, 정말 그 망할 놈(?)의 옆집 남자가 문제인 것도 맞다. 하지만 핑계 대는 사람은 정말 하나도 문제가 없는 것인가?

핑계의 심각함은 자기 자신'만' 못 보게 만드는 깜깜이 시력이 점점 더 나빠진다는 거다. 바깥은 끝내주게 분석하고 문제점을 콕 잡아내지만 자신은 쏙 빠진다. 그렇게 자기 행위의 잘못을 못 보는 것과 함께 '자기 노력', '자기 열정'의 중요함도 못 보는 것은 치명적이다. 여기까지 오면 되돌이킬 방법이 없다.

자기가 마땅히 해야 할 것은 하지 않고 남 탓만 줄줄이 늘어놓는

뻔뻔한 멍텅구리가 된다. 어떤 경우든 핑계쟁이는 '인정함'이 없다. 전범 재판에서 아이히만이 그랬다. 변강쇠도 그랬고 흥부도 그랬다. 입만 열면 말을 산더미처럼 쏟아놓을지 몰라도 그 가운데 스스로 인정하는 부분은 없다.

어설픈 바보들은 그런 번지르르함에 잘도 속아 넘어간다. 모두 다 한나 아렌트 같지는 않으니 말이다. 그리고 이 어설픈 바보들에게도 겉으로 외현화된 장애는 잘도 보인다. 이것이 마음에 심각한 병이 든 흥부나 변강쇠보다 신체적 장애를 지닌 심 봉사가 부정적으로 보였던 이유다.

남 말할 것 없다. '생각의 무능'에 빠진 어설픈 바보가 나는 아니라고 장담할 수 없으니 말이다.

7관

은폐된 패륜

손순매아 · 헨젤과 그레텔 · 장화홍련전

찢어지게 가난한 집안이 있다. 부부와 어린애 하나 그리고 시어머니 한 명인 가족은 입에 풀칠하기도 바쁘다. 품팔이로 근근이 살아가는데 밥을 먹을 때마다 사단이 난다. 철없는 어린아이 놈이 할머니 밥상에 있는 음식을 날름날름 먹어대는 것이 아닌가. 하루이틀도 아니고 속이 상한 남편이 처에게 말한다.

"자식은 또 낳을 수 있지만, 어머니는 한 분뿐이오."

틀린 말은 아니다. 하지만 다음 말에 귀를 의심하지 않을 수 없다.

"우리 이 애를 묻어버립시다."

깜짝 놀랄 말이다. 그런데 농담이라기에는 목소리가 너무 진지하다.

어머니의 정은 아버지보다 더 질기고 깊다는데…. 그러나 여자는 어머니보다는 며느리와 아내가 되기로 한다.

"좋아요."

그 남편에 그 처, 그야말로 부창부수(夫唱婦隨)다.

부부는 애를 업고 냉큼 산으로 올라간다. 황당한 상황에 혹시 계모가 아닐까 의심이 들기도 한다. 하지만 아니다. 여자는 친모가 분명하고 남자도 친부가 틀림없다. 그렇다고 무슨 마약에 빠져 제정신이 아닌 상태도 아니다.

무슨 상황이 벌어질지도 모르고 부모에게 업혀 좋다고 산을 오르는 것을 보면 아이는 사리분별도 못하는 코흘리개가 분명하다. 그래서 이야기에는 이름도 없고 성별도 밝혀져 있지 않다. 그냥 '어린 애[小兒]'다.

대부분 아이들은 예쁘고 귀엽다. 제 자식이라면 더 그렇다. 인간만 그런 게 아니라 동물도 그렇다. 지저분하기로 유명한 하이에나도 새끼 때는 귀엽기 그지없다. 어린애들 눈이 초롱초롱한 것은 멜라닌 색소가 어른들보다 더 많아서 그렇다고 하지만 내가 보기엔 생존 본능 탓이다. 죽지 않고 살아남으려는 본능 말이다. 정말이지 초롱초롱 빛나는 그 눈을 들여다보고 있으면 절로 사랑스러운 감정이 일어나 도둑질을 해서라도 저를 먹여 살려야겠다는 생각이 불끈 솟는다.

그런데 연쇄살인범보다 더 끔찍한 이 부모는 자기 아이의 눈도 들여다보지 않았나 보다. 생매장을 제안한 아버지라는 작자나 좋다고 동조해 따라나선 어머니란 인간이나 하나같이 똑같다. 당장 잡아 감옥에 처넣든지 정신병원에 보내서 정밀 진단을 받게 해야 할 것 같다. 정 안 되면 아이라도 뺏어 우선 살려야 한다. 급하면 총이라도 쏴서 말이다. 하지만 이야기는 그렇게 흘러가지 않는다.

끝은 정말 엉뚱하다.

애를 생매장하려고 땅을 팠는데 그 속에서 돌로 된 종이 나오는 게 아닌가. 그 종을 쳐보니 소리가 은은하게 울렸고, 그 소리가 경주에 있는 임금의 귀에까지 들렸다.

앞뒤사정을 자세히 알아본 임금이 한마디한다. 뭐라 했을까? 유아살해를 획책한 끔찍스러운 짐승 같은 인간들을 당장 잡아 가두라고 불호령을 내렸을까? 아니면 정신이 번쩍 나도록 혼내주라고 했을까? 그도 아니면 출토된 돌 종을 갖다 바치면 목숨만은 살려주겠다고 했을까? 다 아니다.

임금은 이렇게 말했다.

"지극한 효자로고!"

물론 죽을 뻔한 어린애를 향한 말이 아니다. 자식을 생매장하려 했던 아버지를 향해 근엄한 목소리로 한 말이다. 이 모두 《삼국유사 (三國遺事)》〈손순매아(孫順埋兒)〉에 나오는 이야기다.

이 황당한 아버지의 이름이 바로 '손순'이다. 〈손순매아〉는 바로 《삼국유사》의 효선(孝善)편에 들어 있다. 그러니까 《삼국유사》를 편찬한 일연(一然, 1206~1289)은 이 엽기적인 이야기를 효(孝)라고 생각했던 것이다. 손순의 매정하고 끔찍한 살인모의와 살인미수는 모두 그의 모친을 향한 효성에서 비롯되었다고 옹호된다. 노모를 향한 뜨거운 효성이 지저분한 모든 것을 덮은 것이다. 결국 손순은 이 깜짝 놀랄 효성으로 인해 잘 먹고 잘 살았다는 것으로 이야기가 끝난다.

아이는 단지 가족의 부속품일 뿐이고 그야말로 이름도 성도 없이 손순의 효행을 드러내기 위한 장식품일 따름이었다. 한마디로 땅에서 나온 돌 종만도 못한 존재였다. 언제든지 버려지고 희생될 수 있는 '물건'이었던 것이다.

어쩌면 부부는 이렇게 생각했을지도 모른다.

'까짓것 또 낳으면 되잖아. 때 되면 꾸역꾸역 나오는데, 뭘 그걸 가지고….'

그들이 없애려던 건
쥐 떼가 아니라 자식 떼다

눈살 찌푸려지는 이야기가 우리에게만 있는 것은 아니다. 어린 시절에 읽으면서 상상의 나래를 폈던, 과자로 만든 집이 나오는 《그림동화》의 〈헨젤과 그레텔(Hansel and Gretel)〉도 끔찍하기는 마찬가지다.

주눅이 든 무능한 아버지가 계모의 윽박지름에 찍소리도 못하고 전처가 낳은 아들과 딸을 숲속에 유기해버린다. 아버지란 작자가 나무한다며 숲속 깊이 아이들을 데리고 들어가서는 떼어놓고 자기만 돌아온 것이다. 물론 죽으라고 그런 것이다.

"숲? 그냥 집으로 돌아오면 되는 거 아냐? 길을 모르겠으면 시냇

물이 흘러 내려가는 쪽을 향해 죽 걸어서 말야."

이런 속 편한 소리는 우리나라의 숲을 생각하셔서 그렇다. 독일 북쪽 지역의 숲은 그냥 숲이 아니다. 독일어로 '슈바르츠 발트(Scwarzwald)'라고 하는 곳으로 번역하면 '검은 숲(Black Forest)' 정도가 된다. 그야말로 거대한 나무가 빽빽하고 울창하게 둘러싸여 있어 하늘이 보이지 않는 것은 물론이고 빛도 들어오지 않아 '검은 숲'이라고 부르는 거다. 한번 들어가면 아이들은 물론이고 어른들도 길을 찾아 나오기 쉽지 않은 무서운 곳이다. 지금도 그런데 그 옛날에는 오죽했겠는가.

아이들에게 새우깡 한 봉지를 쥐어주고 놀이공원에 버리면 미아보호소에라도 가지만, 검은 숲에 버리면 늑대의 밥이 되든지 추위와 굶주림에 얼어 죽고 만다. 아버지는 그걸 알면서도 그렇게 한 것이다.

물론 헨젤과 그레텔은 그 숲속에 있는 과자집에서 쿠키로 된 지붕과 달달한 사탕으로 된 문고리를 뜯어 먹고 살아난다. 그러다가 과자집의 마녀에게 붙잡혀 강제 노동을 하다가, 자신들을 삶아 먹으려는 마녀의 마수에서 벗어나 모진 고초 끝에 집으로 돌아온다. 끝은 해피엔딩이다.

이 이야기에서 계모가 전처의 자식을 유기해버리는 이유는 경제적 궁핍 때문이다. 흉년이 들어 먹고살기 힘들어지자 조막만 한 두 입이라도 줄이겠다는 지독한 생각을 해낸 것이다.

"계모니까 그렇지, 친모라면 그랬겠어?"

하지만 그렇게 쉽게 말할 것이 아니다.

〈헨젤과 그레텔〉의 여러 각편을 살펴보면 계모 아닌 친어머니가 나오는 이야기도 있는데, 사실은 친어머니가 버리는 것이 먼저였다. 1812년《그림동화》초판에는 친어머니였던 것이 계모로 바뀐 것은 1840년 출판된 4판부터였다. 그러니까, 흉년에 먹고살 입을 줄이기 위해 자식을 버리자고 남편을 윽박지른 사람이 헨젤과 그레텔의 친모란 말이다.

이렇게 본래는 친모였는데, 친모가 아이들을 버리는 것이 조금 꺼림칙하게 느껴지기 시작하는 시대가 되면서 슬그머니 만만한 계모로 바뀌었다는 말이다. 계모는 피 한 방울 섞이지 않았으니 자식을 학대할 만하다는 나름의 개연성을 확보한 변형이다.

어떻든 중요한 것은 친어머니가 자기 자식을 버리는 이야기가 옛날 어떤 시대에는 서로가 서로에게 읽어주고 들려주는 이야깃거리였다는 점이다. 그런 얘기를 서로 말하고 들어도 딱히 이상스레 여겨지지 않았다는 것은 종종 그런 일이 현실에서 벌어졌다는 뜻이다. 불행히도 말이다.

공장제수공업(manufacture)이 퍼지기 시작한 유럽에서는 부모가 모두 공장에 묶여 하루 종일 일하기 바빴다. 그렇다고 삶의 질이 나아지지도 않았다. 깜깜한 밤에 힘들고 지친 그들의 피로를 풀어줄 일은 그리 많지 않았기에 동서고금을 막론하고 사람들이 밤에 치르는 일로 시간을 보냈다. 그리고 아이들이 줄줄이 나왔지만 그들을 먹일 식량은 터무니없이 부족해졌다. 입 하나라도 줄여서 나머지라도 먹고살아야겠다는 잔인한 생각이 전혀 잔인하게 느껴지지 않는 상황까지 치닫는 데는 오랜 시간이 걸리지 않았다. 그렇다고 대놓고 죽일 수는 없는 노릇이다. 헨젤과 그레텔의 어머니가 숲속에 애들을 버린 것처럼, 이들도 조금 색다른 방법을 택한다.

그냥 내버려둔 것이다. 말 그대로 유기해버린 것이다. 숲이 아니라 자기 동네란 것만 다를 뿐, 버린다는 사실은 변하지 않았다.

"엥? 돌아올 수 없는 숲에 버린 것이 아니라면 아이들이 집에 찾아올 수 있는 거 아냐?"

돌아올 수 없는 장소에 버린 것이 아니라 돌아올 수 없는 상황에 처하게 한 것이다. 즉, 아이들을 죽음의 문턱 앞에 가져다 놓고 돌아선 것이다.

공장에 나가는 부모들이 아이들을 돌볼 수 없게 되자, 지금 우리가 어린이집에 애들을 맡기듯이, 마을 아이들을 모두 모아 한꺼번에 보모에게 맡겼는데 일은 거기서 생겼다.

아이들이 죽어 나갔던 것이다. 한 명, 두 명, 그렇게 죽 죽어 나갔다. 자연사망률을 상회하는 현상에 누구든 거기에 문제가 있다는 것을 알았지만, 누구도 뭐라 하지 않았다. 그냥 방치했다.

그곳에서 무슨 일이 벌어졌는지는 정확히 모른다. 말 안 듣는 아이를 보모가 엉덩이로 깔고 앉아 죽였는지, 아이가 먹을 것까지 뺏어 먹어서 아이가 영양실조로 병들었는지 등은 짐작할 뿐이다. 어떻든 그 당시 유아사망률은 엄청 치솟는다. 핵심은 부모들이 이에 대해 적극적으로 저항하지 않았다는 점이다. 자기 아이가 죽어 나가지만 여전히 날이 밝으면 다시 아이를 맡기는 것이다. 그 뒤숭숭하고 수상쩍은 곳에 말이다.

"먹고사는 게 웬수지. 일하러 나가야 하는데 그럼 어떻게 해!"

이런 마음은 지금의 부모들과 다르지 않겠지만, 요즘 부모와 달리 그 당시 부모들은 아이들을 금덩이처럼 바라보는 시각은 없었다. 어쩔 수 없다는 체념과 자위 쪽에 더 가까웠다. 아니 아이들을 그냥 물건처럼 보았다는 것이 정확한 표현이다.

숲속의 과자집에서 헨젤과 그레텔을 부려먹으며 갖은 노역을 시킨 마녀가 보모를 본으로 삼아 만들어진 것인지는 모르겠다. 하지만 그와 비슷한 일이 그 당시 마을에서 버젓이 일어났다. 그리고 다들 눈을 감았다.

근대 초 프랑스의 상황을 보면 이런 말도 안 되는 일이 실제로 벌어졌음을 확인할 수 있다. 17세기 노르망디의 어떤 마을에서는 1,000명의 아기 중 첫돌이 되기 전에 236명이 죽었다는 기록이 있고 흑사병과 기근이 닥쳤을 때는 먹일 수 없는 아이를 그냥 병에 걸려 죽도록 어머니가 길에 내버렸다는 기록도 있다. 18세기 프랑스 교회에서는 첫돌이 되기 전 영아들은 부모의 침대에서 같이 잘 수 없다는 칙령을 내리기까지 한다. 많은 아이가 자다가 죽는 변을 당했기 때문이다. 무려 45퍼센트나 되는 아이들이 부모 틈에서 자다가 변을 당했다. 실수였을 것이다. 아마 피곤에 절은 부모가 뒤척거리다 그런 불행한 일이 벌어졌을 것이다. 그러나 실수가 잦으면 고의로 읽히기 마련이다.

옛날 서양 이야기에 나오는 농민, 평민들의 한결 같은 소망은 '배불리 먹기'였다. 슬프게도 무엇을 먹고 싶은지는 말하지 않는다. 아니, 못했을 것이다. 도대체 뭐가 먹고 싶은지 자신도 딱히 모른다. 그냥 많이, 배 터지게 먹고 싶을 뿐이다. 찢어지게 가난한 평민들의 처지는 그들보다 더 약자인 아이들을 살해하고 어린이를 학대하는 것으로 이어지기 쉬웠다. 아이를 지금처럼 하나둘뿐인 귀한 자식으로 보는 것이 아니라 부모가 먹을 것까지 뺏어 먹는 식충이 짐승으로 보았던 것이다. 슬프게도 이는 사실이다.

〈하멜른의 피리 부는 사나이(The Pied Piper of Hamelin)〉는 이런 비참함을 극단적으로 보여준다.

1284년, 무지막지한 쥐 떼 때문에 정신이 없는 하멜른 시 사람들은 쥐 떼를 없애주면 큰돈을 주겠다고 피리 부는 사나이에게 약속한다. 사내는 피리를 불어 쥐 떼를 유인해낸다. 피리 소리에 취해 사내를 따르던 쥐들은 모두 배저(Weser)강의 물에 빠져 죽고 만다. 밥상만 차려놓으면 달려들던 쥐 떼들이 사라지니 속이 다 시원했다. 하지만 뒷간 갈 때와 나올 때 생각이 다른 법이다. 하멜른 사람들은 시치미를 뚝 뗀다. 사내에게 약속한 돈을 주지 않은 것이다.

화가 난 사내는 다시 피리를 불어서 이번엔 하멜른 시의 모든 아이들을 꼬여낸다. 그렇게 사내의 피리 소리에 홀려 마을의 아이들 130명이 모두 어디론가 사라져버리자 하멜른 사람들은 후회와 탄식의 통곡을 해댄다. 그 후로 "아이들이 사라진 길에선 누구도 춤을 추지도 않고 악기를 연주하지도 않았다"고 한다. 하지만 이미 일은 벌어진 후다. 피리 부는 사내를 따라 사라진 아이들은 다시는 돌아오지 않는다.

피리 소리에 홀려 물에 빠져 죽은 쥐 떼나 피리 소리를 따라 어디론가 사라져버린 아이들이나 내게는 꼭 같아 보인다. 와삭와삭 빵을 씹어대는 쥐새끼들이나 쩝쩝 후룩 음식을 거덜내는 아이놈들이나 조금도 다를 게 없어 보인다.

이 놀라운 아이들 실종사건에 대해선 학자들마다 그야말로 해석이 분분하다. 마을마다 있던 광란의 무도의식(舞蹈儀式) 때 아이들에게 광증이 집단적으로 발현되었고 그 결과 정신을 잃고 사라져버렸다는 설명으로 시작해서, 소년 십자군 원정에 끌려갔다는 주장, 전쟁에서 패해 젊은이들이 포로로 끌려간 것을 이렇게 표현했다는 설명, 새로운 도시로 식민 이주를 한 거라는 해석 등등 다양하다. 심지어 산사태에 매몰되어 산 채로 매장되었다, 흑사병 등의 전염병에 아이들이 사망한 거다, 고대 게르만식 제의(祭儀)로 아이들을 희생시킨 것이라는 이야기까지 그야말로 나올 수 있는 의견은 모두 나온 성싶다.

하지만 정작 이야기를 들을 때 가장 먼저 든 궁금증은 어느 누구도 속시원히 풀어주지 않는다.

"아이들이 피리 소리에 홀려 사내를 따라갈 때, 왜 어른들은 만류하지 않은 거지?"

물론 어른들은 들과 산에서 일을 하고 있었을 것이다. 그래서 아이들을 못 가게 붙잡아둘 어른들이 없었을지도 모른다. 그러나 중세 마을 공동체임을 감안하면 선뜻 끄덕여지지 않는다. 파수꾼 한 명 없이 아이들만 남겨두고 마을을 텅텅 비운다고? 게다가 마을 밖으로 나가는 130명이나 되는 아이들의 긴 행렬과 그 요상한 피리 소리를 마을 근처 들과 산에서 일하던 어른들이 보지도 듣지 못했다고? 훤한 대낮에 납치극이 광범위하고 노골적으로 벌어지고 있는데 그걸 누구도 몰랐다는 건 아무래도 억지 같다.

아이들이 사라진 후, 마을은 어떻게 되었을까? 마을 사람들이 이 사건을 도시 기록부에 기록했고, 시청에도 "피리 부는 사람을 따라 쾨펜산 밑으로 없어졌다"고 적었고, 성문에는 라틴어로도 적어놓았고, 1572년에는 시장이 이 이야기를 제목과 함께 교회 창문에 그림으로 그려 넣었다고, 이야기를 정리한 그림형제(Bruder Grimm)가 기술하고 있다. 이런 조치를 보면, 130명 아이들의 실종으로 도시 기능이 마비되거나 도시가 사라진 것은 아니란 걸 알 수 있다. 충격이었을지는 모르나 마을은 마을대로 어떻든 그대로 유지되며 굴러갔단 거다.

아이들이 사라진 뒤 하멜른 사람들이 탄식하며 후회했다는데 그것이 자신들이 죽인 아이들에 대한 후회였는지는 잘 모르겠다. 어쩌면 쥐새끼 같은 식충이 애들이 말끔히 사라지자 신이 나서 낄 낄 웃은 것을 두고 후대에 그대로 말하기 민망해 탄식하며 울었다 고 바꿨을 수도 있으니 말이다.

가진 게
자식밖에 없는 죄?

동서고금을 막론하고 목구멍이 포도청이라는 말은 진리인 것 같다. 먹고살기 힘들어 힘없는 아이들을 학대했다는 점에서 〈헨젤과 그레 텔〉이나 〈손순매아〉나 꼭 같다. 하긴 이래저래 자식들은 쥐 떼마냥 꾸물꾸물 나오기도 잘도 나온다. 그러니 한둘 죽는다고 뭐가 대수 겠나. 말마따나 또 낳으면 그만이다. 헨젤과 그레텔의 부모도 그랬 겠지만, 만약 손순이 가난하고 굶주리지 않았다면 절대 제 자식을 땅에 묻으려고 하지는 않았을 것이다.

군이 이들 부모의 처지를 변명해보자면, 굶주림이란 단순한 관 념이 아니라 온몸으로 압박해오는 현실이라는 점이다. 굶어보지 않 으면 그 괴로움을 절대 모른다. 다이어트 때문에 굶는 것으로는 도 저히 그 막막감을 헤아릴 수 없다. 정말 먹을 것이 없어 굶주리는

'찢어지게 가난하다'는 말의 참혹함을 현대를 사는 우리는 절대 모른다.

"그냥 은유 아냐? 살림살이가 갈라질 정도로 가난하다는 뜻으로 말야."

"옷이 단벌뿐이어서, 그 옷을 계속 입다보니 옷의 천이 해지고 찢어진다는 뜻이잖아. 안 그래?"

아니다. 찢어진 옷을 누덕누덕 기워서 입는 것도 가난이지만, 그 속담에서 찢어진다는 것은 옷이 아니라, 더 참혹한 곳이 찢어진다는 뜻이다. 순화시키려고 앞에 있던 목적어를 생략해서 오해가 생긴 것이다. 본래는 '똥구멍이 찢어질 정도로 가난하다'이다.

먹을 것이 없는 집에선 뭐라도 먹기 위해 나무뿌리와 줄기까지 벗겨 먹었다. 초근목피(草根木皮)라는 말이 바로 그 말이다. 그중에서 소나무 껍질을 벗겨서 그 속의 줄기와 함께 콩알만 한 쌀가루를 섞어 버무려 먹는 송기떡이란 것이 있다. 말이 '떡'이지 지금 먹는 떡을 생각하시면 안 된다. 그냥 풀뿌리, 줄기를 먹기 위해 쪄낸다고 생각하면 된다.

아무튼 그걸 먹으면 소화가 잘 안 된다. 나무줄기를 먹으니 왜 안 그렇겠는가. 속이 그득한 느낌이 들어 배고픔을 속이는 것이 송기떡의 목적이다. 문제는 그것을 배변할 때다. 잘 안 나온다. 억지로 힘을 주게 되고, 그러면… 얼굴이 시뻘겋게 되기도 하지만… 항문에 힘을 잔뜩 주게 되어….

아시겠는가? 정말로 거기가 찢어져서 피가 섞여 나온다. 단순히 참혹하다는 말로는 다 표현하기 어려운 것이 굶주림의 고통이다.

손순은 굶주렸다. 자기 부부는 더 그랬다. 하나뿐인 어머니를 봉양하려는 마음도 알겠다. 하지만 손순은 잘못했다. 아이를 죽이려 했던 잘못보다 더 심각한 잘못은 그가 핑계를 댔기 때문이다. 모친에 대한 효성을 위한다고 했지만 냉정하게 말해, 자기 몸을 파고드는 굶주림의 그 지독한 고통을 감내하지 못한 것이다.

그는 굶주림에 허덕이는 눈만 퀭한 빈민이었기에 자식을 죽이려 했지, 지극한 효심 때문에 그런 것은 절대 아니다. 헨젤과 그레텔의 부모처럼 하멜른의 사람들처럼 아이가 입만 달고 있는 쥐새끼로 보였던 것이다. 그걸 인정하지 않고 고상한 소리를 늘어놓았을 뿐이다. 아이를 파묻으려는 그의 행동은 '효'라는 가면을 뒤집어쓰고 저지른 패악일 뿐이었다.

부모가 아이를 죽이는 끔찍한 일에 집중하다보니, 우리가 한 가지 잊고 있던 것이 있다.

그들은 무엇을 했는가? 아이들을 죽이는 일 말고 그들은 그 참혹한 가난과 굶주림의 상황에서 무슨 일을 했는가? 아무것도 하지 않았다.

아무것도 없는, 가진 거라곤 자식밖에 없는 손순은 문자 그대로 프롤레타리아트(Proletariat)다. 칼 마르크스(Karl Marx, 1818~1883)가 무산계급(無産階級)을 지칭하는 데 썼던 이 말은 원래 로마 시대에 가진 것이라곤 자식밖에 없는 최하층 사람들을 비하하는 의미로 사용했다. 그런 최하층이었던 손순은 가난이란 문제 해결을 위해 택한 짓거리가 유아살해였다. 가진 것이 제 자식밖에 없으니 말이다.

그래 좋다. 자식을 죽인 후에는 무엇을 할 생각이었는가? 자식을 죽여 입을 줄이면 없던 떡이 생기는가? 들어가는 곳이 줄었으니 덜 없어지겠지만 결국 언젠가는 끝이 올 것이다. 그다음에는 무엇을 할 생각인가?

손순의 문제점은 아이를 죽이는 소극적인 방법이 아니라 먹고 살 길을 간구하는 적극적인 행동을 했어야 하는데 그러지 않았다는 점에 있다.

"일이 없는데 무슨 일을 해서 먹고살아? 온 세상이 다 불황인데 뭘 하란 소리야?"

틀린 말이 아니다. 쉽지 않은 일이다. 그래도 그는 임시방편으로 아이의 '먹는 입 줄이기'보다 더 나은 것을 택했어야 했다. 미봉책이 아닌 해결책을 찾았어야 했다. 헨젤과 그레텔의 부모는 흉년이란 상황에 패륜적 결정을 내렸지만, 손순은 조금 달랐다.

손순(孫順)은 모량리 사람으로 아버지는 학산(鶴山)이다. 아버지가 세상을 떠나자 아내와 함께 남의 집 품팔이로 양식을 얻어 늙은 어머니를 봉양하였다. ─────────────

《삼국유사》기록을 아무리 살펴봐도 손순이 절대 빈곤에 허덕였다는 것은 찾을 수 없다. 아버지가 돌아가신 후 품팔이를 해서 먹고살았다는 것이 전부다. 그런 그가 '입 줄이기'에 나선 이유가 효성 때문이란다. 자기의 빈곤과 가난의 이유는 쏙 뺀 채 말이다.

"그래도 효성이…?"

이런 말도 안 되는 소리를 늘어놓는다면 정말 짜증이 난다. 늙은 노모를 봉양하기 위한 효성 때문이었다고 끝까지 구질구질 변명을 늘어놓는다면 딱 한 가지만 물어보겠다.

정말 노모는 손자가 죽기를 바랐을까? 그 입을 줄여서라도 배불리 먹고 싶었을까? 그런 행동을 정말 효성이라고 생각했을까?

아무리 생각해봐도 아닐 것 같다.

효 이데올로기에 사로잡힌 사람들

손순이든 헨젤과 그레텔의 부모든 모두 다 옛날이니까 그랬던 거지 지금은 그렇지 않다고 생각할지 모르겠다. 하지만 세상일을 그렇게 쉽게 말할 것이 아니다. 모른다고 없고 보지 않는다고 사라지는 것은 아니니 말이다. 어두운 곳을 잘 살펴보면 예나 지금이나 한 치도 다른 게 없다. 오히려 지금은 더 복잡하고 난감하기까지 하다. 고뇌가 깊어지지 않을 수 없다.

마음이 무거워지지만 1997년 IMF 사태 이후 있었던 사건 하나를 떠올려보자.

열 살쯤 되는 어린 아들을 둔 가난한 부부네 집도 IMF의 한파를 비껴가지 못했다. 아버지는 실직했고 어머니는 생활고에 집을 나갔다. 아버지와 아들은 서로를 의지하며 근근이 살아가고 있었다.

어느 날 이 집에 도둑이 들었다.

하루 벌어 먹고사는, 입에 풀칠하기도 힘든 집에 뭔가를 훔치겠다고 들어온 생각 없는 도둑도 딱하지만 문제는 그게 아니었다. 도둑이 부스럭거리는 서슬에 깬 아이를 위협하다가 새끼손가락 두 마디를 끊고 도주해버린 것이다. 단순히 손가락 두 마디 없는 장애를 입은 정도가 아니었다. 아이가 자라면서 손가락뼈도 커가기에 그 뼈가 살을 뚫고 나오면 적어도 서너 번의 수술이 불가피한 상황이었다.

말도 안 되는 황당함에 머리가 절레절레 돌아가지만 온갖 언론에서 한동안 요란하게 떠들어댔던 실화다. 술에 취해 인사불성이었던 아버지는 아들이 참변을 당하는 것도 모르고 퍼질러 자고 있었다. 도둑이 든 것은 그렇다 해도 하나뿐인 귀한 아들의 비명 소리도 듣지 못했다니 정말 무책임하지 않을 수 없다. 뉴스 보도를 접한 시민들은 도둑의 잔인함에 몸서리를 치며 경악했고 밤마다 꼭꼭 문단속을 하며 신경을 곤두세웠다. 일각에서는 자작극이 아니냐는 의혹의 눈길도 있었다. 하지만 경찰의 수사 결과 그렇지 않다고 발표되었다. 범인은 잡히지 않았고 시간은 흘렀다.

연일 터지는 새로운 뉴스에 묻혀 기억이 가물가물해질 때쯤이었다.

신문 한쪽에 충격적인 결말이 느닷없이 공개되었다. 처음부터 허술한 정황에 의심을 품고 있던 형사 하나가 집요하게 아이를 설득했다. 그리고 결국 철옹성처럼 아니라고 부인하던 아이의 입이 열렸다. 그 소리는 정말 뜻밖이었다.

"아버지가 너무 불쌍해서…."

어머니에게까지 버림받은 아버지, 세상이 뜻대로 풀리지 않아 낙심한 아버지, 어떻게 해서든 넌 훌륭하게 키우겠다며 술만 취하면 되뇌는 아버지, 어린 아들의 눈엔 그 아버지가 너무나도 불쌍해 보였다. 그래서 아들 앞으로 보험을 든 후 손가락을 자르자고 설득하는 아버지에게 기꺼이 가위로 자신의 손가락을 자르게 했다는 것이다.

소주를 잔뜩 먹은 괴괴한 눈에 형형히 물기가 고인 채 그 정신 나간 아버지가 정말 일을 저질렀던 것이다.

뭐라 설명할 수 없는 아버지는 그만두고 이 아이의 결심과 행동이 진정한 효일지 한참 머리가 멍했다. 엽기적인 정황 때문에 이것이 효인지 아닌지 쉽게 말할 수 없었다. 자기 몸을 훼손해서 효를 다하는 행위는 조선시대 내내 칭송되던 미담이었다. 자기 넓적다리 살을 잘라 노릇노릇하게 구워서 늙은 부모를 봉양했다는 이야기는 하도 많이 들어 귀에 딱지가 앉을 지경이다. 아무 옛날 책이나 대충 펴면 여기저기서 앞다투어 튀어나올 정도로 흔한 얘기다.《삼국유사》〈손순매아〉조 바로 앞에 "향득사지가 허벅지살을 베어 어머니를 공양했다[向得舍知 割股供親]"는 이야기가 버젓이 기록되어 있다.

자기 육신을 희생하는 것이 효로 칭송되는 바탕에는 '자식의 모든 것, 몸과 마음과 터럭까지 모두 부모에게서 받은 것[身體髮膚受之父母]'이라는 사상이 깔려 있다. 그래서 넓적다리 살을 잘라 굽고, 손가락을 잘라 피를 마시게 하는 기행이 당연한 것을 넘어 마땅히 그래야 하는 것으로 자리잡았다. 그러니 추운 겨울날 살을 에는 바람을 뚫고 죽을 고비를 넘겨가며 영약(靈藥)을 구해왔다는 이야기는 애교인 것이다.

이런 이야기들이 지금도 아이들 그림책 속에 아름다운 이야기로 예쁘게 색칠되어 그대로 전해지고 있다.

글쎄 그 아이가 이런 그림책을 봤는지는 모르겠다. 잘잘못을 따지기에는 한참 늦어버렸다. 이미 벌어진 일이다. 그 아이에게는 뭐라 할 말이 정말 없다.

하지만 그 아버지에게 묻지 않을 수 없다. 손순에게 물었던 것처럼 그 마음의 진정성을 묻고 싶다.

'정말 그것이 효도라고 생각하십니까?'

배 좌수는
왜 장화를 시집보내지 않았을까

눈이 돌아갈 정도로 기막히게 어여쁜 두 자매가 있다. 성격 또한 더할 나위 없이 좋다. 집안 내력까지 좋은 데다 거기에 재산도 상당하다. 그야말로 엄친딸 중에 엄친딸이다.

그런데 도무지 시집을 못 간다. 혼기가 다 찼는데도 그렇다. 여기저기 혼담이 오갈 만도 하지만 그 또한 전혀 없다. 그 집안에서 모두 거절했는지, 아니면 너무 대단한 집안이어서 누구도 혼담 넣을 생각을 못 한 건지 도통 알 수가 없다. 아무튼 이 두 자매는 그냥 집안에 틀어박혀 지낼 뿐이다.

굳이 문제를 찾자면 친모가 죽은 후 계모가 들어왔다는 정도. 하지만 그도 석연치 않다. 친모 소생으론 아들이 없고 이 두 자매뿐인데, 계모는 이 집안에 들어오자마자 아들만 내리 셋을 낳았다. 보통 계모가 자식들을 박대하는 이유는 전처소생이 아들일 때이다. 전처의 아들이 결국 가통(家統)을 이을 것이기에 그렇게 박대한다. 제 아들을 그 자리에 올리고 싶어 전처 아들을 음해하고 학대하는 것이다. 하지만 이 집에는 그럴 이유가 없다. 전처소생 딸들이야 혼기가차면 그냥 휙 시집보내버리면 그만이다. 그러면 집안을 온전히 독차지하게 되는 것이다. 그런데도 계모는 다 큰 딸들을 그대로 집안에 둔다. 시집을 보낼 생각이 없는 건지, 시집을 못 가게 하는 건지,

그도 아니면 시집을 가지 않겠다고 떼를 쓰는 건지, 도무지 알 수가 없다.

결국 사달이 난다. 집안에서 생긴 불미스러운 일이 점점 커져 마을 문제가 되고 급기야 중앙 정부의 관리들까지 알게 되고 만다. 어떤 사람이 평안도 철산(鐵山) 지방에서 일어난 이 사건의 전말을 기록해 남겼다. 그 사건 기록에 이런저런 살이 붙어 이야기가 되었다. 〈장화홍련전(薔花紅蓮傳)〉 이야기다.

우리 옛날이야기에 악독한 계모는 단골 출연자다. 이런저런 불편한 문제의 중심에는 언제나 계모가 있다. 지저분한 온갖 일들을 몰고 다니는 인물 중에는 계모가 단연 으뜸인 것이다.

못된 계모 이야기로는 〈콩쥐팥쥐전〉도 있지만 〈장화홍련전〉에는 한참 못 미친다. 〈장화홍련전〉에는 뭔가가 더 있다. 그것은 억울하게 죽은 두 소녀가 원귀(寃鬼)가 되어 밤마다 사또의 방에 출현한다는 약간은 으스스한 이야기이기 때문만은 아니다. 연못에 빠져 죽은 처녀 귀신이 얇디얇은 하얀 소복 차림으로 한밤중 침실에 나타나서 몸에 감긴 소복 사이로 물을 뚝뚝 떨어뜨린다는 오싹하면서도 기묘한 흥분과 설렘이 교차하는 상상력을 불러일으키기 때문만은 아니란 말이다.

이 이야기에는 미심쩍은 뒷맛이 남는다. 〈콩쥐팥쥐전〉에서 콩쥐는 팥쥐라는 경쟁자 때문에 구박을 당했다는 분명한 이유가 있지만, 〈장화홍련전〉에서 장화와 홍련은 구박 정도가 아니라 죽기까지 하는데 그 이유가 딱히 드러나지 않기 때문이다. 대체 계모는 왜 이들을 죽인단 말인가? 아무 이득도 없는데.

말했듯이 전처소생 중에 아들이 하나라도 있었다면 납득이 된다. 보통 계모들은 자신이 지금은 집안의 안살림을 관장하지만 전처의 아들이 장성하면 어떻게 될지 알 수 없어 불안해한다. 자신이 다 일궈놓은 집안이 결국엔 제 자식이 아닌 전처 아들에게로 돌아가기 때문이다. 게다가 까놓고 말해 남편이 죽고 나면 친모가 아닌 제 처지가 끈 떨어진 뒤웅박 신세가 되지 않는다고 장담할 수도 없기 때문이다. 하지만 배 좌수 집에는 그냥 시집가버리면 그만인 장화와 홍련 말고는 전처소생이 없다. 아들이 없단 말이다. 그런데도 계모는 장화와 홍련을 죽이려고 술수를 부린다.

"원래 계모라는 것들은 다 그래."

"성격이 더러우니 그렇지."

이런 선입견이나 인신공격으로 끝내고 말기에는 뭔가 꺼림칙하다. 장화와 홍련이 미웠다면 아주 간단하고 단순한 해결책이 있었기 때문이다. 그들을 시집보내는 것이다. 그러면 아주 깔끔히 해결된다. 그런데 그녀는 그러지 않고 죽이는 방법을 택했다.

"도대체 왜 다 큰 처녀들을 시집보내지 않은 거야?"

이야기를 따라가보자.

장화와 홍련의 아버지 배 좌수는 두 딸의 친모가 죽자 계모를 얻는다. 아들이 없어 대를 잇지 못하는 것이 문제이기도 했지만 양반이 부인 없이 지내는 것은 올바른 처사가 아니었다. 부인이 집안을 잘 보살피게 하는 것이 당대에 합당한 일이었다.

새로 얻은 계모 허 씨는 그런 일을 충실히 해낸다. 귀한 아들 셋을 내리 낳아 집안의 가통을 튼튼히 하기까지 한다. 모든 일이 생각대로 되어 순적하고 편안하다.

하지만 문제는 엉뚱한 데서 터져 나온다. 배 좌수가 두 딸만 감싸고도는 것이다.

배 좌수는 항상 딸들과 더불어 전 부인을 생각하며 잠시라도 두 딸을 못 보면 안 될 것처럼 여긴다. 밖에 나갔다 들어오면 가장 먼저 딸들의 침소를 찾아가서는 두 손을 잡고 눈물을 흘리며 말한다.

"너희 형제가 깊은 방안에서 항상 어미를 그리워하는 것처럼 나도 매일 슬퍼한단다."

그러자 계모 허 씨는 시기하는 마음이 크게 일어나 장화와 홍련을 음해할 꾀를 궁리하게 되는데, 배 좌수가 그런 허 씨의 마음을 알고는 그녀를 불러 크게 꾸짖는다.

"우리가 원래 가난하고 곤궁하게 지냈는데 전처의 재물이 많아 지금 풍족하게 살게 된 것이오. 그대가 먹는 것, 입는 것이 모두 전처의 재물이오. 그 은혜를 생각하면 감동할 것이지, 어찌 장화와 홍련을 괴롭히려 하는 것이오? 다시는 그러지 마시오."

계모 허 씨가 장화와 홍련을 미워하게 된 표면적 이유는 '네 먹고사는 모든 것이 전처 덕택이니 감사한 줄 알고 입 다물라'는 배 좌수의 면박 때문으로 보인다.

하지만 정말 그럴까?

이래저래 전처는 죽었고 현재 집안은 허 씨의 수중에 있다. 남편인 배 좌수가 어떻게 말하든 신경 안 쓰면 그만인 것이다. 전처가 살아 있어서 자신을 견제할 것도 아니고, 전처소생 아들이 있어 재산을 가로챌 것도 아니다. 자신이 죽을 때까지 그리고 자기 아들들에게까지 아무런 문제가 없다. 집안의 재산은 제 핏줄로 대대손손 이어질 것이다. 배 좌수의 면박과 핀잔은 무시하고 그냥 꾹 참으면 그만이다.

배 좌수의 면박 때문이 아니다. 이유는 따로 있다. 이야기를 면밀히 잘 살펴보면 이상한 것 하나가 떠오른다. 바로 배 좌수의 행보이다. 날이면 날마다 장화와 홍련을 끼고도는 것 말이다.

장화와 홍련이 날마다 친모를 그리워하며 슬퍼할 수도 있다. 계모 허 씨가 구박했기에 더 그랬는지도 모르지만, 계모의 학대가 없었다고 해도 죽은 친모를 그리워하는 것은 충분히 이해된다. 문제는 남편 배 좌수까지 덩달아 장화 홍련을 붙들고 그들을 부추긴다는 점이다. 그래서 허 씨 마음에 '시기하는 마음이 크게 일어나 음해할 꾀를 궁리'하게 된 것이다.

만약, 계모가 배 좌수의 전처에게 감사하라는 면박을 무시했다면, 배 좌수가 그렇게 장화와 홍련을 감싸고돌며 징징거리는 것도 무시해버리면 그만이다. 그러든 말든 집안은 이미 계모와 그의 아들들에게 넘어온 상태이니 말이다.

그러나 허 씨는 그렇게 하질 못한다. 그녀가 그렇게 하지 못한 데는 이유가 있고, 그것이 이 비극의 핵심 원인이다.

일단, 배 좌수가 보기에 부덕한 계모가 장화와 홍련을 괴롭히고 학대하는 것으로 보였다 치자. 허 씨가 왜 못 잡아먹어서 안달인지는 몰라도 배 좌수 입장에서 그 해결책은 아주 간단하다.

그냥 둘을 시집보내버리면 된다. 그러면 모든 문제가 속시원히 해결된다. 그런데 그는 그렇게 하질 않는다. 문제의 심각성은 배 좌수가 전처의 유언을 무시하면서까지 시집을 보내지 않는다는 데 있다. 장화 홍련의 생모는 죽으면서 배 좌수에게 간절히 소원을 말한다.

"낭군이 저의 이런 뜻을 저버리지 말아주세요. 그동안의 정을 생각하셔서 이 두 딸을 어여삐 여겨주시고 장성한 연후에는 좋은 가문에 배필을 얻어 봉황과 같이 아름다운 짝을 지어주세요. 그러신다면 제가 비록 어둡고 어두운 저승 한가운데 가 있더라도 낭군의 큰 은혜를 갚겠습니다."

생모가 이렇게까지 간곡한 당부를 유언으로 남겼는데도, 또 계모 때문에 고생하는 것을 번연히 보면서도, 배 좌수는 딸들을 시집보낼 생각을 하지 않는다.

"장화와 홍련이 아직 다 크지 않아서 출가시키지 못하는 것이겠지."

아니다. 장화와 홍련은 이미 성혼할 정도로 성장했다.

그것은 계모 허 씨가 새로 들어와 낳은 아들 장쇠가 장화를 연못에 빠뜨려 죽일 정도로 장성한 모습으로 나온다는 것만 봐도 알 수 있다. 태어난 순서상 동생인 장쇠가 그 정도 나이라면 누나인 장화는 시집을 가고도 남았을 것이다.

또, 허 씨가 장화를 모함하는 결정적 사건이 장화가 낙태를 했다고 날조하는 것인데, 이는 장화가 임신을 하고 낙태를 할 수 있을 정도의 나이가 되었다는 의미이다. 열여섯 살쯤 시집가던 당시 사회 정황을 감안하면 장화와 홍련의 혼기는 충분히, 아니 꽉 차 있었던 것이 틀림없다.

그런데 도대체 왜, 무엇 때문에, 배 좌수는 매일 밤 장화와 홍련을 감싸고돌았던 것일까?

이러다 보니 냉혹한 연구자의 시각에서 배 좌수와 두 딸들 사이에 있어서는 안 될 일이 있었다고 지적하는 경우가 생긴다. 두 딸을 감싸고도는 것이 아니라 틀어쥐었다고 의심하는 것이다. 미심쩍은 배 좌수의 행동이 성적 학대의 가능성으로 읽히는 것이다.

집안 깊은 곳에서 일어나는 일을 제대로 알기란 쉽지 않다. 그러나 정황상 충분히 추정 가능한 얘기다. 이런 험한 상상이 힘을 얻는 근거는 다른 모함에는 끄덕도 않던 배 좌수가 장화가 낙태를 했다는 허 씨의 날조에는 순식간에 홀라당 넘어갔다는 점이다. 그 모함으로 인해 그날 밤 전격적으로 장화를 살해하라고 배 좌수가 명령한 것도 역시 그렇다.

장화를 모해하기 위해 계모 허 씨가 생각해낸 것이 성적 문란이었다. 허 씨는 그 피할 수 없는 증표로 쥐를 이용한다. 어느 밤 계모는 쥐를 잡아 죽여 알아볼 수 없게 짓이긴 다음 장화가 자고 있는 이불을 들추고는 던져 넣는다. 그러고는 한바탕 난리를 피운다. 놀라 달려온 배 좌수에게 계모는 장화가 외간남자와 오랫동안 사통해서 사생아를 낳았다며 모함을 해댄다. 피떡이 된 쥐는 사산한 태아와 구분이 쉽지 않았다. 집안은 난리가 났다.

이렇게 온통 난리가 났는데도, 장화는 자신의 이부자리가 들춰지는지, 밖에서 어수선하게 떠드는지 하나도 모른다. 무슨 일로 피곤했는지 그야말로 세상모르고 곯아떨어져 잔다.

바로 이 밤에 모든 일이 일사천리로 결정되고 속행된다.

배 좌수는 장화를 죽이지 않으면 가문에 화가 있을 거라고 부추기는 허 씨의 말을 듣는다. 그리고 외삼촌 집에 보내는 척하다가 연못에 빠뜨려 죽이는 것이 좋겠다는 구체적인 살해 계획까지 듣는다. 그리고 그러라고 허락한다. 자신의 딸을 죽이라고 한 것이다. 게다가 배 좌수가 직접 장쇠를 불러 '이리이리하라는 계교를 가르쳐' 보내기까지 한다. 도무지 믿기지 않는 상황이다. 그는 허 씨의 끔찍한 계략에 한마디 대꾸도 없이, 의문도 없이 그렇게 하라며 전격적으로 결정하고 밀어붙인 것이다.

그날 밤 자다 말고 깨어난 장화는 아버지 배 좌수를 뵙지도 못하고 그대로 끌려가다시피 외삼촌댁을 향해 가다가 연못에 빠져 죽고 만다.

배 좌수는 평소에 계모 허 씨가 장화를 음해하려 한다는 사실을 알고 있었다. 그러면서도 그는 허 씨의 말이 진실인지 아닌지를 따져보지 않았다. 그는 당사자인 장화에게 무슨 일인지 한번 물어보지도 않고 일사천리로 그녀의 운명을 결정짓고 만다. 그렇게 애지중지 끼고돌던 딸에게 "도대체 어찌 된 일이냐?"라고 물어볼 생각도, 아니 하다못해 "변명이라도 해봐라!" 하고 윽박지를 시간도 여유도 없었단 말인가? 그녀가 자는 동안 전격적으로 그녀의 운명을 결정하고 밀어붙일 정도로 화급한 일이 대체 무엇이란 말인가?

이날 밤 묻지도 따지지도 않고 딸의 운명을 못박아버린 배 좌수의 광기 앞에서는 딸을 사랑해서 죽이는 것인지, 가문의 명예 때문에 죽이는 것인지 그 진실을 물어볼 틈이 없다. 너무나 급하고 너무나 과격하고 기괴하고 참담하기 때문이다. 올바른 사리분별도 이성적인 판단도 합리적인 결정도 없다. 이 광기 속에는 마녀사냥 식의 처벌만이 있을 뿐이다.

도대체 왜 이렇게 배 좌수는 서두른 것일까? 무엇이 그의 마음을 그리 화급하게 만든 것일까? 혹시 임신과 낙태의 문제이기 때문에 그렇게도 급했던 것은 아닐까? 그래서 덜컹했던 것은 아닐까?

쥐를 가지고 교묘한 계략을 꾸민 것도 허 씨고 장화를 연못에 빠뜨려 죽이자고 말한 것도 허 씨다. 그리고 그것을 수행한 자는 허 씨의 아들 장쇠다. 분명 계모 허 씨는 악독한 짓을 모의했고 선동했고 저질렀다. 그 비난은 피할 수 없다.

하지만 배 좌수는 어떤가. 그 끔찍한 모의를 추인하고 실행시킨 배 좌수는 어떤 자인가? 허 씨는 피 한 방울 섞이지 않은 사이라 해도 배 좌수는 자신의 친딸이 아닌가. 그는 전처의 유언을 듣고 그대로 하겠다고 약속하지 않았던가. 잘 길러 시집보내겠다고 하질 않았던가. 그런데 그는 대체 왜 무슨 심정으로, 아니 어떤 연유로 자기 딸을 죽이라고 명령했단 말인가. 도대체 이 아버지는 어떻게 돼 먹은 작자란 말인가.

홍련이
─── 자살한 진짜 이유 ───

장화가 비명횡사한 후 동생 홍련 역시 언니를 따라 죽는다. 이 둘의 원한이 얼마나 큰지 밤마다 귀신이 되어 자신의 한을 풀어달라며 사또의 침실에 나타난다. 깜깜한 밤중에 하얀 소복 차림으로 물을 뚝뚝 떨어뜨리며 느닷없이 나타난 처녀귀신의 모습에 간담이 떨어진 사또들이 줄줄이 죽어 나간다. 전동흘(全東屹)이라는 도량이 넉넉한 자가 철산 지방 사또로 부임해 와서 드디어 이 두 처녀귀신과 눈을 마주쳐준다. 그리고 그는 그녀들의 사연을 들어준다. 비로소 그렇게 장화 홍련의 원한이 풀린다.

그 원한을 푸는 데는 자신들의 비통한 죽음에 대한 복수가 수반된다. 당연히 계모 허 씨와 아들 장쇠가 죽임을 당한다. 그런데 더 이상은 없다. 그냥 그렇게 끝난다. 이상하다 못해 억울하게까지 느껴지는 이유는 궁극적으로 장화 살인을 모의하고 이리이리하라며 구체적인 방법까지 말한 아버지 배 좌수에 대해서는 아무런 징치가 없기 때문이다. 배 좌수가 받은 것이라곤 기껏 사또의 질책이었다.

"네가 아무리 어리석다 해도, 어찌 그 흉악한 계집의 간특한 계교를 깨닫지 못하고 애매한 자식을 죽였느냐. 마땅히 네 죄를 다스릴 것이로되, 홍련 자매의 소원이 있고 또 관찰사께서 말씀하신 명령이 있으시니 네 죄를 특별히 사면하노라." ——————

달랑 이게 전부다. 친딸을 죽이라며 살인을 지시한 것에 대해서는 언급조차 없다. 포괄적으로 '흉악한 계집인 허 씨의 간사한 계교에 빠진 잘못' 정도로 넘어가고 있다. 게다가 홍련 자매의 신원(伸

冤)이 있었다지 않은가.

이미 판결은 내려졌다. 한번 내려진 판결은 뒤집히지 않는다. 이미 원한을 품은 처녀귀신들은 돌아갔고 계모는 처벌을 받았다. 그럼 된 것이 아니겠는가.

하지만 못내 구린 느낌이 가시질 않는 것은 모든 문제가 아버지 배 좌수가 다 큰 딸들을 붙들어놓으면서 시작되었기 때문이다. 공연히 계모 허 씨만 당했다는 느낌을 떨쳐버릴 수 없다. 허 씨는 분명 잘못했다. 틀림없는 사실이다. 하지만 뭔가 억울하다. 이제 허 씨가 왜 그리도 장화를 못 잡아먹어서 안달이었는지를 귀신이 된 홍련의 목소리로 들어보자.

"아비는 계모에게 미혹되어 계모가 모함하는 말을 듣고는 소녀 자매를 박대하는 것이 심했습니다. 하지만 저희 형제는 그래도 어미라고 계모 섬기기를 극진히 했습니다. 하지만 박대는 날이 갈수록 심해졌습니다. 이는 다름이 아니라 본래 소녀의 어미가 재물이 많아 노비가 수천 명이고, 논과 밭이 천여 석의 곡식이 나올 만큼 넓고, 재물과 보화가 산더미 같아서이옵니다. 만약 소녀 형제가 시집가면 재물을 다 가져갈까 하여 시기심을 품고 저희 자매를 죽여 재물을 빼앗아 제 자식을 주려고 밤낮으로 모해할 뜻을 두었던 겁니다." ────────────────

평소에도 계모의 박대가 심했는데, 죽이기까지 한 것은 결국 경제적 이유 때문이라는 말이다. 계모 허 씨가 "만약 소녀 형제가 시집가면 재물을 다 가져갈까 하여 시기심을 품고 저희 자매를 죽여 재물을 빼앗아 제 자식을 주려고 했다"는 귀신 홍련의 말은 얼핏 타당해 보인다.

하지만 뭔가 정곡을 벗어난 억지스러움이 느껴진다. 왜냐하면 딸이 시집갈 때 재산을 가져간다 해도 그 규모는 알 수 없기 때문이다. 얼마나 가져갈지, 아니 과연 가져갈 수 있는지 시집가는 딸들이 결정할 문제가 아니다. 그런 권한이 딸들에게는 없다. 그 모든 결정은 가장인 배 좌수가 한다. 줄지 말지, 얼마나 줄지, 이 모든 것이 모두 다 그의 손에 달려 있다.

계모가 재물을 탐낸 것이 맞고, 정말 자매를 죽여서 재산을 뺏으려 한 것이 맞다고 해도 한 가지 사실이 남는다. 배 좌수가 서슬 퍼렇게 살아 있는 한 집안의 재산은 모두 다 가부장인 그의 것이지 계모나 그 아들들이 맘대로 할 수 있는 것이 아니라는 점이다. 그런데도 자매의 재산을 뺏으려고 그들을 죽였다고?

좋다. 홍련의 말대로, 계모가 탐욕스러워 그녀들을 시집보내지 않았다고 치자. 그래도 말이 안 되는 것은 배 좌수가 동의하지 않으면 아무 소용이 없다는 점이다. 결혼은 가부장이 결정하는 것이니 말이다.

즉, 배 좌수가 동의하지 않으면 그녀들을 집안에 붙잡아놓을 수 없다. 배 좌수가 계모의 음험함을 알았다면, 전처의 유언을 따랐다면, 장화와 홍련을 시집보내면 되는 거였다. 진작 그녀들을 시집보내 버렸으면 이 모든 일이 일어나지 않았을 거란 말이다.

도대체 배 좌수는 다 큰 딸들을 왜 품에 품고 있었을까? 왜 놓아주질 않았을까? 정말 잔혹한 시각처럼 성적 학대 때문인지, 아니면 나눠줄 재산이 아까워서였는지, 그도 아니면 정말 장화와 홍련을 출가시킬 만한 좋은 집안이 없어서였는지, 그 내밀한 속셈은 알 길이 없다. 하지만 분명한 것은 그 모든 책임이 배 좌수에게 있다는 점이다. 그러나 배 좌수는 자신이 초래한 끔찍한 비극에 대해 손톱만큼도 책임지지 않는다. 모든 죄를 악독하고 사악한 계모와 그의 아들에게로 미뤄버리고 그는 다시 재기한다. 그는 새장가를 가서 다시 자식을 낳는다. 그렇게 고을을, 나라를 떠들썩하게 했던 사건이 끝난다.

사실 〈장화홍련전〉에서 다들 놓치고 있는 객관적 사실이 하나 있는데, 이야기가 흐를수록 초점이 장화에서 홍련으로 옮겨진다는 점이다.

계모에게 죽임을 당한 억울함으로 치면 장화가 훨씬 더 억울할 텐데 귀신이 되어 원한을 풀어달라며 주도적으로 나서는 것은 장화가 아니라 언제나 홍련이다. 사또의 침실에 둘이 같이 나타나서도 원통함을 호소하는 것도 장화가 아닌 홍련이다. 왜 그랬을까? 더 억울한 장화는 왜 침묵했을까?

혹시 잊으셨을까봐 노파심에 하는 말이지만, 계모는 홍련을 죽이지는 않았다. 홍련은 장화가 자살했다는 거짓 소식을 들은 후 괴로움에 자살을 한다. 계모가 모함한 것도 아니고, 장쇠가 연못에서 밀어버린 것도 아니다.

이상하지 않은가?

계모가 재물이 탐났다면 홍련까지 죽여야 했는데, 계모는 그러지 않고 장화만 모함했다. 두 자매 모두 없어져야 모든 재산이 자신의 차지가 될 텐데 말이다. 혹시, 홍련이 따라 죽을 것을 예상했던 것일까?

그럴 리 없다. 계모의 목표는 처음부터 장화였다. 아직 조금 덜 큰 홍련은 눈에 들어오지도 않았다. 조금 더 클 때까지는 말이다.

이제 냉정하게 한번 생각해보자.

매일같이 죽은 친모를 그리워하며 눈물로 지새우던 두 자매는 무엇이 그토록 서럽고 억울했을까? 계모의 박해 때문에? 계모가 연일 구타라도 했단 말인가.

애들도 아니고 장성한 두 자매가 하루이틀도 아니고 매일같이 친모가 보고 싶었던 이유는 대체 뭘까? 날마다 흘리던 그녀들의 눈물의 이유가 무엇일까?

우리는 그 답을 안다.

장화가 자살했다는 거짓말에 홍련이 스스럼없이 몸을 버린 이유도 이젠 안다.

'언니가 없으니….'

이제 마수가 자신을 향해 다가올 것을 알기 때문이었다. 자신을 보호하느라 침묵했던, 모진 수모를 자신을 위해 막아줬던, 그 언니가 이젠 없기에 그녀는 자살을 택했던 것이다.

자신의 잘못을 ─────── 인정하지 않는 부모 ───────

이젠 뉴스를 보기가 겁난다. 계모나 계부가 아이를 학대했다는 뉴스는 더 이상 새로울 것이 없을 정도다. 컴퓨터 게임을 하느라 갓난아이가 굶어 죽는 것도 몰랐다는 뉴스는 어처구니없고, 하도 칭얼거려 세탁기 안에 넣고 돌렸다는 믿기지 않는 기사는 신문기자의 소설처럼 들린다.

그들은 컴퓨터 게임이 칭얼대는 아이를 돌보는 것보다 백배나 더 편하고 쉽기에, 알면서도 일부러 환상의 게임 속으로 도피해버린 것이다. 자신이 부모라는 사실조차 내팽개친 채, 부모가 되지 말았어야 했다는 후회까지 싹 다 망각하고자, 환상의 세계 속으로 달아나버린다. 아마도 이렇게 말하고 싶은지도 모르겠다.

"나도 행복해질 권리가 있어."

그 말은 맞다. 하지만 동일하게 아이도 그래야 한다.

인간이란 인간다움이 있어야 한다. 자식은 자식이어야 하는 것처럼 부모는 부모여야만 한다. 그러나 이 불편한 이야기들 속에 등장하는 사람들은 그러지 못했다. 그들의 행복만큼이나 아이들도 행복해질 권리가 있다는 것을 무시한다.

냉정하게 말해, 이 이야기들의 본질은 간단하다. 제 목구멍과 욕망이 더 크고 중요하다는 거다. 제가 먹고살아야 한다는 동물적 욕망이 인간이기를 포기하게 만든 것이다. 인간이 아닌 자가 무슨 가족이 되겠는가.

그런데도, 손순은 효도라는 고상한 핑계를 댔고 헨젤과 그레텔의 부모는 가난한 처지를 들어 호도했다. 그들보다 더 나쁜 자는 배 좌수다. 배 좌수는 손순처럼 배고프지도 않고 힘겨운 노동에 시달리는 프로레타리아 부모의 처지도 아니었다. 하지만 그는 멈추지 않았다. 욕망이 욕심이 되고 탐욕으로 더럽게 치달았다. 눈이 시뻘건 동물도 하지 않을 짓이었다.

아프리카 너른 초원에서 항상 긴장해서 풀을 뜯는 영양 떼나 얼룩말들도 가끔은 한가롭게 지낸다. 배고픈 사자가 충분히 먹었을 때 그렇다. 그리고 사자들도 제 새끼는 잡아먹지 않는다. 인간이 신과 동물의 사이 그 어디쯤에 있다고들 하지만, 이럴 때면 정말이지 동물보다 못한 것 같다.

인간이란 자식에게조차 욕심을 내는 더러운 동물이란 말인가?

아이들이 가진 것을 그토록 뺏고 싶었던 것일까? 참으로 부끄럽고 끔찍한 일이다.

하지만 그 어떤 부모도 자신의 잘못을 인정하지 않았다. 순순과 처는 상을 받았고 헨젤과 그레텔의 부모는 돌아온 아이들과 옛일을 잊고 살았다. 배 좌수는 새장가를 들어 잘 먹고 잘 살았다. 이들이 잘못을 인정하지 않은 이유는 간단하다. 잘못인지 모르기 때문이다. 아이를 살해하고 버리고 학대하는 일이 이상한 인간 한둘의 엇나간 생각이 아니라 모두 다 그렇게 생각하던 시대이기 때문이다. 시대적·사회적 망탈리테(mentalite), 즉 당대의 집단적 사고, 집합적 무의식이 형성되어 이들은 스스로 이상하다는 것을 몰랐던 것이다. 죄책감? 그건 그것이 수용되는 사회문화적 상황에서나 기능하는 것이다.

필립 아리에스(Philippe Aries, 1914~1984)의 지적처럼 옛날 부모들은 '아이들을 하나의 동물, 버르장머리 없는 원숭이 같은 애완동물'로 여겼다. 아이들이 죽으면 가슴 아파하는 부모도 있었지만, 대부분 새로운 아이를 갖게 되면 쉽게 잊곤 했다. 그러다 보니 아이들은 늘 익명의 상태에 있었다. 먼저 죽는 아이나 나중에 태어난 아이나 결국 아이라는 사실만 존재했다.

아이들이 비로소 의미 있는 존재인 '아동(兒童)'으로 인식되는 것은 서양의 경우 17세기 즈음이다. 그리고 그렇게 '아동에 대한 개념과 인식이 탄생'하게 된 여러 요인 중 가장 결정적 것은 바로 학교의 탄생이었다.

학교에 다니게 되면서 아동이 어른과 분리되고, 도제관계로서 무방비적인 어른 문화에 노출되어 있던 것이 정제되면서, 결국 아동이 탄생하고 그것이 궁극적으로 근대적 발전을 일으키는 기반이 되었던 것이다.

무엇이 잘못이고 무엇이 그른지 본 적도 들은 적도 없던 아이들이 비로소 무엇이 어떠하다는 것을 교육받게 되면서, 아동은 이제 말을 할 수 있게 되고 스스로 자각과 인식이 가능하게 되었다.

문득, 장화는 끝내 입을 열지 않았던 것이 떠오른다. 원혼이 되어서도 홍련이 말을 했지 그녀는 침묵했다.

그녀는 왜 침묵할까?

살아서는 물론 귀신이 되어서까지 결코 말해서는 안 되는, 입도 뻥긋해서는 안 되는 것들이 세상에는 있는가 보다. 귀신들의 입까지 막아대는 어마어마한 힘이 그녀들을 사정없이 짓눌러대는가 보다. 그건 죽음보다 더 무서운 것이 분명한가 보다.

그것이 무엇인지는 한밤중에 처녀귀신들을 다시 만나봐야 알일이지만, 다시 만난들 그녀가 솔직히 가슴속에 맺힌 것을 풀어낼 것 같지는 않다. 여전히 침묵할 것 같다.

그러니 이런 생각이 들지 않을 수 없다.

손순의 이름도 성별도 없이 그냥 존재하던 아이가, 버르장머리 없는 쥐 떼 같았던 하멜른의 아이들이, 그리고 장화와 홍련이 학교에 다녔다면, 배우고 익혀 주체적인 사고를 할 수 있었다면, 어떻게 되었을까? 하나의 인격체로 바라보지 않는 비정한 부모들로 인한 비극을 결국 피해 갈 수 없었다고 해도, 뭐라도 하려고 하지 않았을까? 적어도 무슨 말이라도 하지 않았을까?

잘은 몰라도 이토록 처절하고 슬픈 침묵의 메아리만 들려주지는 않을 것 같다.

8관

자식 사랑 패러독스

해와 달이 된 오누이 · 여우누이

〈손순매아〉나 〈장화홍련전〉을 보면 모든 부모들이 자식들을 못 잡아먹어 혈안이 되어 있는 것 같지만 사실은 그 반대다. 대부분의 부모들은 어떻게든 자식들에게 더 좋은 것, 더 나은 것을 주기 위해 그야말로 눈이 벌겋다. 희생과 헌신이야말로 자신이 이 세상에 태어난 소명이라고 생각하는 부모들이 태반이다. 옛날이야기도 모두 그런 부모들의 심정이 바탕에 깔려 있다.

〈해와 달이 된 오누이〉에 등장하는 떡장수 어머니가 바로 그렇다.

어머니는 한밤중까지 고생고생 떡장사를 해서 오누이를 먹여 살린다. 지친 몸을 이끌고 집에 돌아가는 길, 한 고개 넘으니 호랑이가 으르렁거리며 나타나 "떡 하나 주면 안 잡아먹지" 하고 위협한다. 떡 하나 주고 모면해 도망쳐 또 한 고개 넘으면 다시 호랑이가 으르렁거리며 또 "떡 하나 주면 안 잡아먹지"라고 한다. 고개를 넘을 때마다 그렇게 호랑이가 나타나서 이젠 더 줄 떡도 없다. 이제 어머니는 팔 하나를 호랑이에게 주고 다음 고개에서는 다른 팔을 주고, 다시 다리도 하나 주고 또다시…. 그렇게 어머니는 죽고 만다. 이야기는 더 이어져 호랑이가 오누이를 잡아먹으러 가는 장면이 덧붙지만 우리는 이쯤에서 충분히 어머니의 희생을 느낄 수 있다.

무슨 놈의 고개가 그리 많고 무슨 놈의 호랑이는 그 떡을 혼자다 처먹고도 또 먹겠다고 달려드는지 모르겠지만 어머니는 모든 것을 다 주고 결국 몸까지 주고 만다. 고개가 인생의 굽이굽이 고개인지, 호랑이를 때때마다 만나는 큰 시련인지, 떡을 준다는 것이 '떡을 친다'는 성적 은유와 결합하는 것인지는 일일이 따지지 않겠지만 분명한 것이 하나 있다. 어머니는 자신이 살기 위해서 떡을 하나씩 던져주고 타협하고 협상한 것이 아니라 오누이에게로 향할 무서운 호랑이를 달래고 지체시키기 위해 그런 것이란 점 말이다. 부모의 희생이 이렇다는 것을 우리는 너무나 잘 안다.

비딱하고 고약한 생각을 하자면, 떡장수 어머니는 참 딱도 하다. 떡이 하나씩 사라질 때마다 두려움이 없었을까? 눈앞에 남은 고개는 한도 끝도 없는데 도대체 어쩌자고 떡 하나로 호랑이를 달랠 생각을 했단 말인가? 또 팔 하나를 떼어주고 나면 다른 팔도 달라고 달려들지 않는다는 보장이 어디 있겠는가? 결국 죽는 것이 당연지사 아니었을까? 정말 떡장수 어머니는 그렇게 될 것을 몰랐을까?

"쯧쯧쯧, 어리석고 바보 같기는….."

"떡 팔아 몸 팔아 그렇게 지극정성 바쳐봐야 애들이 그 고마움을 알겠소?"

이러며 아등바등 뒷바라지 해봐야 다 소용없다고 쯧쯧거릴지 모르겠다.

하지만 그것이 오늘도 자식들 학원비에 보태겠다고 이리저리 밤낮으로 뛰는 어머니들에게 딱하다며 쯧쯧거리는 것과 무슨 차이가 있는가. 호랑이가 입시가 되고, 호랑이가 대학이 되고, 그야말로 호랑이 목구멍이 된 우리 사회에서 어느 누가 그리 쉽게 혀를 찰 수 있단 말인가.

팔딱팔딱
재주를 뛰어넘는 누이의 비밀

떵떵거리는 천석꾼 부잣집이 있다. 이 집 부부는 아들만 셋을 두었다. 남들이 부러워할 만한데 이 부부는 만족하지 않는다. 예쁜 딸을 하나 두는 것이 세상없는 소원이다. 신령님께 빌고 빌어 드디어 딸을 얻었다. 예쁘고 깜찍한 것이 더할 나위 없이 귀엽고 사랑스럽다. 정말 눈에 넣어도 아프지 않을 듯했다. 웃음과 행복의 기운이 온 고을에 널리널리 퍼질 만하다.

그런데 언제부턴가 집안에 이상한 일이 벌어진다. 하룻밤만 자고 나면 외양간에 소가 한 마리씩 죽어 자빠지는 것이 아닌가. 아버지는 첫째 아들에게 소를 지키게 한다.

그날 밤 외양간을 지키던 첫째는 놀라운 장면을 목격하게 된다.

밤이 깊어지자 막내인 누이동생이 슬그머니 외양간에 오더니 재주를 팔딱팔딱 넘으며 꼬리 아홉 달린 여우가 되는 것이 아닌가. 여우 누이는 소 항문에 손을 쑥 집어넣고 꼬물대다가 피가 뚝뚝 떨어지는 소간을 푹 뽑아내 우적우적 씹어 먹는다. 여우 누이는 소간을 냠냠 맛있게 먹고는 입맛을 쩝쩝 다시며 다시 팔딱팔딱 변신해서 아무렇지도 않게 방으로 들어가버린다.

놀란 첫째는 날이 밝자 아버지에게로 가서 사실대로 말한다.

"뭐라고? 누이동생이 여우라고? 이런 고얀 놈, 하나뿐인 누이동생을 모함해!"

아버지는 나쁜 놈이라며 큰아들을 쫓아낸다. 그리고 둘째 아들에게 외양간을 지키게 한다. 그날 밤 둘째 역시 같은 장면을 목격한다. 그래서 사실대로 말하지만 아버지는 둘째도 쫓아내버린다. 셋째 아들도 한밤중 외양간에서 누이가 변신하는 것을 본다. 하지만 그는 바른대로 말하지 않는다.

"그냥 소가 픽 쓰러져 죽던데요."

아버지 입맛에 맞게 거짓말을 해서 칭찬까지 들은 셋째는 쫓겨나지 않고 그대로 집에서 살게 된다.

쫓겨난 첫째와 둘째는 깊고 깊은 산골 도사에게 가서 공부를 하게 된다. 세월이 흐르자 집이 너무 그리웠다. 걱정도 되었을 것이다. 집으로 돌아가겠다는 첫째와 둘째에게 도사는 호리병 셋을 선물로 준다.

형제가 돌아와 보니 대궐같이 흥청거리고 북적거리던 집은 터만 남은 채 퇴락한 것이 아닌가. 여기저기 잡풀이 돋아 을씨년스러운 가운데 아무도 살지 않는 것 같았다.

그런데 그때 방문이 빠끔히 열리더니 막내 누이가 생글생글 웃으며 냉큼 달려나와 형제를 살갑게 맞는다.

"어머, 오빠들! 반가워요."

부모와 셋째까지 가족 모두가 병들어 죽었다는 말에 둘은 짐작한다. 형제는 누이가 밥을 차리겠다며 부엌에 간 사이 잽싸게 도망친다. 그것을 본 누이는 팔딱팔딱 여우로 변신해서 뒤쫓고 형제는 도사가 준 빨간 호리병, 하얀 호리병, 파란 호리병을 차례로 던진다. 그러자 빨간 호리병에서 불길이 치솟고 하얀 호리병에서 가시덤불이 돋아나고 파란 호리병에서 시퍼런 강물이 쏟아진다. 여우 누이는 불길을 뚫고 가시덤불을 뛰어넘어 쫓아왔지만 결국 강물에 빠져죽고 만다.

이 〈여우 누이〉는 결국 여우가 집안 말아먹는 이야기다.

여우는 소와 말을 차례로 먹어치운 후 더 이상 먹을 것이 없자하인들을 잡아먹고 급기야 셋째 오빠, 아버지, 어머니까지 먹어치운다. 소를 잡아 고기만 먹어도 며칠은 먹을 텐데 이 여우는 식성이 까다로웠는지 항문으로 손을 쑥 집어넣어 날름날름 간만 빼 먹는다. 그러니 아무리 고을에서 떵떵거리는 천석꾼 부자라 해도 당해낼 재간이 없다. 고약한 상상은 아버지 어머니의 간도 그렇게 빼 먹었을까 하는 궁금증으로 치닫는다. 하지만 이야기는 그 장면까지 들려주지는 않고 그냥 상상하게만 한다. 아무튼 이 집의 아버지 어머니는 자기들만 죽은 것이 아니라 집안을 완전히 말아먹었으니 정말 문제다. 아들 셋에 만족을 모르고 딸을 바란 것은 잘못이 아니다. 신령님께 치성을 드려 딸을 낳은 것도 당연히 잘못이라 할 수 없다. 여우를 낳은 것도 불가항력적인 일이다. 누군들 요사스러운 여우를 낳고 싶겠나. 예쁘고 귀여운 딸을 낳고 싶어 하는 것은 인지상정(人之常情)이다.

이들 부모의 결정적 잘못은 따로 있다. 그건 딸이 여우임을 알아보지 못한 것이다.

집안에 매일 소가 한 마리씩 죽어나가는 변고가 일어나는데도 부모의 대처는 미온적이다 못해 안이하다. 고작 큰아들과 둘째 아들을 시켜 지키게 한 것이 전부다. 더 심각한 문제는 첫째와 둘째가 진상을 알렸는데도 누이동생을 시기해서 지어낸 말이라고 치부하며 내쫓았다는 점이다. 한 번도 아니고 두 번이나 그렇게 매도하고 쫓아내니 셋째가 바른 말을 할 리 없다. 주눅든 자식이 입을 열기란 정말 어려운 일이다. 그러니 누이는 대놓고 냠냠 집안을 몽땅 먹어치우게 된 것이다. 이 부모가 아들들의 말을 듣지도 믿지도 않은 것은 정신이 온통 딸에게만 쏠려 있었기 때문이었다. 같은 자식이지만 아들보다 막내딸을 더 좋아했던 것이다. 편애(偏愛)가 그들의 눈을 멀게 했다.

"무슨 소리야, 편애라니? 다 똑같이 사랑한다고."

그러고는 이런 말을 꼭 덧붙인다.

"열 손가락 깨물어 안 아픈 손가락이 있나?"

맞다. 깨물면 다 아프다. 자식들이 아프고 괴로워할 때 애달파하지 않은 부모는 세상 천지에 없다. 하지만 그것은 자식이 고통스러워할 때 얘기다. 자식들이 다 제각기 잘 살아가면 감정은 조금 달라진다.

'열 손가락 중 더 좋아하는 손가락은 있는 법이다.'

자식이 열이 아니라 단 둘만 있어도 더 맘이 가는 자식이 분명 있다. 아무도 대놓고 말하지는 않지만 틀림없는 사실이다. 그렇게 마음이 더 쓰이는 자식이 있는 것이 잘못은 아니다. 사람이니 어쩔 수 없다. 마음이란 것이 마음대로 되지 않으니 말이다. 하지만 그런 치우친 마음이 밖으로 드러나 다른 자식들의 마음까지 다치게 하면 안 된다. 그런 치우친 마음의 행동을 우리는 '편애'라고 부른다.

〈여우 누이〉의 부모가 딸을 그토록 좋아한 것은 일반 부모들과 별반 다를 바 없다. 그걸 나쁘다고 할 수는 없다. 하지만 그 편애가 다른 손가락들이 깨물리는 지경에 이르렀는데도 그 아픔을 느끼지 못할 정도라면 정말 심각하다.

이야기에서 직접 말하지는 않지만 셋째가 거짓말로 부모를 안심시킨 후에도 소와 말은 계속 죽어 나갔을 것이다. 궁금한 것은 그

때 부모는 어떤 생각을 했을지 궁금하다. 쫓아낸 첫째와 둘째가 했던 말을 한 번이라도 떠올려봤을까? 아니면 불길한 재앙을 막을 새로운 특단의 조치를 취했을까? 그리고 급기야 셋째 아들까지 죽었을 때는 무슨 생각을 했을까? 자신이 뭔가 잘못된 길로, 이제는 더 이상 돌이킬 수 없는 길로 접어들었다는 사실을 깨달았을까? 딸이 자기 방에 능글맞은 미소를 짓고 입맛을 다시며 나타났을 때 비로소 진실을 알았을까? 아니면 딸이 사악한 눈길로 자기 간을 노리며 달려들 때도 여전히 똥인지 된장인지 구분도 못한 채 그저 딸을 두둔하려 했을까?

이 생각 없는 부모에게 묻지 않을 수 없다.

"딸이 여우라는 것을 언제 알았습니까? 아니, 알기는 알았습니까? 죽을 때까지 몰랐던 것은 아니고요?"

어쩌면 달리 물어야 할지도 모른다.

"당신들은 딸이 여우라는 것을 알고도 그렇게 편애했을까요?"

이쯤 되니 이들 부부는 여우를 '낳은' 것이 아니라 여우로 '키운' 것이 분명해 보인다. 여우가 아니라고 해도 장대같이 큰 첫째 오빠와 둘째 오빠가 한 방에 쫓겨 나가고 셋째 오빠는 간신처럼 자신에게 들러붙는데 도대체 그녀의 눈에 무엇이 들어오겠는가? 안하무인(眼下無人)이 되지 않을 수 없다. 이 정도면 하늘에서 내려온 비단결 같은 마음을 가진 선녀라도 팔딱팔딱 재주를 넘고 간과 쓸개를 빼 먹는 여우가 되고 싶겠다.

편애는 사랑이 아니다. 과잉된 사랑은 광기일 뿐이다. 광기는 자신을 파멸시키고 결국 그렇게도 소중하게 지키고 싶어 했던 것까지 죄다 파멸시키고 만다.

그래도 그 부모는 오독오독 다 씹혀 먹히면서도 아마 이렇게 말했을지도 모른다.

"아니, 우리 애가 뭘 잘못했다고 이 난리야!"

자식이 여우로 변하는 순간

부모는 제 자식에 대해 철석같이 잘 안다고 믿는다. 어느 정도 사실이기도 하다. 자식과 가장 많은 시간을 보내는 사람이 부모일 테니 말이다. 하지만 그건 자식이 강보에 싸여 있을 때와 아장거리며 걸을 때나 그렇다. 아이들이 커가면서 상황은 달라진다. 그 달라진 상황을 부모만 모른다.

여우 누이도 태어나자마자 여우로 변신해 간을 빼 먹은 것이 아니다.

각편에 따라 여섯 살, 여덟 살 등으로 다르게 나오지만, 일단 꾀가 생기고 자기 자신을 알게 되고, 자기가 어떻게 해야 하는지 충분히 아는 나이가 되자 소와 말의 간이 사라지기 시작한다. 아마도 하인들은 눈치챘을지도 모른다. 눈치로 평생을 사는 신분이니 사람 알아보는 데는 도사였을 것이다. 하지만 감히 종 주제에 주인 영감 님과 마님께 그런 불경스러운 말을 할 수는 없다. 쫓겨나는 정도가 아니라 자칫하면 몽둥이찜질에 목숨까지 잃을 수도 있다. 결코 빈 말이 아닌 것이 제 자식인 첫째, 둘째 아들의 말에도 길길이 날뛰며 분노한 것을 보면 말이다.

여우 누이의 부모는 제 자식들의 말도 듣지 않는다. 틀렸다고, 잘못 봤다고, 시기해서 질투해서 음해하려고 말을 꾸며냈다고 생각 한다. 그렇게 역정을 내고 혼을 내고 물리친다. 하지만 부모가 자식 을 잘 안다고 생각하는 것은 말도 안 되는 망상임은 지나가는 아무 10대나 붙들고 물어보면 금방 알 수 있다.

"너희 부모님은 네가 이러는 거 아시니?"

조금 엇나가는 청소년들만 그러리라는 착각은 금물이다. 학교 에서 1등을 하는, 얌전하고 올바르며 '뉘 집 앤지 저런 자식 하나 있 으면 좋겠다'는 부러움을 한껏 받는 학생에게 물어봐도 마찬가지의 대답이 나올 거다.

"네 부모님이 네 마음을 다 이해해주시니?"

정말 문제는 그 부모 자신들도 어렸을 적에는 그들의 부모가 모 르는 일들을 꽤 많이 저질러놓고도 그 사실은 까맣게 잊은 채 제 자 식은 자기에게 모든 것을 말하리라고 근거 없이 믿는다는 점이다.

"무슨 소리야, 우리 애는 안 그래. 우리 애는 내가 가장 잘 알아!"

이렇게 흥분하실 부모님들은 한번 곰곰이 자신의 청소년기를 떠올려보시라. 당신들의 생각과 행동을 당신의 부모님들께서 다 아셨는가? 가지 말라는 오락실에 몰래 가서 숨죽이며 짜릿한 게임을 했던 것을 부모님들이 알고 계셨는가? 야간자율학습 시간에 담을 넘어 학교 앞 떡볶이집에 갔던 것도 아시는가? 친구 집에서 공부한다고 하고 애인과 극장에 갔던 것은? 학급비를 내야 한다고 천연덕스럽게 아침마다 손을 내밀었던 것은? 그것이 거짓이었다는 것을 과연 알고 계실까?

모르는 것이 당연하다. 인간이 어떻게 다 알 수 있단 말인가.

심각한 문제는 모르면서도 다 안다고 철석같이 착각하고 우겨대는 요즘 부모들의 극성스러운 마음이다. 자식에 대한 불안을 스스로의 비뚤어진 착각으로 메워서 스스로 정당하다고 떵떵거리는 허풍스러운 마음 말이다.

현명한 부모는 자기가 바라보는 자식의 모습에 주위에서 들려주는 자식의 모습을 겹쳐볼 줄 안다. 학교 선생님의 말도 듣고 친구들의 말도 듣고 다른 가족의 말도 듣는다. 그리고 그 말을 자신의 판단만큼이나 소중하고 의미 있게 받아들인다. 사실 그러자고 아이를 학교 보내는 것이 아니겠는가. 공부만 시키려고 했다면 애들을 학원에 보내지 왜 학교에 보내겠는가. 바르게 성장하는 것을 보려고, 그런 모습을 지켜보려고 학교에 보낸다면, 친구와 놀게 한다면, 선생님이나 친구의 말을 경청해야 하는 것은 너무나 당연한 일이다.

하지만 너무나 당연한 것을 힘줘서 말해도 당연하게 받아들이기 힘든 때가 너무나 많다.

부모에겐 충격이기 때문이다.

외양간에서 밤을 지새운 첫째 아들이 들고 온 사실은 너무나 큰 충격이었다.

'아니, 귀하고 귀한 딸이 여우라니. 팔딱팔딱 재주넘고 변신을 한다니. 뭐, 손을 소의 항문에 쑥 집어넣어서는 간을 빼 먹어?'

말도 안 되는 소리다. 도저히 받아들일 수 없다. 있을 수 없는 일이다. 자신이 구축한 아름다운 세계가 산산이 부서져 나가는 소리가 들리는 것 같다. 그럴 수는 없다. 그래서는 안 된다. 결국 부모는 다른 해결책을 찾음으로써 아름다운 세계를 가까스로 지켜낸다.

"이놈! 하나뿐인 동생을 시기하다니, 이런 못된 놈!"

그렇게 그들의 세계는 잠시지만 다시 안정된다. 하지만 아슬아슬하게 유리 위에 쌓아놓은 그 세계는 위태위태하다. 결국 돌이킬 수 없는 지경에 이르러서야 비로소 부모는 알게 된다. 딸이 진짜로 여우였다는 것을.

"네 과외비는 무슨 수를 써서라도 이 에미가 마련한다. 절대 걱정 마라."

허리가 휘어도 자식을 위해 헌신하는 것이 사랑인지도 모르겠다. 하지만 그 자식이 부모의 마음을 헤아려줄까? 아니, 부모가 먼저 자식에게 부모의 마음을 헤아리도록 가르쳐야 하지는 않을까? 날름날름 맛있는 간만 빼 먹을 것이 아니라 쓰러져 넘어진 거대한 황소가 이 집을 떠받치는 소중한 기둥이라는 것을 먼저 가르쳤어야 하지 않을까? 함부로 손대서는 안 될 귀중한 거라고 준엄히 가르쳤어야 하지 않을까?

"뭘 가르쳐야 한다고? 우리 애처럼 완벽한 애에게?"

허상에 홀려 흐리멍덩한 눈이 된 부모는 자신이 무엇을 해야 하는지 알 리 없다. 간을 빼 먹으며 엇나가기 시작한 자식들을 제대로 볼 수 있으려면, 부모 자신들이 어떻게 했는지부터 냉정하게 따져 봐야 한다.

"평수 작은 아파트에 사는 애들과는 놀지 마라. 알았어?"

"걔네 아버지는 뭐 하신다니? 네 수준에 맞는 친구를 사귀어야지, 알겠어?"

결국 외양간과 마구간에서 소와 말이 모두 사라지고 알량한 자신의 오기만 남게 해서는 안 된다.

"무슨 소리예요? 우리 애가 그럴 리 없어요. 절대로요."

자신의 항문에 자식의 손이 쑥 들어와 간을 움켜쥐고 있는 판국에도 여전히 착각하고 있는지도 모르겠다. 금이야 옥이야 귀한 우리 아이가 절대 그럴 리 없다고, 친구 잘못 만나 그런 거라고, 그 교양 없는 가난한 놈들 때문이지 우리 귀한 아들은 안 그렇다고, 눈을 희번덕거리며 거품을 물어댈 수도 있다.

"명문대를 나온 우리 애 같은 사람들이 결국 이 나라를 이끌고 가는 거 아니에요?"

착각은 자유지만 이 정도면 구제불능이다. 나라를 이끌기는 고사하고 제 한 몸도 추스르지 못할 바보를 만들어놓고는 허황된 자기만의 몽상에 빠져 있다니, 정말 답이 없다.

생각해보라. 부모가 죽은 후의 상황을 말이다.

부모의 간은 물론 등골까지 모조리 빼 먹은 여우는 무엇을 먹고 살까? 차라리 처음부터 산과 들로 다니며 사냥을 배웠으면 모를까, 주는 것만 손쉽게 날름거리는 데 길들었으니 이젠 어떻게 할까? 그래서 여우 누이는 집 떠나간 첫째 오빠와 둘째 오빠가 돌아오자 그토록 좋아했던 이유가 있다. 여우 누이는 그들을 기다린 것이 아니라 달리 갈 곳이 없어 잡초와 해골만 무성한 퇴락한 집터에서 뼈다귀를 핥으며 굶주린 배를 움켜쥐고 있었던 거다. 굶어 죽기 직전에 먹잇감이 나타나자 기뻐했던 것이다. 부모의 비뚤어진 편애와 과잉보호에 아이가 아주 바보가 되어 있었던 것이다.

이젠 치맛바람이 초등학교 중학교를 넘어 대학교에도 휘몰아치면서 엄마가 수강신청까지 대신해주는 지경에 이르렀다. 얼마 전에 만난 공기업의 총무이사 한 분이 들려준 말에 난 기가 차서 말도 나오질 않았다.

"연봉 협상 때 엄마가 오는 것은 그래도 양반이야. 승진이 안 되면 득달같이 엄마가 달려온다니까."

그러고는 눈을 치켜뜨고 말한단다.

"아니, 우리 딸이 뭐가 부족해서 승진이 안 된 거죠?"

당당하게 요구한단다.

"같이 입사한 동기 아무개는 승진했다는데 우리 애가 그 애보다 무엇이 부족한지 구체적인 자료를 보여주세요."

그러고는 킁킁 콧방귀를 뀌며 애의 손을 끌고 가버린단다. 이렇게 말하며 말이다.

"됐고요, 우리 애가 이런 곳에서 이런 대접을 받고 지낼 애 같아요? 정신 차리세요."

간도 쓸개도 빼놓고, 무엇이 옳고 그른지, 귀를 닫아놓은 채 눈앞에 보이는 찬란한 신기루만을 향해 우리 부모들이 달려가고 있다. 그 와중에 누가 죽어 나가는지 알지 못한다. 자신이 죽어도 그건 자식을 위한 희생이라고 위안을 삼는다. 정말 그것이 사랑일까? 그것이 정말 옳은 희생일까?

말뚝귀의 부모들은 끝끝내 듣지 않을 거다. 심하면 삿대질을 해 댈지도 모른다.

그 삿대질보다 더 괴롭고 무서운 것은 따로 있다. 그들이 그렇게 정신없이 앞뒤 안 보고 인정사정없이 달려간 그 끝에서 만나게 될 악몽 같은 상황이 난 솔직히 무섭다. 요즘 길에서 만나는 이 나라의 아들과 딸들이 모두 팔딱팔딱 여우로 변신할까봐 정말 무섭단 말이다.

주눅 든 아이와
아바타

〈여우 누이〉의 부모는 첫째와 둘째 아들에게는 가혹하리만치 냉정하게 대했다. 단 한 번의 실수 아닌 실수에 그들을 내쫓았다. 막내 여동생을 대하는 것과는 너무나도 달리 대했던 이유는 그들에게서 그동안의 희생의 값을 받아내려 했기 때문이다.

부모는 자식을 왜 낳을까? 자식을 통해 뭔가를 얻으려고? 노후에 부양을 받으려고? 이런 질문 자체가 불편한 것은 누구도 그런 생각을 하면서 자식을 낳지 않고 그런 이유로 자식을 기르지도 않기 때문이다. 자식을 미래를 위한 보험으로 낳아 키우는 부모는 세상 어디에도 없다. 그저 탄생 그 자체를 기뻐하며 최선을 다해 기를 뿐이다.

그런데 종종 대가를 바라는 것처럼 행동하는 부모들이 눈에 띄는 이유는 무엇일까?

대가를 바라지 않지만 대가가 주어지면 기쁜 것이 인간의 마음이다. 자식들이 장성해서 멋지고 훌륭한 인물이 된 모습을 보고 흐뭇해하는 심정은 누구나 마찬가지고 그런 부모가 되고 싶은 것도 당연하다.

하지만 자식의 행복을 지켜보고 싶은 이유가 꼭 자식들을 위해서만일까?

'그동안의 노력이 헛되지 않았구나!'

이런 자기만족은 전혀 없을까? 만족감으로 뿌듯하게 가슴이 벅차오르는 것이 당연히 잘못은 아니다. 하지만 그런 보상 심리가 점점 커진다면 문제가 된다. 왜냐하면 부모는 자기만의 감정과 생각, 판단으로 자식들을 바라보기 쉽기 때문이다. 자신들이 보기에 괜찮은 사회적 지위, 명망, 성공을 쟁취했다고 여겨질 때라야 비로소 만족스러운 감동에 사로잡히기 때문이다.

"무슨 소리! 난 아이들이 행복한 것으로 충분하다고."

말은 쉽지만 실상은 그렇지 않다. 인간이란 늘 비교를 하는 동물이니 말이다. 남과 비교는 그만두고라도, 사회적으로 크게 성공한 자식과 그렇지 못한 자식을 동시에 바라보며, 똑같은 만족감에 가슴 뭉클하게 젖어들 수 있으신가? 솔직히 나부터 자신이 없다.

우리는 어쩌다 이렇게 되었을까?

시작은 다들 비슷하다.

"아들이든 딸이든 건강하기만 하면 돼."

임신한 부인들이 가장 많이 되뇌는 소리다.

"밥 잘 먹고 튼튼하면 됐지, 뭐를 더 바라겠어요."

유치원생 아이를 둔 부모들이 가장 많이 하는 말이다.

"다 너 잘되라고 하는 소리야, 공부 안 하면 세상을 어떻게 살아가니."

초등학교 입학과 동시에 귀에 못이 박이게 듣는 소리다.

"아무리 그래도 좋은 대학에 가야 하는 거야."

퉁퉁거리는 사춘기 애들도 선뜻 거부하지 못하는 마법의 언어다.

이쯤 오면 폼나는 직장, 외모보다는 학벌, 사람보다는 집안을 보고 배우자를 고르는 것까지 알아서 척척하게 된다.

이 중에 그릇된 말은 없다. 하지만 사람의 마음에는 만족이란 없고 욕심에는 끝이 없다. 그렇게 힘줘 하는 말들이 자식에게는 강요가 된다. 자식을 인조인간처럼 키우고 싶은 부모야 없겠지만 어느 틈엔가 아들은 병정이 되고 딸은 인형이 되어버린다. 억지로 시켜야 움직이고 말을 하는 로봇이 된다.

제대로 따라오지 못하는 아이들은 괴로워하면서 대열에서 이탈한다. 부모에 대한 애정과 증오를 모두 품은 채 혼탁한 가치 속에서 정신을 못 차리고 헤맨다. 하지만 끝내 "밥만 잘 먹고 튼튼하면 된다고 하셨잖아요?"라고 대꾸하지는 못한다. 부모의 모든 말이 자신을 위한 것임을 알기 때문이다. 그런데도 자신의 성적은 여전히 좋지 않아 좋은 대학은 꿈도 못 꾸는 상태이니 참담한 것이다. 제가 생각해도 자기는 공부에 도움 안 되는 짓에만 몰두하고 있으니 큰 죄를 지었다는 생각에서 벗어나질 못하는 것이다. 자기 행복은커녕 행복이란 것이 있는지도 까맣게 모르는데 어느 겨를에 부모의 욕망에 제동을 걸겠는가.

채권으로 변질된
부모의 책임과 의무

동물과 달리 인간은 보살핌을 받아야 할 시간이 꽤 길다. 태어나자마자 몇 분 안에 비척거리긴 해도 제 힘으로 일어서는 송아지보다는 확실히 오랫동안 보살핌을 받아야 한다. 아마도 그래서 그 일방적인 사랑에 익숙해지는지도 모르겠다. 주든 받든 일방적이기만 한 것은 결코 좋은 결과를 내지 못한다는 사실을 서로 잊은 채 말이다.

부모는 자식이 어릴 때는 밥을 차려주고 골고루 음식을 먹게 한다. 자식이 싫어해도 잘 다독여 먹인다. 부모는 자식이 아프지 않고 튼튼하길 바란다. 신발주머니를 잊고 간 아들놈의 학교에 설거지를 하다 말고 부리나케 뛰어가기도 하고, 놀이공원의 인기 있는 놀이기구 앞에 몇 시간이고 자식 대신 줄을 서주기도 한다. 새벽부터 콘서트장 앞에 자리를 깔고 대신 기다려주어도 고맙다는 말 한마디 하지 않는 딸년 때문에, 창피하게 학교까지 뛰어왔다고 짜증을 내는 아들놈의 퉁명스러운 핀잔 때문에, 서운함이 차올라도 참는다. 딱히 희생이란 생각도 들지 않는다. 밥을 제때 못 먹어 핼쑥한 것 같아, 준비물을 잊어버려 학교에서 허둥댈 것 같아, 유행에 따르지 못해 다른 애들에게 기죽어 지낼 것 같아, 모든 것이 안타깝고 애가 탈 뿐이다. 정말 그럴 뿐이다. 그뿐이다. 여기에 너저분한 다른 마음은 없다. 대가니 보험이니 부모의 욕심이니 하는 것들은 끼어들 여지가 없다.

그런데 서서히 안타까움이 불안감으로 바뀌는 순간이 온다. 부모는 여전히 자식 걱정이다. 이렇게 하면 사회에 적응하지 못할 텐데, 저렇게 하면 사람들이 업신여길 텐데…, 부모의 자식 걱정은 끝이 없다. 오죽하면 주변에서 임신한 부인을 보고 "뱃속에 있을 때가 제일 편해"라고, "키가 클수록 걱정도 커져"라며 긴 한숨을 내쉬겠는가. 뉴스를 볼 때마다, 사회가 흉악하게 돌아갈 때마다, 부모의 가슴은 덜컹거린다. '꺼진 불도 다시 보자'가 아니라 '자는 자식 다시 보자'가 가훈이 된다. 부모의 걱정과 불안은 어떤 상황에서도 멈추질 않는다. 정작 문제는 바로 그런 상황 속에 놓인 것이 부모 자신인데도 그걸 모른다. 그걸 보지 못한다.

그러다 보면 안타까움에서 출발한 감정이 불안감으로 커지다가 점점 증폭되어 끝내 폭주하고 만다. 선을 넘는 것이다.

여전히 자식들이 자신이 돌봐주어야 할 어린아이로 보인다. 물론 보살펴줘야 한다. 하지만 그 방식이 바뀌어야 한다. 그러나 그러질 못하고, 그래야 한다는 것조차 모른다. 여전히 자식 대신 판단하고, 자식 대신 결정하고, 자식 대신 추진해버린다. 그렇게 아이들은 사라지고 그 자리를 부모의 아바타, 꼭두각시가 대신한다. 아바타 조종자가 된 부모는 자신들이 직접 하면 더 잘할 거라는 아무 근거 없는 자신감에 넘쳐 꼭두각시를 마구 조종하려 든다. 물론 과부하가 걸리는 자식의 모습을 보며 죄책감, 두려움, 때론 분노에 사로잡히기도 한다. 하지만 조종석에서 내릴 생각은 절대 하지 않는다. 자식에 대한 의무감과 책임감을 불안감과 맞바꾼 사실을 까맣게 모르기 때문이다. 스스로 폭주하고 있음을 부모, 그들만 모른다.

부모는 자식이 행복해지길 바라지만 그 '행복'이란 단어는 입맛에 따라 천차만별로 뒤바뀌는 마술 같은 용어다. 사람들 백이면 백, 다 다르게 느낀다. 그래서 사람은 누구든 자신이 생각한 자기만의 행복에 따라 살아가고, 또 그래야만 한다. 하지만 꼭두각시가 되어버린 아이들에겐 자신의 행복이 있을 수 없다. 집착에 빠진 부모는 자식이 생각하는 행복은 이미 행복이 아니라고 말하며, 아이가 자신의 아바타가 되기를 바란다.

"아니야, 네가 잘 몰라서 그렇지. 그건 행복이 아니야. 엄마 말 알겠니?"

"그렇게 하면 결국 잘못될 수밖에 없어, 그렇게 하면 안 돼. 명심해. 알았지?"

요지부동이다.

그렇게 힘주어 말하지만 사실 그 부모도 그런 삶을 살아본 적은 없다. 그 끝에 불행이 있을지 행복이 방끗 웃고 있을지 세상 누구도 모른다. 그런데도 부모는 단호하게 반대한다. 자신의 생각과 가치대로 흘러가지 않는 주변 상황이 그들을 엄습하기 때문이다. 그것이 불안을 드리우고 결국 부모들은 자신이 불행하다고 느낀다.

"요즘 강남 애들은 학원 갔다 와서도 과외를 한단 말야."

"이렇게 사회에 뒤처지면 어떻게 살 거니? 응?"

자식이 결혼해 부모 곁을 떠나면 그러한 감정은 더 확연하게 드러나게 된다. 며느리 탓을 하고 사위의 능력에 시비를 거는 이면에는 이런 연유가 도사리고 있다.

'아휴, 쟤는 남편 밥을 해주는 거야, 굶기는 거야?'

대놓고 간섭하지 못하는 감정이 속을 태운다. 검게 탄 재로 앙금이 남는다. 그걸 공연한 섭섭함이라고 부르면 너무 과도한 것일까?

부모는 그동안 그렇게 고생하며 키운 것이 죄다 떠오르며 스스로를 괴로움에 빠뜨린다. 자식이 밥투정을 부리며 던져버린 숟가락을 주워들던 것부터 신발주머니 들고 미친 여자처럼 냅다 뛰었던 것까지, 놀이기구 줄에서 다른 사람들 눈총에도 아랑곳없이 버텼던 것부터 그 추운 날 시험장 문에 잘 붙지도 않는 엿을 붙이려고 온갖 짓을 다했던 것까지 죄다 떠오른다.

'도대체 누구 때문에 여태껏 입을 것 못 입고 먹을 것 못 먹고 키웠는데….'

부모의 안타까움에서 시작된 마음이 불안감이 되고 그러다 폭주하게 되면 끝내 섭섭함을 남기고 재가 되어 사라진다. 그 자리를 원망과 한탄, 젊은것들에 대한 질시가 대신한다.

그렇게 부모의 마음에는 책임과 의무가 변질된 채권이 자리잡는다. 내가 준 것이 있으니 저도 무엇인가를 주겠지, 아니 그 정도는 주어야지 하는 마음으로 저도 모르게 딱딱하게 굳어져 간다. 자식에게 더 많이 주고 더 심혈을 기울였을수록 그 채권은 더 커진다. 자식은 그만큼 더 많은 채무를 지게 되는 셈이니 그만큼 자식들이 더 괴로워질지도 모르지만 그런 건 눈에 들어오지 않는다.

자기도 모르게 준 사랑이 채권이 되어 돌아오면 저도 모르게 그걸 행사할지도 모른다. 그걸 당연히 받아야 할 효도라고 착각할지도 모른다. 효도라는 강력한 이데올로기 앞에 자식들의 생각은 안중에 없다. 자식이 환갑을 바라보는 나이가 되어도 '애는 아직 어려서 잘 모른다'고 생각하게 된다. 그리고 요구한다.

"제발 좀 행복하게 살려무나."

그러나 그 말은 '언제쯤 철이 들래'이고 '내 말대로 살아야 잘사는 거야'이며, 결국 '나를 좀 행복하게 해다오'의 다른 말일 뿐이다.

그렇게 부모는 채권을 추심하는 것이다.

여느 채권 채무 관계가 그렇듯이 이 관계에는 인간미란 없다. 인간이 서로 얼굴을 맞대고 고상한 척 말을 늘어놔도 마찬가지다. 받을 것 받고 줄 것은 줘야 한다. 그러나 자식 입장에서 조금, 아니 엄청 억울한 것은 자식들은 그 일방적인 사랑을 받으려고 한 것이 아니란 점이다. 일방적으로 주고서 내놓으라니 아찔하고 난감할 따름이다. 악덕 대출업자도 내줄 때는 꾀기라도 하는데 말이다.

"내가 언제 채권을 행사했다고 난리야!"

이렇게 버럭 고함을 지를지도 모르겠다. 마음이 불편하고 언짢아진 분들은 한 번쯤 생각해보아야 한다. 정말 채권을 행사할 생각이 없었다면, 애초부터 채권이니 채무니 하는 것이 없었다면, 난 솔직담백하게 자식을 위해 모든 것을 다 주었다고 생각한다면, 정말 깊이 생각해봐야 한다.

자식을 아이로 보고 있는지, 아니면 자신과 동등한 독립된 존재로 보고 있는지를. 그들을 사랑과 우려의 눈으로 지켜보면서 잘되기를 기원하고 격려하고 북돋아주는지를 말이다.

아리스토텔레스(Aristoteles, BC 384~BC 322)는 인간을 사회적 동물이라고 했다. 인간이 홀로 살기보다는 같이 모여 사는 것이 더 낫다는 거다. 사람이 태어나면서 처음 속하게 되는 사회가 가정(家庭)이라는 것도 늘 들어 아는 말이다. 하지만 거기까지만 생각하곤 한다. 아리스토텔레스가 그렇게 모인 인간들이 '어떻게 하면 행복하게 살아갈 수 있을까?'에 대해 했던 말은 간과한다.

그는 인간은 행복을 타고나는 것이 아니라 배움과 노력을 통해 얻게 된다고 했다. 행복하기 위해서는 미덕에 부합하는 행동을 해야 하며, 여러 번 반복해서 그것이 몸에 배도록 해야 한다고 강조했다. 건축해봐야 건축가가 되고 연주해봐야 연주가가 되는 것처럼, 올바른 행동을 해봐야 올바른 사람이 되고, 절제해봐야 절도 있는 사람이 되며, 용감하게 행동해야 용감한 사람이 된다는 거다.

어떤 행동을 하느냐에 따라 삶이 바뀌고 행복이 결정된다는 아리스토텔레스의 말에서 가장 중요한 것은 '반복과 노력'일 것이다. 한 번 만에 성취되는 일이 없다는 것을 너무 잘 아는 현명한 철학자는 그렇게 충고했지만, 우리는 그 반복의 지루함과 노력의 피곤함에 심드렁한 반응으로 "난 잘하고 있소이다"고 답한다.

하지만 축소된 작은 사회라는 가정 안에서 벌어지는 가족들의 온갖 심란한 상황을 보고 있자면 정말 그런지 의문이 든다. 가정은 사회가 아니라는 판단에서인가? 아니면 내 가정에서의 행복은 내가 결정한다고 생각해서인가? 사회가 건전하게 운영되기 위해서는 협의를 통한 규칙이 필요하듯 가정 역시 서로의 의견을 듣고 대화하고 상의해 결정하는 건전성이 필요하다. 그런 곳에는 편애, 과잉보호, 집착, 결핍과 같은 어수선한 것이 발을 들일 수 없다. 아리스토텔레스가 말한 행복의 조건인 절제, 용기, 정의, 지혜, 우애 같은 것이 꽉 들어차 있으니 말이다.

먼저 생각이 바뀌어야 한다. 그러면 행동이 바뀌고 습관이 바뀌고 천성이 바뀌게 된다.

9관

가족의 재탄생

최고운전

세상에 두려울 것이 없는 시절이 있다. 세상 모든 것을 다 마음대로 할 수 있을 것 같은 호기가 가슴 가득 들어찰 때가 있다. 그렇게 평생 사는 사람도 있기는 하다. 하지만 결혼하고 나면 이런 생각을 하게 된다.

'아, 세상에 내 맘대로 할 수 없는 게 있구나.'

누가 알려줘서가 아니라 저절로 깨닫는 것이다. 그러다가 자식을 낳는다. 그러면 이렇게 된다.

'아, 세상에 내 맘대로 할 수 있는 게 하나도 없구나….'

겪어보지 않으면 도저히 알 수 없는 일이다. 머리로는 알아도 가슴으로는 모른다. 사실 머리로 아는 것은 아는 것이 아니다. 안다고 착각하는 것일 뿐이다.

배우자는 그래도 자신이 선택한 것이니 어느 정도 감안할 것이 있다. 하지만 자식은 아니다. 그냥 정해진 것이다. 자식 입장에서 그런 부모를 만나고 싶지 않았겠지만 부모도 그런 자식을 만나고 싶었던 것은 아니다. 낳아보니 그런 걸 어쩌겠나. 오죽 속상하면 부모가 "너 큰 다음에 너 같은 자식 낳아보라"는 악담을 하겠는가. 부모와 자식은 서로 선택할 수 있는 관계가 아니다. 뒤숭숭한 자식이 불쑥 태어나면 그야말로 머리가 터지는 것이다. 타이르고 말리고 가르친다고 될 일이 아니다. 속되게 말해 부모는 미치고 팔딱 뛰게 되는 거다.

날개 달린
아기장수의 죽음

사실 부모 입장에서 자식이 지금은 속을 썩일지라도 나중에 떡하니 엄청난 일을 할지 아무도 모른다. 〈야래자설화〉에 이런 이야기가 있다.

부잣집에 단정한 용모의 딸이 한 명 있다. 그런데 밤마다 자줏빛 옷을 입은 남자가 와서 잠자리를 치르고 간다. 사연을 아버지에게 말하자. 아버지가 딸에게 실 꿴 바늘을 그 남자의 옷깃에 찔러두라고 한다. 다음 날 늘어진 실을 따라가 보니 북쪽 담장 밑에 바늘에 꿰인 큰 지렁이가 죽어 있는 것이 아닌가. 이후 딸이 아이를 낳는다. 그 이름을 견훤(甄萱)이라 했다.

결국 지렁이가 되어 죽은 존재가 밤에 몰래 왔다 간다고 해서 '야래자(夜來者)'라고 하는데, 이 야래자로 인해 딸이 임신해서 손자를 낳는다는 얘기다. 그런데 그 아이가 신통방통한 영웅이 된다. '지렁이 자식이 뭐가 대단하다고?'라고 생각할지 모르지만 지금과 같은 시각으로 지렁이를 보면 안 된다. 지렁이는 지룡(地龍)이라 부를 정도로 신령하게 여겨졌다. 이야기에 따라 지렁이 대신 뱀이 등장하는 경우도 많다. 뱀 역시 징그럽고 부정적인 존재가 아니라 용(龍)처럼 신령스러운 존재였다. 북방 현무(玄武)를 그린 사신도(四神圖)를 보면 뱀과 용과 거북의 합일점이 보이듯이 이 시대의 뱀이나 지렁이는 신령스러움이 탈색된 후대의 뱀이나 지렁이와는 사뭇 다른 존재였다.

"견훤이 무슨 영웅이냐?"고 하는 것도 마찬가지다. 결과적으로 후백제가 망했기에 그를 폄하하지만 그의 영웅성과 신령스러움은 당대와 후대에 널리 알려져 있었다. 또 야래자 이야기에서 야래자의 자식은 견훤 외에도 〈서동요(薯童謠)〉로 유명한 백제 무왕(武王), 평강(平康) 채씨(蔡氏)의 시조, 창녕(昌寧) 조씨(曺氏)의 시조 등 한 나라의 왕이나 가문의 시조가 된다. 기존 사회에는 없던 새로운 이념과 질서를 창출해낸 영웅들로 모두 긍정적인 존재들인 것이다. 무엇보다 자기 가문의 시조를 야래자 이야기로 설명하는 행위는 야래자와 야래자의 자식을 긍정적으로 보고 높이고 존숭하는 태도를 드러낸다.

이렇게 보면 〈야래자설화〉는 기존 세계와는 다른 새로운 질서를 구현할 탁월한 영웅의 출생을 둘러싼 이야기로, 그러니까 뭔가가 '와서' 의미 있는 뭔가를 '준다'는 것이 핵심이다.

뭔가 새로운 것이 나타난다는 것은 기존 세계에서 가진 것 없고 억눌렸던 자들에게는 복음이겠지만 기득권자의 입장에서는 결코 달갑지 않은 일이다. 새로운 것은 낯설고 두려우며, 변화는 위험하기 때문이다. 기득권 세력이 강하면 강할수록 더욱 그렇다. 〈아기장수설화〉를 보면 그런 불안을 섬뜩하게 느낄 수 있다.

어느 가난한 부부가 아이를 낳는다. 그런데 그 아이의 겨드랑이에는 비늘처럼 생긴 작은 날개가 달려 있다. 이 아이는 태어나자마자 하늘을 빙빙 날아다니는 데다 힘이 장난 아니게 세다. 부모는 걱정이 태산 같아진다. 장차 커서 역적이 되면 집안이 망할 것이 틀림없으니 말이다. 결국 부모는 이 아이를 돌로 눌러 죽인다. ___

이야기의 각편에 따라서 뒤에 조금씩 다른 화소가 붙기도 하지만, 궁극적으로 아슬아슬하게 아기장수가 죽는 것으로 끝난다. 아이가 힘이 세고 하늘을 나는 비범한 능력이 있는 것을 기존 질서를 뒤집어놓을 '역적(逆賊)'이 된다는 것과 등치의 관념으로 받아들이고 두려워한다.

이들은 힘도 용기도 없는 그야말로 평범한 백성이다. 그런 이들에게 비범하다 못해 어마어마한 아이가 태어났으니 걱정이 태산이다. 왕가에서 태어났다면 제왕이 되고 귀족 가문에 태어났다면 영웅이 되었을 테지만 가진 것 없는 한심한 집안에서 태어났으니 외려 능력이 화인 것이다.

〈아기장수설화〉는 기존 질서가 자리잡힌 때에 새로운 질서가 어떻게 등장할 것이냐, 또는 과연 등장할 수 있느냐의 문제를 보여준다. 결국 이것은 우리의 삶, 꿈, 희망에 대한 이야기다. 이야기는 그 꿈과 희망이 실현되지 못하고 좌절되는 아픔의 현실을 보여준다. 이야기에 슬픔 섞인 비장미가 감도는 것은 바로 이 때문이다.

이젠 아련한 슬픔 따위는 기억조차 못하는 시대가 된다. 새로운 질서를 구현할 영웅을 갈망하는 것이 아니라 그런 존재가 있다는 사실조차 모르는 시대가 된다. 그냥 기존 질서에 편입해 그것이 전부인 양 살아간다. 여기엔 비통한 슬픔 대신 신나는 모험과 흥분이 있다. 보상으로 주어질 재물과 미녀로 인해 입안 가득 침이 고일 뿐, 새 세상에 대한 열망과 바람은 어디에도 없다. 새 세상이고 질서고 하는 것들은 한 번도 생각해본 적이 없다. 〈지하대적퇴치설화〉가 그렇다.

어느 날 부잣집 딸을 무시무시한 도적[大賊]이 납치해간다. 부자가 딸을 구해주는 자에게 큰 상을 내리겠다고 하자 지나가던 한량(閑良)이 그 소식을 듣고 나선다. 한량은 도적이 있는 땅속 세계로 들어간다. 그곳에서 딸의 넓적다리를 베고 자고 있는 도적을 본다. 한량은 딸의 도움으로 도적을 죽이고, 그동안 도적에게 끌려간 여성들을 구출해서 대적이 모아놓은 재물을 가지고 돌아온다. 귀환한 한량은 딸과 결혼해 행복하게 산다. ──────────

땅속 나라에 사는 도적이 끼친 해악은, 잡혀간 여성들이 상당수이고 훔쳐간 금은보화 역시 많은 것으로 보아 지속적이고 극심했음을 알 수 있다. 게다가 납치당한 여성들이 부잣집 딸, 부녀자, 공주 등 이야기마다 다르지만 모두 기존 사회의 기득권층에 속한다는 점에서 지하 대적의 행패는 문제적이었다. 하지만 그 어느 누구도 이 도적을 잡지 못한다. 심지어 어디에 사는지도 모른다. 번개처럼 나타나서 부녀자와 재물을 훔쳐가는 신출귀몰한 존재라는 사실만 알 뿐이다. 그야말로 질서와 기강이 무너질 대로 무너진 혼란 상황인 것이다. 이때 한량이 나타나 대적을 퇴치하고 여성을 구출한다. 그야말로 한량은 근본적인 문제를 해결하고 훼손된 질서를 바로잡은 영웅으로 등극한다.

이렇게 〈지하대적퇴치설화〉는 당대 질서를 어지럽히는 대적을 제거하는 영웅의 이야기다. 영웅은 당대 사회를 위협하는 이질적인 존재를 퇴치하여 도전받는 기존 질서를 회복하고 공고히 하는 역할을 한다.

이 영웅은 새로운 질서를 창출, 구현하는 것이 아니라 기존 질서를 재건, 회복하는 기능을 하고 구해낸 여자와 결합함으로써 궁극적으로 기존 질서에 편입한다. 이야기는 이것을 행복으로 이해한다. 이렇게 행복하게 끝나는 〈지하대적퇴치설화〉는 결국 뭔가가 '어지럽힌' 것을 다시 '되돌리는' 이야기인 셈이다.

자, 이제 질문 하나를 해보자. 이 세 자식 중에서 어떤 자식을 두고 싶은가? 견훤인가, 아기장수인가, 한량인가? 글쎄 그 답은 제각기 다를 것이다. 하지만 분명한 것은 그 누구를 고르든 선택한 대로 자식이 태어나는 것은 아니라는 엄혹한 현실이 우리 눈앞에 있다는 점이다. 또 얄밉게도 진실은 이렇다. 어떤 자식이 태어나든 부모 노릇은 결코 쉽지 않을 것이다. 절대로.

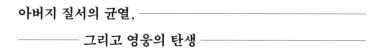

아버지 질서의 균열,
그리고 영웅의 탄생

부모 입장에서 대책 안 서는 아이에 대한 이야기로 대표적인 것을 꼽으라면 단연 〈최고운전(崔孤雲傳)〉이다. 조선초기 어떤 재능 있는 작가가 창작한 것으로 보이는 〈최고운전〉은 출생부터 말년까지 그야말로 드라마틱한 고운(孤雲) 최치원(崔致遠, 857~?)의 인생을 멋지게 형상화한 작품이다. 소설이기에 당연히 실존 인물 최치원과는 거리가 있지만 오히려 거짓으로 꾸며낸 소설이기에 그의 꿈과 이상 그리고 좌절을 극명하게 형상화해낼 수 있었다.

최치원은 신라시대 실존 인물로, 어린 나이에 중국에 건너가 과거에 급제하고 벼슬을 하다가 신라로 돌아와서 뜻을 펼치려고 하나 그러지 못하고 만년을 쓸쓸하게 마감한 인물이다. 그의 높은 이상을 받아들이기에는 신라 사회가 너무나 구태의연했다. 탁월한 능력에도 불구하고 6두품이란 신분적 한계가 그의 발목을 잡았다.

"6두품 주제에 분수를 모르고….”

사실 이건 트집이었다. 누군가 갑자기 나타나면 일단 경계하고 본다. 그건 어떤 의미에서 인간의 동물적 본성이기도 하다. 그런데 느닷없이 나타난 자가 만만찮은 실력으로 민중의 지지를 받는데 그 칼날을 자신들에게 들이댄다면? 기존의 판을 흔들어 뒤집으려는 것을 그냥 곱게 봐줄 수는 없는 노릇이다. 기존 세력의 최치원 배척은 필연적이고 필사적이었으며 최치원의 가야산 은거는 정해진 수순이었다. 그렇게 다시 신라는 불안한 안정을 되찾았다. 하지만 민중은 최치원의 쓸쓸한 퇴장을 통해 원통한 눈물을 삼켜야 했다.

〈최고운전〉의 작가는 그런 시대와 상황, 민중의 염원을 통찰하고, 최치원의 삶과 이상을 탁월한 상상력으로 그려냈다. 능력 있는 영웅이기에 민중이 바라 마지않았지만 그런 능력 때문에 결국 좌절하고 실패할 수밖에 없었음을 서사화했다.

최치원의 영웅성을 부각함과 동시에 그 영웅성이 부각되면 될수록 필연적으로 실패할 수밖에 없는 이야기를 그려내기 위해 작가는 가치 지향이 양극단으로 갈린 두 편의 이야기 〈야래자설화〉와 〈지하대적퇴치설화〉를 교묘하게 겹쳐놓음으로써 놀라운 성취를 이루었다.

탈중심적이고 체제 변혁적인 〈야래자설화〉와 중심지향적이고 체제 수호적인 〈지하대적퇴치설화〉의 조합은 신라 당대의 사회적 한계로 인해 자신의 이상을 실현하지 못하고 끝내 좌절할 수밖에 없었던 최치원의 삶을 가장 효과적으로 형상화한 방법이었다. 그렇게 해서 체제 변혁적인 영웅이 당대 사회의 한계에 부딪혀 체제 수호적인 세력의 견제와 질시로 패퇴하는 이야기 〈최고운전〉이 창조된 것이다.

〈최고운전〉에서는 최치원의 탄생을 이렇게 서술한다.

옛날 신라 왕이 최충(崔沖)에게 문창(文昌) 고을의 수령으로 부임하라 했다. 문창 고을은 부임하는 수령마다 그 부인이 사라지는 변괴가 일어나는 곳이었다. 최충은 집에 돌아와 밥도 먹지 않고 울었다. 사연을 들은 아내도 탄식했다.

문창 고을에 부임한 최충은 아내의 손에 붉은 실을 매두고 일을 보러 다녔다. 어느 날 번개 치고 우레가 쿵쿵거리는 날 갑자기 아내가 사라지고, 변괴를 전해 들은 최충은 통곡한다. 실을 따라가 보니 산꼭대기 바위틈으로 들어가 있었다. 마을 노인들의 말을 듣고, 밤에만 열리는 바위틈으로 몰래 들어가 보니 완전히 별천지가 펼쳐져 있었다. 그 가운데 크고 아름다운 하늘나라 궁전 같은 집이 있어 숨어서 엿보니, 금돼지가 아내의 무릎을 베고 누워 있는 것이 아닌가. 최충은 자신이 차고 있던 향내 나는 약주머니를 열어 냄새로 자신이 왔음을 아내에게 알린다. 그러자 아내가 그 향기를 맡고 남편이 온 것을 알고 눈물을 흘리더니, 금돼지의 약점을 알아내서 금돼지의 목뒤에 붙이니 곧 죽어버렸다. 최충은 아내와 같이 잡혀 있던 이전 원님의 아내들까지 모두 구해내서 돌아왔다.

돌아온 아내는 최치원을 낳았다. 아내는 금돼지에게 잡혀가기 전에 임신한 상태였는데, 최충은 금돼지에게 잡혀간 후에 낳았기 때문에 최치원을 금돼지의 자식이라 생각해서 바닷가에 내다 버렸다. 하늘의 선녀가 내려와 젖을 먹여 기르는 등 신이한 일이 일어나자 최충은 다시 아이를 데려오려 한다. 하지만 세 살 된 어린 최치원은 '잔인하고 정이 없는 사람'이라며 아버지를 거부하고 홀로 지내며 글을 배우고 익힌다. ───────────

이 최치원 탄생담을 얼핏 보면 〈지하대적퇴치설화〉와 같다. 정체 모를 존재가 부인을 납치해가자 영웅 최충이 지하세계로 들어가 납치자인 금돼지를 퇴치하고 부인과 함께 귀환하는 일련의 과정이 같아 보인다. 또 풍비박산 난 가정을 회복하고 지속적으로 문제가 되던 문창 고을의 숙원을 영웅 최충이 풀었다는 점에서도 역시 그렇다. 하지만 아니다. 〈지하대적퇴치설화〉라면 이쯤에서 이렇게 되어 '행복하다'는 것으로 끝나야 하는데, 〈최고운전〉은 여기서부터 시작이니 말이다.

이야기는 최충이 아니라 최치원에 주목하여 그의 신기한 행적을 따라간다. 거울을 일부러 깨뜨려 승상 나업의 종이 되고, 나업의 딸과 결혼하고, 중국 황제가 낸 문제를 연속적으로 풀고, 급기야 중국에 건너가 이런저런 우여곡절을 겪으며 중국 황제와 관료들을 놀라게 한다. 그는 황제의 승복을 받아낸 후 도술을 부려 푸른 사자를 타고 신라로 돌아오지만 결국 가야산에 들어가는 것으로 이야기가 끝난다. 아무래도 〈지하대적퇴치설화〉는 아니다. 최치원 탄생담이 〈지하대적퇴치설화〉라면 최충의 영웅성이 부각되어야 하는데 오히려 최충은 쩨쩨하게 그려지니 말이다.

최충은 비록 훼손된 질서를 회복한 영웅이긴 하지만 결코 영웅처럼 보이지 않는다. 문창 고을에 부임하는 것을 봉변으로 여겨 밥도 안 먹고 울고, 부인이 사라지자 역시 또 울고, 금돼지를 죽이고 돌아와서는 옹졸하게도 아들을 버린다. 도무지 영웅의 면모를 찾아볼 수 없다. 속 좁고 비겁한 영웅인 셈이다.

진짜 문제는 돌아온 최충의 처가 아들 최치원을 낳는다는 점이다. 자식을 낳는다는 것은 〈지하대적퇴치설화〉에서는 결코 있을 수 없는 일이다. 기존 질서에 도전한 대적을 퇴치하고 현 질서를 회복한다는 이야기에서 잡혀갔던 여자들이 출산을 한다면 그 자식은 결국 지하대적의 자식이고, 그렇다면 지하대적이 초래한 기존 질서에 대한 도전은 여전히 유효한 진행형인 도전이며, 결국 궁극적인 질서 회복은 이루어지지 않은 것이기 때문이다.

지하대적과 납치된 여자들 사이에는 당연히 성관계가 있었다. 지하대적이 여자들의 넓적다리를 베고 잠든다는 것이 성관계의 은유다. 하지만 이때 성관계는 생산을 위한 성이 아니라 지하대적 입장에서는 쾌락적 즐김의 성이고 잡혀간 여자들과 도전받은 기존 세계의 입장에서는 질서의 훼손을 의미하는 성이다. 잡혀간 여자들이 기득권을 가지고 있는 고위 신분이라는 점이나 처녀가 아닌 유부녀까지 있다는 점을 생각하면 이들이 잡혀가서 당하는 성관계는 능욕의 문제가 되며, 이는 기존 질서를 모욕, 훼손하는 행위이다. 이렇게 지하대적이 여자를 납치해가는 목적은 기존 질서를 혼란시키려는 것이지, 자신의 자식인 다음 세대 출산을 위한 방편이 아니다. 이본에 따라서는 납치된 여자들이 일부러 몸에 상처를 내서 성교를 회피했다고 설명이 곁들여지거나 지하대적이 암컷이었다는 좀 우스운 억지를 부리기도 한다. 기존 세계로 돌아온 여인들이 자식을 낳아서는 안 되었기 때문이다. 〈지하대적퇴치설화〉의 어떤 각편에도 자식을 낳는 이야기는 없다.

자식을 낳는 것은 〈야래자설화〉다. 그 설화에서는 반드시 자식을 낳는다. 탁월하고 훌륭한 자식을 말이다.

최충이 부인을 구출해냄으로 기존 질서에 대한 도전은 해결되었다. 당연히 이후 문창 고을에는 변이 일어나지 않는다. 기존 세계가 안돈된 것이다.

하지만 문창 고을은 새로운 문제를 떠안게 된다. 바닷가에 버린 최치원이 죽지 않고 선녀들의 도움으로 살아남기 때문이다. 최충은 고을의 비웃음과 복잡한 역학 관계 때문에 병을 핑계 대며 무당을 이용해서, 버린 최치원을 다시 데려와 문제를 봉합하려 하지만 세 살이 된 최치원은 최충의 행동을 '잔인하고 각박한 짓'이라고 비난하며 집으로 돌아가지 않는다. 결국 최충은 자신의 잘못이라고 탄식하는 것을 마지막으로 서사에서 완전히 사라진다. 그리고 금돼지의 변(變)으로 태어난 최치원으로 인해 새로운 문제가 연달아 발생한다. 이 문제는 문창 고을을 넘어 나라 전체로 커진다. 거듭된 중국 황제의 시험과 그로 인한 시련을 때때마다 최치원이 나서서 해결하기에 최치원이 신라를 보호하며 위기를 극복하는 것으로 착각할 수도 있지만 그렇지 않다. 오히려 반대다.

중국 황제가 어려운 문제를 내서 신라를 괴롭히게 된 계기가 바로 최치원이다. 그가 읊은 시부(詩賦) 때문에 황제가 경각심을 갖게 된 것이 시작이었다. 황제가 보낸 선비들을 여지없이 냉혹하게 물리치며 자신을 '신라 승상 나업(羅業)의 종'이라고 거짓말을 함으로써 신라에 출중한 인재가 많다는 인상을 주고, 그래서 황제가 신라를 침공할 트집을 잡기 위해 돌로 만든 함에 아무도 모르게 물건을 넣고 맞추라는 돌함 문제를 내기에까지 이르게 한 것도 바로 최치원 때문이다. 그가 기존 세계의 질서를 구현했다면 결코 이런 물의를 일으키지 않았을 것이다. 최치원이 의도적으로 승상 나업의 종이 되고, 나업의 딸과 결연하고, 중국에 건너가 황제와 대결한다. 이런 일련의 과정은 최치원 자신의 질서를 구현하려는 것이지, 기존 세계의 질서를 답습하거나 재건, 봉합하려는 것이 아니다. 나업의 종이 되기 위해 일부러 거울을 깨는 행동, 나업의 딸과 결연하기 위해 벌이는 거짓 수작, 발가락 사이에 붓을 끼고 희롱하듯 문제를 해결하는 것, 중국 황제를 골탕 먹이고, 급기야 허공에 선을 죽 긋고 올라앉는 재주를 부리는 등의 모든 것은 기존 질서를 조롱하고 기존 질서에 도전하는 전복적인 모습이지 순응하는 모습이 아니다.

이미 기존 세계는 최치원 없이도 평화롭게 유지되고 있었다. 그런데 그가 나타나면서 이 세계에 균열이 생긴 것이다.

물론 평화롭게 유지되는 질서란 중국에 속국으로 복종하고 얻어낸 갑갑하고 한심한 상황 안에서의 평화로, 기득권 입장에서는 그야말로 태평성대의 편안이고 안정이다. 최치원의 탄생과 이어지는 그의 행보는 이를 비판하고 개혁하려는 탈중심적 행동이고, 그가 구현하려는 질서 역시 그런 전복적 질서였다. 모든 사달은 새로운 혁신적 질서를 품고 있는 최치원의 탄생으로 인해 초래되었다.

이렇게 최치원은 탄생에서부터 그의 존재 자체와 성장 과정 그리고 그가 추구하는 세부적인 일들까지 모두 기존 질서와 불화하며 충돌하는 모습을 보이는데 이는 새로운 세상을 구현하려는 의지의 표출이다. 이런 모습은 〈야래자설화〉에서 탄생한 야래자의 자식 견훤과 같은 영웅의 모습이지 결코 〈지하대적퇴치설화〉의 한량 선비 같은 영웅의 모습이 아니다. 즉 최치원은 야래자의 자식으로, 야래자 이야기에서처럼 새로운 질서를 창출한 영웅으로 탄생했던 것이다.

지금 이후로는 ———
——— 내 앞에 나타나지 마라 ———

생각해보면 여자가 훌륭한 자식을 낳는다는 것은 〈야래자설화〉와 같다. 하지만 금돼지를 퇴치하고 여자를 구출하는 것은 분명 〈지하대적퇴치설화〉가 맞다. 작가는 어떻게 한 것일까?

〈야래자설화〉에는 정체 모를 존재인 야래자와 여인 그리고 야래자의 자식인 영웅이 등장하고, 〈지하대적퇴치설화〉에는 정체 모를 존재인 지하대적과 여인 그리고 대적을 퇴치하는 영웅이 등장한다. 두 이야기를 겹쳐보면 '정체 모를 존재'와 '여인'이라는 공통분모가 생긴다. 그리고 그 상반된 극점에 각기 영웅이 있다. 아버지 영웅과 아들 영웅 말이다. 작가는 이 지점을 포착했다. 그래서 야래자와 지하대적을 겹쳐 '금돼지'를 만들고, 출산하는 여인과 잡혀가는 여인의 속성을 '최충의 처'로 모아냈다. 그리고 새 질서를 창조할 영웅 '최치원'과 구질서를 수호하는 영웅 '최충'을 대립시켜서 상이한 지향을 동시에 보여주려 했다. 그렇게 작가는 〈야래자설화〉로 '최치원이 탄생하는 이야기'를, 〈지하대적퇴치설화〉로 '최충이 잃은 부인을 찾는 이야기'를 그려냈고, 그 둘을 겹쳐지게 함으로써 두 명의 상이한 영웅과 그들의 세계가 갈등을 일으키고 충돌하다 궁극적으로 새로운 변혁이 실패하는 이야기를 창조해냈다.

〈최고운전〉에서 작가는 최치원에 주목하고 그를 부각한다. 이야기는 긍정적인 시각에서 그의 행적과 삶을 따라간다. 〈야래자설화〉를 적용한 것은 이런 최치원의 탄생과 함께 야래자의 자식인 최치원이 이룩해 나가는 혁신적인 질서를 구체적으로 보여주기 위해서다. 최충은 시작부터 쩨쩨하고 비겁한 영웅으로 그려지는데 이는 그가 기존 질서의 수호자로 기능하기 때문이다. 이렇게 최충을 부정적으로 형상화하려 했다면 그가 영웅으로 기능하는 〈지하대적퇴치설화〉를 적용하지 않는 편이 더 편했을 것 같지만, 사실 그 설화는 꼭 필요하다. 왜냐하면 최치원의 실패를 필연적인 것으로 형상화해야 하기 때문이다.

최치원은 최충을 아버지로 인정하지 않고 거부한다. 최충을 부정하는 것은 최충의 세계를 부정하는 것이고, 이는 야래자의 자식으로서 최치원이 가야 할 길이었다. 그가 승상 나업의 집에서 하는 일이나 신라와 중국에서 하는 모든 일들이 그랬다. '아버지 최충'의 확장이 '승상 나업'이고 '신라 왕'이고 '중국 황제'다. 그들은 모두 비겁한 자들로, 최충은 아내를 납치될 것이 뻔한 곤경에 처하게 방임했고, 승상 나업은 자신에게 내려진 문제를 최치원에게 해결하라고 윽박질렀으며, 신라 왕은 황제의 협박을 받자 어린 최치원이 중국으로 가면 죽을 것이 분명함에도 그곳으로 보내버렸고, 중국 황제는 비겁한 속임수와 옹졸한 술책으로 최치원을 괴롭혔다. 이 모두 기존 질서가 얼마나 비겁하고 부패하고 무능한지를 단적으로 보여준다. 최치원은 이런 질서를 척결하고 새로운 질서를 구현하려고 했다. 하지만 그는 결국 실패하고 만다. 그 이유는 바로 그가 금돼지의 자식이기 때문이다.

최치원이 소매에서 '돼지 저(猪)' 자가 적힌 부적을 꺼내 땅에 던지니 그것이 즉시 푸른 사자로 변했다. 최치원이 그 사자를 타고 구름 속으로 솟구쳐 올라갔다. 그렇게 최치원은 신라로 돌아갔다. ——

이렇게 품에서 꺼낸 부적이 '돼지'와 관련된다는 것만 봐도 그는 금돼지의 자식임이 분명하다. 이 이야기를 아는 민중들은 모두 다 최치원을 '금돼지의 자식'으로 인식하고 이야기를 서로 전했다.
〈야래자설화〉 입장에서는 최치원이 강조된다. 그럴 경우 최충의 역할은 감소하게 되고 최충과 그의 세계는 부정된다. 〈지하대적퇴치설화〉 입장에서 최충이 강조될 경우 최치원은 존재 기반이 사라진다. 그의 출생조차 부정될 수 있다.

작가는 두 설화를 겹침으로써 야래자이자 지하대적인 금돼지를 부정하고, 금돼지를 기존 질서의 수호자인 최충이 퇴치하게 함으로써 새로운 질서를 창출하려는 최치원과 긴장관계를 유지하게 만들었다. 나아가 최치원이 부정된 금돼지의 자식임을 바탕에 내재시킴으로써 궁극적으로 최치원이 실패할 수밖에 없는 당위를 이끌어냈다. 작가는 최충을 부정하면서 최치원을 긍정했지만 금돼지를 퇴치한 최충의 세계와 질서에 의해, 최치원 역시 패퇴당할 수밖에 없음을 형상화해낸 것이다.

이렇게 기존 질서의 수호자인 최충을 부정함으로써 시작한 이야기는 최치원이 실패할 수밖에 없는 이야기로 끝나게 된다. 최치원이 이야기의 중심이지만 그의 실패는 너무나 당연한 것으로 받아들여지게 된다. 최치원이 성공하면 성공할수록 성장하면 성장할수록 그의 성공과 성장은 기존 세계에서 받아들여지기 점점 더 어려워진다. 그는 능력이 있기 때문에, 정확히 말하면 그 능력 때문에, 받아들여지지 못한다. 왜냐하면 새로운 질서를 받아들이기 힘든 시기에 출현한 야래자는 지하대적이나 다름없고, 지하대적을 손쉽게 퇴치해버리는 시대, 최충 같은 비겁한 영웅들이 주류로 득세하는 시대에 '그런 능력'은 위험한 것이므로 '그런 능력'을 지니고 태어난 최치원은 퇴치되어 마땅한 것이다.

최치원이 중국에서 돌아왔을 때, 신라 왕이 마침 나와 놀다가 최치원을 보고는 중국에서 미적거리며 놀다가 이제야 돌아왔다며 사람을 시켜 최치원을 포박하고는 심하게 꾸짖는다.
"내가 너를 죽이고 싶지만 네 공이 크기에 차마 죄를 주지 않겠다. 너는 지금 이후로는 내 앞에 나타나지 마라."
이로 인해 최치원은 결국 가야산으로 들어가 다시는 돌아오지 않았다. ─────────────

최치원은 이렇게 버림받을 수밖에 없었다. 실존 인물 최치원이 6두품의 한계로 신라 정계에서 제대로 대접받지 못했던 것처럼, 그래서 쓸쓸한 만년을 보낸 것처럼, 〈최고운전〉의 최치원 역시 이렇게 끝난다.
능력은 있으나 제대로 발휘할 수 없는 시대, 탁월하면 탁월할수록 그것이 발목을 잡는 상황, 나를 위한 욕심이 아니라 남을 위한 희망이 외면당하는 갑갑한 현실, 이는 꼭 최치원이 살았던 시대만이 아니라 〈최고운전〉의 작가가 살았던 시대에도, 그리고 지금도 역시 반복되고 있다.
작가의 놀라운 통찰과 통렬한 비판이 새삼 가슴에 사무치는 이유가 이 때문이다.

자식은 결국
부모를 배반한다

이제 불쌍한 최충을 위해 대신 몇 마디 변명을 해보자.

그가 비겁하고 옹졸한 것은 분명 맞다. 문창 고을에 변괴가 일어난다는 것을 알고도 부임하는 행위는 벼슬을 버리느냐, 아니면 아내를 버리느냐의 선택이라는 것을 그는 알았다. 그는 갈등했다. 매몰찬 작자는 아닌 것이다.

신라 왕의 명령을 듣고 돌아와 밥도 먹지 않고 탄식한 것은 사실 아내에 대한 사랑이 있었기 때문이다. 그렇지 않았다면 울 필요도 없다. 그냥 문창 고을에 가서 아내를 버리면(?) 되는 문제기 때문이다. 사라진 아내를 찾아 전전긍긍한 것도 최충이 아내를 사랑했다는 증거다. 그를 두고 "벼슬을 버리면 되지 아내를 팔려고 그랬어?"라는 비난은 인터넷 악플러나 할 짓이다. 당사자가 아니면 쉽게 말하기 어렵다. 벼슬을 버린다는 것은 먹고사는 일이 막힌다는 것만이 아니라 최고 권력자인 왕에게 대든다는 의미까지 포함된 거였다. 결코 쉬운 선택이 아니었을 것이다. 최충은 비겁하기는 해도 비열한 인간은 아니었다.

잡혀갔다 돌아온 아내가 아들을 낳는다. 심란하기 그지없었을 것이다. 물론 그전에 임신했다고 이야기는 말한다. 하지만 그건 믿지 못할 일이다.

분명 태어난 날을 기점으로 열 달을 거꾸로 세면 임신한 때가 나올 테고 그때는 금돼지가 납치하기 전임을 알았을 것이다. 하지만 신출귀몰하는 금돼지가 꼭 '인간처럼 열 달을 채워야 자식을 낳는 것'인지는 알 수 없는 노릇이다. 다섯 달이 될지, 임신하자마자 낳을지, 그 누가 안단 말인가.

'저놈이 정말 내 아들일까?'

이 의심이 최충의 정신을 갉아먹었다. 소인배처럼 옹졸하다 할지라도 그를 몹쓸 놈으로 몰아붙일 수는 없다. 대인배의 풍모가 없다고 나쁜 놈이라고 할 수는 없지 않은가.

이야기조차 별로 신경쓰지 않는 문제지만, 정작 중요한 것은 처와 금돼지의 성교가 전제되었다는 점이다.

'그래 낳은 자식이 내 아들이라 치자. 하지만…'

임신했다고 성교를 못 하는 것은 아니다. 당연히 아니다. 태어난 자식이 자기 아들이라 쳐도 잡혀간 처가 분명히 당했을지도…. 그게 바로 금돼지가 문창 고을에서 사또 부인을 잡아가는 이유가 아니었던가. 분명 금돼지가 넓적다리를 베고 누워 있지 않았던가 말이다. 심란하지 않을 수 없다. 최충의 말 못할 속사정은 이런 거였다. 정말 돌아버릴(?) 일이다.

아버지와 아들의 불화는 예견된 것이었다. 수상쩍은, 근거 없는, 뒤숭숭한 씨일지도 모른다는 의심은 절대 씻어버릴 수 없다. 금돼지는 죽었지만 눈만 감으면 불쑥불쑥 떠오를 것이다. 아이를 보면 분명 인간의 형상이지만 잘 보면 금돼지 같아 보였을지도 모른다. 아니어도 그렇게 보였다. 도저히 아들과 같이 있을 수 없었다. 그래서 버렸다. 집밖으로 쫓아냈다.

자식의 능력이 탁월할수록, 자신이 하는 일을 모두 무화시킬수록 그것이 고깝게 여겨졌을지도 모른다. 그것이 꼭 '내가 아닌 저쪽 놈'을 닮은 것 같아서 말이다.

말도 안 되는 가정을 하나 해보자. 아버지 최충이 아들 편을 들었다면 어떻게 되었을까? 아버지가 승상 나업이나 신라 왕과 달리 아들 최치원 편을 들어 구질서의 대변자가 아니라 새로운 질서를 호응했다면 어땠을까? 새로운 것이 뭔지 모르지만, 아들놈이 무엇을 할지 모르지만, 걱정이 되어도 아무튼 그것을 인정하고 격려했다면 어땠을까 말이다.

아들 최치원이 과연 실패했을까? 어쩌면 새로운 질서와 가치를 이 땅에 세울 수 있지 않았을까? 무너져가는 신라를 주저앉지 않도록 개혁하지 않았을까?

글쎄, 그건 잘 모르겠다.

역사에 가정은 없으니 말이다. 하긴 미래에도 가정은 없다.

자식들이 부모를 배반한다는 것은 심란하게도 진실이다. 그건 최치원처럼 탁월한 능력이 있는 인물만이 아니라 모든 아이들이 부모를 배신한다. 사실 그 부모들도 그 부모를 배신하고 떠나와서 어른이 되었다. 배반이니 배신이니 하는 말이 적절치 않다고 눈살을 찌푸릴지 모르나, 곰곰이 생각해보면 적절한 단어다. 찬찬히 지난날을 되짚어보면 아마도 알게 될 것이다. 우리가 한 일이 '한 짓'이었다는 것을, '배반'이니 배신'이니 하는 말은 너무 약한 표현이란 것을 말이다.

하지만 우리가 그럴 맘이 있어서 그런 것이 아님을 우리는 안다. 우리의 삶을 살아가려고 그랬다는 것을, 그걸 부모가 이해해주지 못했다는 것을 우리는 잘 안다. 그리고 이것은 거짓 없는 진심이다. 그렇게 해서 우리 사는 세상이 조금이지만 나아졌다. 아마도 아들 최치원도 아버지 최충에게 이렇게 말하고 싶었을 것이다. "나를 믿어 달라!"고, 근거를 댈 수는 없지만 정말 진심이라고, 분명 그렇게 말했을 것이다.

최치원이 자기와 꼭 같은 아들을 낳았다면 그 아들은 어떻게 행동했을까? 그 역시 아버지 최치원에게 그렇게 말하고, 그렇게 행동하고, 그렇게 세상으로 나갔을 것이다. 아버지 최치원이 자신의 아버지 최충을 배반하고 돌아섰던 것처럼 최치원의 아들도 그렇게 아버지 최치원을 떠나 뛰쳐나갔을 것이 분명하다.

그렇게 우리 사는 세상이 조금씩 나아져온 것이다.

우리와 꼭 같지 않은, 어디선가 뚝 떨어져 나타난 것 같은 저들의 엉뚱함이 우리 사회를, 우리를 더 나은 세상으로 인도한다.

아이들의 다름이, 아이들의 배반이, 우리의 희망이다.

의미를 부여해야
가족이 된다

딸이 아버지와 밤새 와인을 마시며 제 이야기를 한다. 살아온 하소
연을 한다. 혀가 꼬부라져 말이 헛 나와도 낄낄거리며 재미있다고
한다.

쇼핑하러 가서도 아버지와 딸 같지 않다. 친구 사이까지는 아니
어도 적어도 '아버지'는 아니고 '아빠' 정도다.

"첫경험 얘기해드릴까요? 아니면 아버지 거 해도 되고요."

딸의 말에 아버지는 화들짝거리지만 당황하지는 않는다.

아버지는 딸이 낳아서 데려온 어린아이, 그러니까 손자와 고스
톱을 친다. 속이려고 화투장을 숨기다가 걸린다. 어린 손자의 피식
웃음에 덜컹 속이 화끈거린다. 화난 척 투덜대며 판을 뒤엎는다. 참
재미있게 산다.

영화 〈과속 스캔들〉 얘기다. 중학교 때 옆집 누나와의 관계로 생
긴 딸이 어느 날 손자까지 만들어서 떡 나타난다. 손자는 물론, 20대
초반 딸이 있는 줄도 몰랐던 남자는 졸지에 아버지가 되고 직업까
지 날아갈 판이다. 우여곡절 끝에 그들은 함께 살고 또 잘 산다.

아버지의 과속에 딸의 연이은 과속은 액면 그대로는 결코 바람
직하지도 않고 행복할 수도 없는 상황이다. 하지만 이 영화는 기가
막히게 재미있고 또 흥행에도 성공했다. 주연 배우들의 연기가 뛰

어나서도 그렇다. 하지만 관객들이 본 것은 그들의 연기만이 아니다. 그들은 그 이야기 속에서 '가족 판타지'를 봤다.

어느 날 문득 나타난 딸이 정말 쿨하고 멋지고, 또 미안한 마음이 더 미안하게도 너무나도 잘 자랐다. 고이고이 키우고 보살펴도 엇나가는 세상에서 이렇게도 잘 자란 딸이, 하나의 수고도 들이지 않은 딸이 나타난 것이다. 충격이긴 하지만 자신이 저지른 짓이 너무나 감사하게도 좋은 결실로만 돌아온 것이다. 게다가 그 딸은 아버지를 조금도 원망하지 않고 단지 아버지의 딸이 되기를 바랄 뿐이다. 그야말로 판타지다.

갈등이 없지는 않다. 혼자 살던, 총각으로 지내던, 자기 삶을 완전히 버리지 못한 아버지가 말한다.

"거치적거리니까 꺼져!"

딸은 혼자 살아왔던 삶의 기억을 완전히 버리지 못해 대답한다.

"내가 나오고 싶어 나왔어? 내가 뭘 그렇게 잘못했는데?"

서로가 자기를 알아달라고 말한다. 아니 자기만 알아달라고 언성을 높인다.

"여기 있는 내 눈, 이 코, 이거 다 아버지가 만든 거잖아. 나 여기 있잖아! 왜 내가 없었으면 해? 왜? 내가 여기 이렇게 있는데, 왜?"

"너 원한 적 없어."

한없이 신나고 재미있는 때는 서로가 서로의 위치에 있으면서 자기 것을 남에게 강요하지 않을 때였다. 그가 잘되기를, 그가 잘 성장하기를, 서로가 행복하게 되기를 지켜보고 바랄 때였다. 지난 과거를 들추지도, 또 비난하지도 않는 가족, 앞으로 살아갈 것만 바라보며 웃어주는 가족이 있을 때였다. 그러나 강요하고 요구하자 갈등이 일어났다. 서로가 서로를 윽박지르고 궁지로 내몰았다. 남남일 경우에는 만나지 않으면 그만이지만 눈만 뜨면 보아야 할 가족이기에 더 힘들고 어려웠다.

물론 영화는 다시 서로가 서로를 격려하고 인정하는 만남으로 끝을 맺는다. 우리는 여기서 이상적인 가정, 아니 이상적인 가족 구성원을 보았다.

격 없기를 바라면서 먼저 거리를 두는 아버지, 비난과 원망으로 울분을 쌓는 자식. 이들은 상대방을 볼 뿐 자기를 보지는 못한다. 체면과 쑥스러움으로 함께 콘서트장에 가자는 딸의 부탁을 거절하는 아버지나, 옆집 애와 자신을 비교하지 말라며 언성을 높이면서 정작 자신은 옆집 부모와 자기 부모를 수시로 비교하며 불만을 내뱉는 자식은 똑같은 한쌍이다. 상대가 먼저 바뀌기를, 먼저 손을 내밀기를 바라는 것까지 어쩌면 그렇게도 꼭 같은지 모르겠다.

장 폴 사르트르(Jean Paul Sartre, 1905~1980)는 "실존은 본질에 앞선다"라는 놀라운 명제를 천명했지만 그 말의 어려움만큼이나 실천은 더 어려운 듯하다.

세상의 모든 것들은 곰곰이 생각해보면 진정 있어야 할 이유가 없다. 아무 목적 없이 그냥 던져지듯 있다는 무의미에서 허무감이 들기도 한다. 그런데 인간은 오히려 그렇게 이유 없이 던져진 듯하기에 스스로 존재의 의미를 만들어가는 창조적 존재가 된다는 것이 사르트르의 혜안이다. 본래부터 결정되고 정해진 것이 없기에, 오히려 본질적으로 구속하는 것이 없는 진정한 자유 상태라는 것을 깨닫는다면, 스스로 선택하고 행동하고 책임짐으로써 자기 삶의 의미를 만들어갈 수 있는 것이다. 그렇게 '내가 어떠한 인간이다[본질]'라는 것보다 '스스로 선택하고 의미를 만들어가는[실존]' 것이 더 먼저 있다는 거다.

내가 존경하는 어느 선생님이 들려주신 이야기다.

박사 과정을 다니던 중에 잠시 기간제 교사로 모 여고에서 일하실 때였다. 교육적 열정과 의욕이 넘치시던 선생님은 당신이 부담임인 반 학생들의 이름을 이틀 만에 다 외웠고, 방과 후마다 일대일 면담을 하셨단다. 요즘이 아니라 1980년대였다는 것을 감안하면 정말 앞서가는 선생님이셨는데, 아무튼 그렇게 시간과 공을 들여 한 명씩 모두 만나느라 1학기를 다 보냈단다.

문제는 여름방학이 지난 후 돌아온 교무실에서였다. 학생 한 명이 여름방학 때 사고로 세상을 떴다는 슬픈 이야기를 들었다.

"왜 있잖아, 아무개 말이야. 김 선생이 부담임을 하는 그 반 애 말야."

"예? 아닌데요. 그런 이름의 학생은 없는데요."

"무슨 소리야, 그 반 맞아."

선생님은 학생들 이름을 다 외웠고, 또 모든 학생을 최선을 다해 면담을 했다. 그러니 떠오르지 않을 리 없다.

하지만 교무 수첩을 펴서 학생 인적사항과 사진이 붙은 면을 펴자 정말 그 학생이 수첩 안에 있었다. 화사하게 웃는 얼굴 아래에 정성 들인 글씨로 면담 기록도 적혀 있고 말이다.

선생님은 그 학생을 만나보고 이야기를 나눴으나 의미 부여를 하지 않았던 것이다. 그렇기에 선생님에게 그 학생은 실존하지 않았던 것이다.

그 충격이 이후 선생님을 더 훌륭한 교사가 되게 했다고 말씀하셨다.

하루 종일 같은 공간에 있어도 소 닭 보듯 하면 안 된다. 아무것도 안 된다. 남편과 아내든 부모와 자식이든 그러면 안 된다. 가치를 부여하고 인정하고 이해해야 한다. 의미를 부여해야 비로소 모든 것이 의미를 갖게 된다. 밝고 아름다운 색깔을 지니게 된다.

누가 먼저가 없다. 내가 먼저 이해하고 의미를 부여해야 상대가 진정한 빛을 발한다.

내가 먼저 손을 내밀어야 가족이 된다.

|참고문헌|

문집

《그리스 로마 신화》

《그림동화》

《삼국사기(三國史記)》

《삼국유사(三國遺事)》

《성경》

《이솝우화》

《한국구비문학대계(韓國口碑文學大系)》

소설

〈구운몽〉

〈김영철전〉

〈남원고사〉

〈방한림전〉

〈배따라기〉

〈변강쇠가〉

〈보물섬〉

〈사씨남정기〉

〈심청전〉

〈열녀함양박씨전〉

〈옥루몽〉

〈옹고집전〉

〈장화홍련전〉

〈최고운전〉

〈춘향전〉

〈피터팬〉

〈홍계월전〉

〈홍길동전〉

〈흥부전〉

단행본·논문

강명관, 《열녀의 탄생》, 돌베개, 2009.

기시미 이치로, 《아들러 심리학을 읽는 밤》, 박재현 옮김, 살림, 2015.

둥핑, 《칼과 책: 왕양명 평전》, 이준식 옮김, 글항아리, 2019.

로버트 단턴, 《고양이 대학살》, 조한욱 옮김, 문학과지성사, 1996.

르네 지라르, 《낭만적 거짓과 소설적 진실》, 김치수·송의경 옮김, 한길사, 2001.

르네 지라르, 《폭력과 성스러움》, 김진식·박무호 옮김, 민음사, 1993.

르네 지라르, 《희생양》, 김진식 옮김, 민음사, 1998.

리오 브로디, 《기사도에서 테러리즘까지》, 김지선 옮김, 삼인, 2010.

리처드 커니, 《이방인·신·괴물》, 이지영 옮김, 개마고원, 2004.

린 헌트, 《포르노그라피의 발명》, 조한욱 옮김, 책세상, 1996.

막스 베버, 《프로테스탄트 윤리와 자본주의 정신》, 박문재 옮김, 현대지성 2018.

미셸 푸코, 《감시와 처벌》, 오생근 역, 나남, 1998.

박영신, 「베버의 '쇠우리': '삶의 모순' 역사에서」, 《사회이론》46, 한국사회이론학회, 2014.

박일용, 「〈최고운전〉의 작가의식과 소설사적 위상」, 《고전문학연구》16, 1999.

블라디미르 프로프, 《민담형태론》, 유영대 옮김, 새문사, 1987.

서대석, 「백제신화 연구」, 《백제논총》1, 백제문화개발연구원, 1985.

송재선 엮음, 《동물 속담사전》, 동문선, 1997.

수전 손택, 《은유로서의 질병》, 이재원 옮김, 이후, 2002.

아리스토텔레스, 《니코마코스 윤리학》, 천병희 옮김, 숲, 2013.

안드레아 드워킨, 《포르노그래피》, 유혜연 옮김, 동문선, 1996.

알프레드 아들러, 《아들러의 인간이해》, 홍혜경 옮김, 을유문화사, 2016.

앤소니 기든스, 《현대 사회의 성·사랑·에로티시즘》, 배은경·황정미 옮김, 새물결, 2001.

위앤커, 《중국신화전설》, 김선자·전인초 옮김, 민음사, 1992.

유광수, 「'쥐 변신 설화'의 소설적 적용과 원천소재 활용 양상」, 《고소설연구》23, 한국고소설학회, 2007.

유광수, 「〈최고운전〉의 설화적 전승과 '최치원설화'의 연원」, 《한국문화연구》39, 동국대학교 한국문학연구소, 2010.

유광수, 「어느 섹스중독증 환자의 핑계」, 《기독교사상》, 대한기독교서회, 2016년 11월

유광수, 「유아살해의 알리바이」, 《월간조선》, 조선뉴스프레스, 2018년 1월

유광수, 《19세기 소설 옥루몽 연구》, 보고사, 2013.

유발 하라리, 《사피엔스》, 조현욱 옮김, 김영사, 2015.

이정원, 「〈장화홍련전〉의 환상성」, 《고소설연구》20, 2000.

장 폴 사르트르, 《실존주의란 무엇인가》, 이희영 옮김, 동서문화사, 2017.

장영희, 「은유로서의 신체장애」, 《미국학논집》33, 한국아메리카학회, 2001.

정출헌, 「〈최고운전〉을 통해 읽는 초기 고전소설사의 한 국면」, 《고소설연구》 14, 2002.

정하영, 「〈변강쇠가〉 성담론의 기능과 의미」, 《고소설연구》19, 2005.

조현설, 「남성지배와 〈장화홍련전〉의 여성 형상」, 《민족문학사연구》15, 1999.

죠르주 바따이유, 《에로티즘》, 조한경 옮김, 민음사, 1989.

지그문트 프로이트, 《예술, 문학, 정신분석》, 정창진 옮김, 열린책들, 2005.

최기숙, 「권력담론으로 본 최치원전」, 《연민학지》5, 연민학회, 1997.

최석희, 《그림동화의 꿈과 현실》, 대구가톨릭대학교 출판부, 2002.

츠베탕 토도로프, 《환상문학서설》, 이기우 옮김, 한국문화사, 1996.

카렌 암스트롱, 《축의 시대》, 정영목 옮김, 교양인, 2010.

프랑코 모레티, 「공포의 변증법」, 조형준 옮김, 《세계의 문학》84, 1997 여름.

피에르 부르디외, 《상징폭력과 문화재생산》, 정일준 옮김, 새물결, 1995

필립 아리에스, 《아동의 탄생》, 문지영 옮김, 새물결, 2003.

한나 아렌트, 《예루살렘의 아이히만》, 김선욱 옮김, 한길사, 2006.

기타

〈조선왕조실록〉 DB

〈두산백과〉 DB

〈한민족문화대백과〉 DB